吸血鬼作家、VRMMORPGをプレイする。

～日光浴と料理を満喫していたら、いつの間にか有名配信者になっていたけど、配信なんてした覚えがありません～

2

暁月紅蓮
ill.星らすく

KYUKETSUKISAKKA,
VRMMORPG WO PLAY SURU.

TOブックス

イラスト：星らすく
デザイン：木村デザインラボ

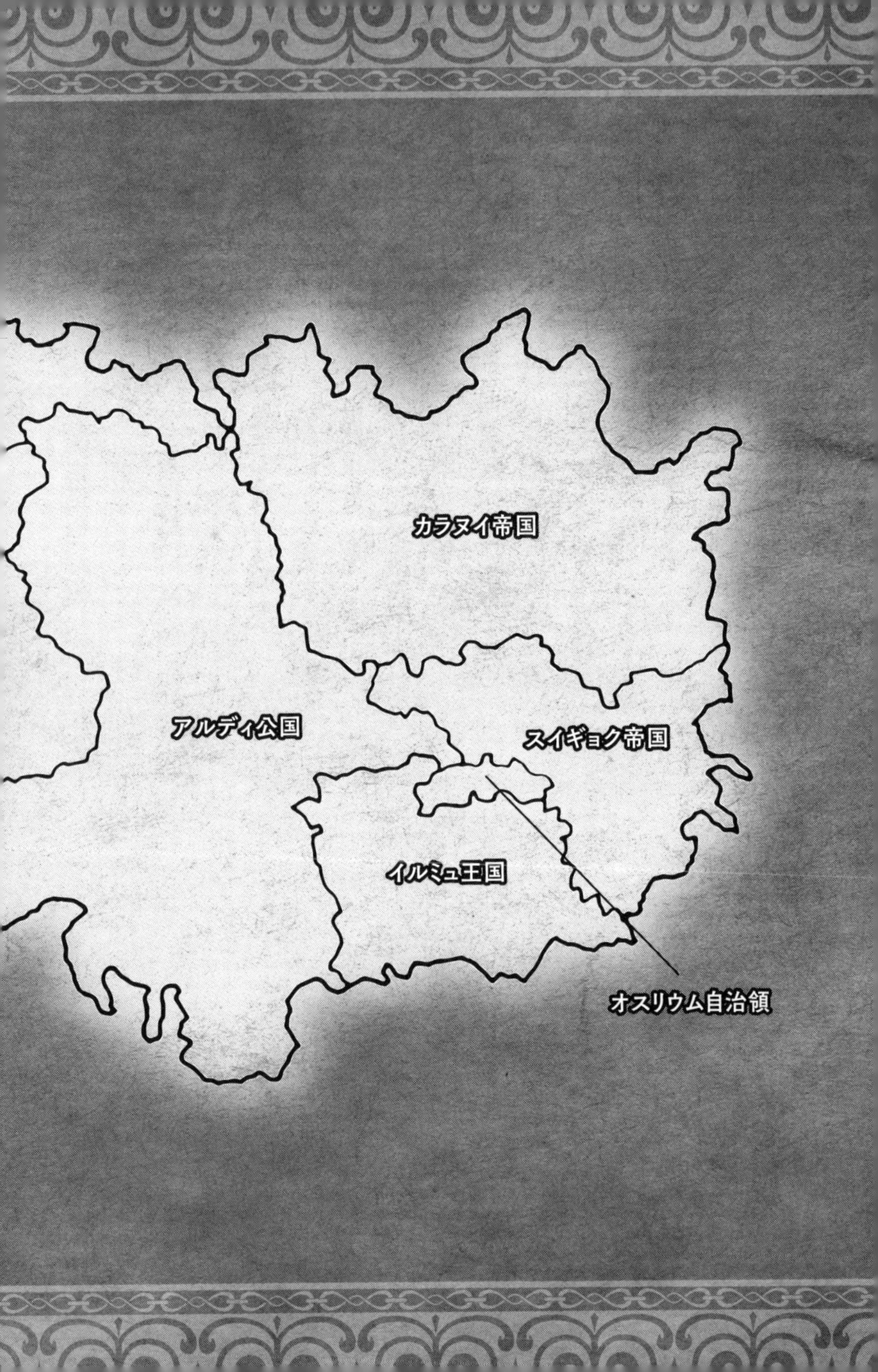
カラヌイ帝国
アルディィ公国
スイギョク帝国
イルミュ王国
オスリウム自治領

God of World　世界地図

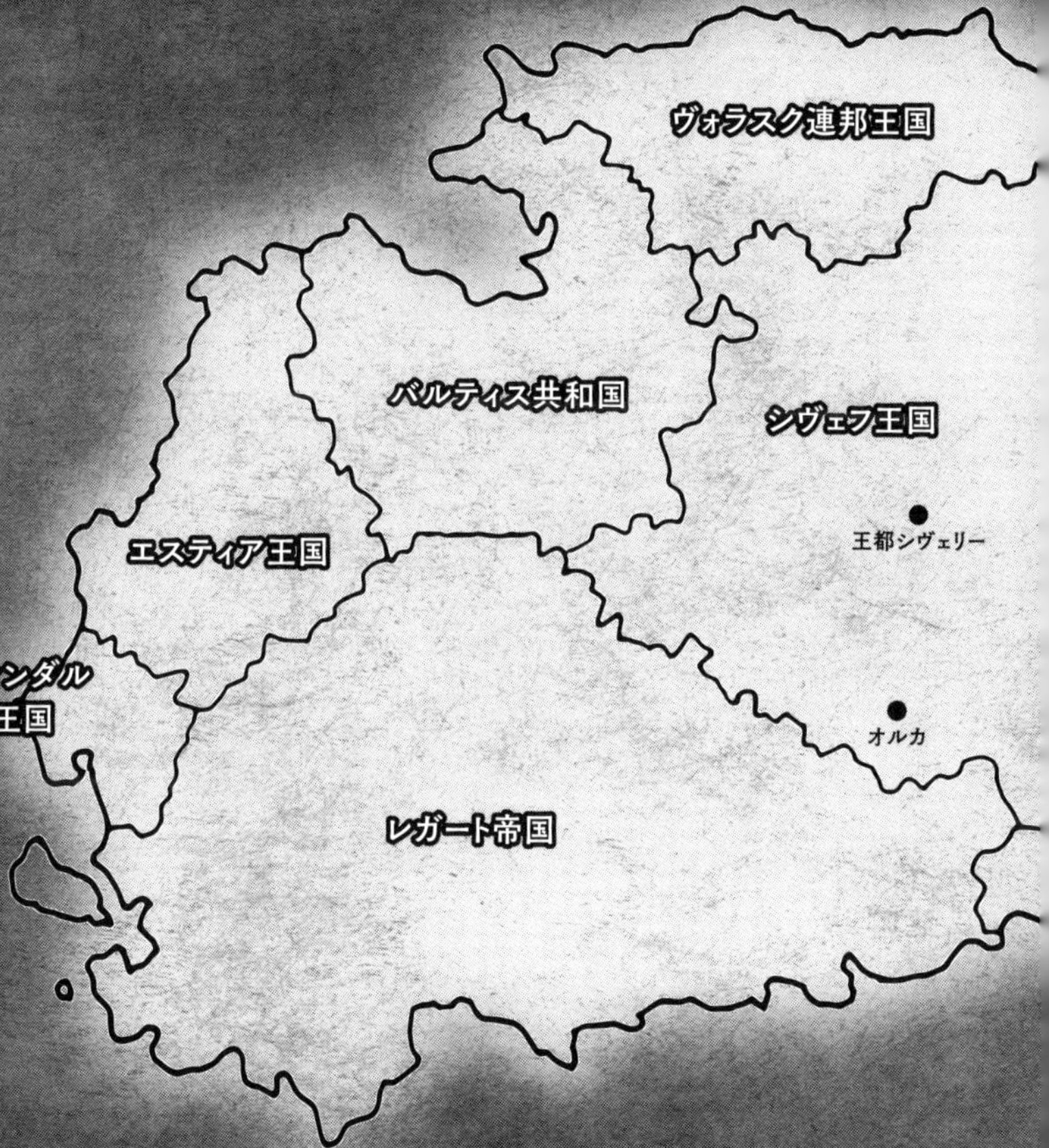

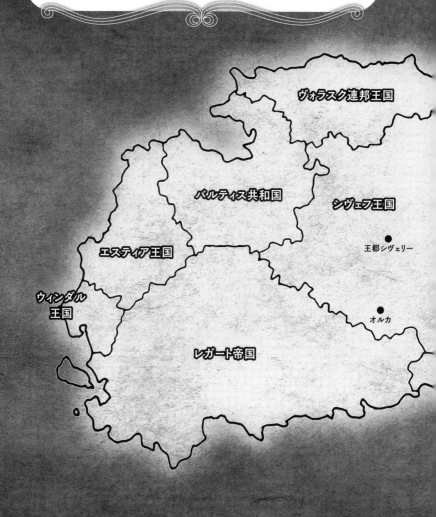

① シヴェラ教教会

② 鑑定屋・全知全能

③ 冒険者ギルド

④ 鍛冶屋・デンハムの店

⑤ 広場

⑥ 孤児院

⑦ シモン師匠の家兼教室

⑧ エリュウの涙亭

シヴェフ王国
王都地図

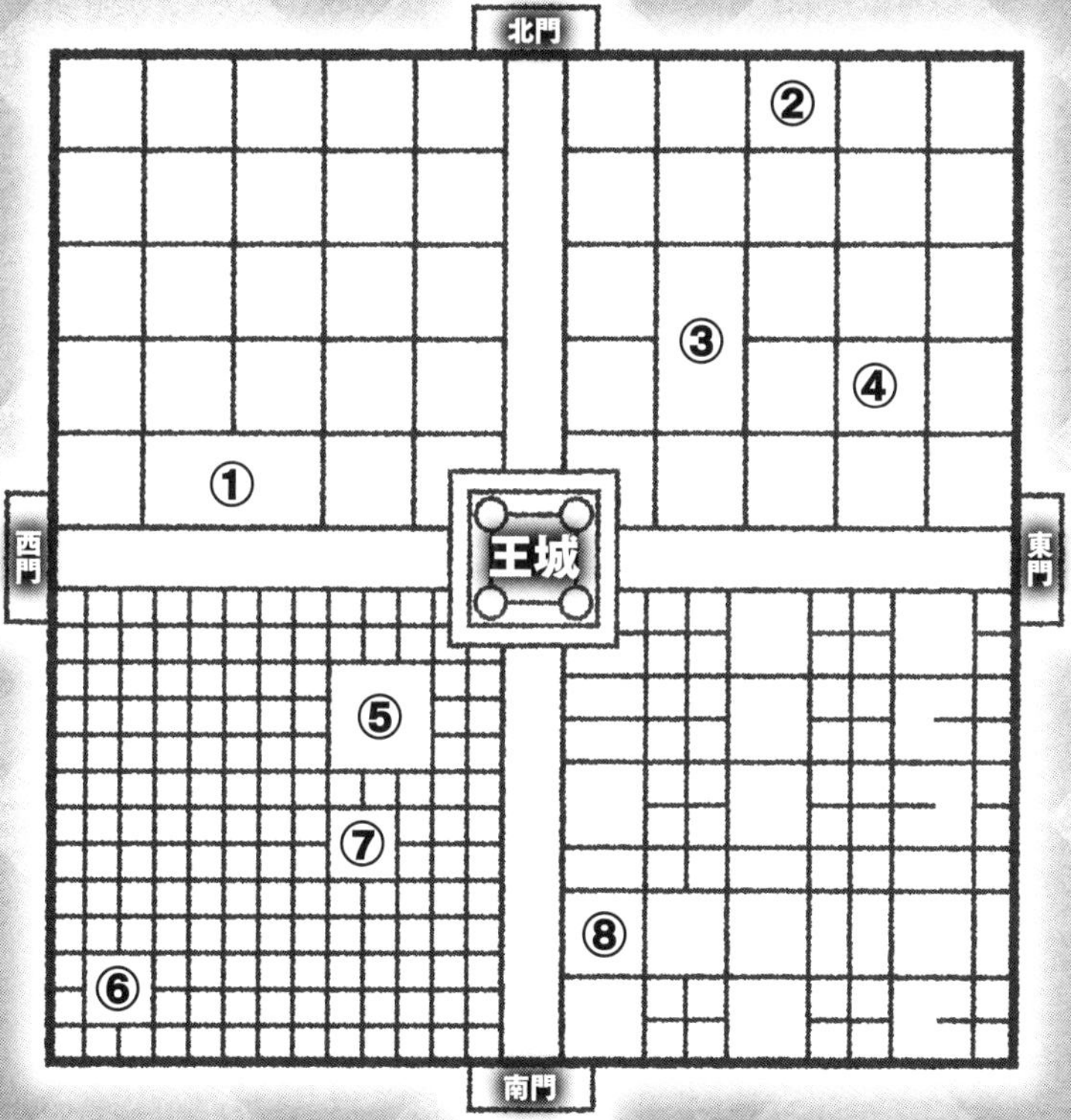

～God of Worldとは？～

通称『GoW』。
2062年9月30日に正式にサービス開始した、なんでも系
VRMMORPG。
開発はソーネ・コンピュータエンジニアリング社。
本来のRPGとしてだけでなく、ゲーム空間内に数多の企業が
オフィスを移転したことでも注目を浴びている。
「スキル」が存在しないため、プレイヤーは制限なく
自由に行動することができる。

Q&Aよくあるご質問

Q.『GoW』内での時間の流れ方を教えて！

A. 現実時間で7時間が、『GoW』時間の1日に相当します。

Q.『GoW』内では痛覚や味覚などの感覚はどう感じられるの？

A. すべての感覚が現実世界と遜色なく再現されるよう
チューニングされています。ただし、痛覚だけは
プレイヤー個人で再現レベルを調整することができます。

Q.『GoW』の「熟練度」ってなに？

A. プレイヤーの現実での能力を数値化したものです。
料理、掃除、鍛冶などの生産系の能力から、太刀、弓など戦闘系の能力まで
幅広く存在し、数値が高ければ高いほど、ゲーム内のその行為もうまく行えます。
特定の解放条件はなく、ゲーム内の行動でも上昇しますが、
現実での行動の方が上昇率は高いです。

Q.『GoW』内の貨幣基準を教えて！現実のお金は使うことができるの？

A.『GoW』内通貨の価値基準は右の表通りです。
配信者への投げ銭は、現実の通貨を
『GoW』内通貨に変換して使用できます。
配信者は受け取った投げ銭を『GoW』内で
使用もできますし、現実の通貨へ
換金することもできます。（＊換金には手数料がかかります）
課金アイテムは現実の通貨で購入できます。

10銅＝100円
100銅＝1銀＝1000円
10銀＝1万円
100銀＝1金＝10万円

Q. ギルドってなに？どんな種類があるの？

A. ギルドとは同業者同士で集まり、権利の保護や情報の交換・協力を目的に結成された組合です。冒険者、商人、職人、魔術師、学術、医療、吟遊詩人、暗黒ギルドなど、様々な職業のギルドが存在します。

Q. パーティではどんなことができるの？

A. パーティメンバーのみの文字チャットや音声チャット、
マップ上での居場所の確認ができます。

また、メンバーが近くにいる場合、メンバーが上げている熟練度は自身のものも上昇します。

Q. 魔法にはどんな種類があるの？相性は？

A. 基本属性は火、水、風、土、光、闇の6種類です。それぞれを組み合わせることで複合魔法を使うこともできます。火は水に弱いなど、相性は現実と同様ですが、光属性と闇属性はお互いが弱点です。国によっては上記に当てはまらない独自の魔法もあるかもしれません。

Q.『GoW』にはどんな種族がいるの？それぞれに差はある？

A. 人間族、エルフ族、ライカンスロープ族（人狼族）、獣人族、ドワーフ族、ヴァンパイア族（吸血鬼族）、天族、地族の8種類です。熟練度の上昇率やNPCからの対応に差異があります。また、天族、地族は扱える魔法の属性に制限があります。

Q. オフィス街ってなに？

A. ソーネ社と政府が協力開発したバーチャルビジネス街です。現実世界の企業のオフィスとして提供しており、内部での犯罪行為は現実の法律が適用されます。
現実世界からオフィスを移行に伴う助成金制度もあります。
もちろん、建物の賃料など、各種経費計上も可能です。

登場人物紹介

ヴィオラ

種族（ゲーム）
人間
種族（現実）
エルフ
使用武器
弓

蓮華

種族（ゲーム）
人間
種族（現実）
吸血鬼
使用武器
太刀

ガンライズ帝国様ご一行

種族（ゲーム）
人間
種族（現実）
???
使用武器
剣

アイン

種族（ゲーム）
アンデッド
使用武器
槍、大盾

水原洋士

種族（現実）
吸血鬼
蓮華の息子

ナナ

種族（ゲーム）
獣人（猫）
種族（現実）
???
使用武器
短剣

序章．東京へ

——……ん！　……か？

誰かが呼んでいる気がして、思わず後ろを振り向いた。

「どうかしましたか、父上？」

「ああ……いや、なんでもない。気のせいだったようだ」

「お疲れなのでは？　やはり、もう少し休まれてからの方が……」

「そうしたいのはやまやまだが、これ以上遅らせるのは無理だ、腹を括るしかない」

——……さん！　おい！

やはり気のせいではないようだ。一体どこから聞こえているのだろうか。

心配そうな表情でこちらを見つめている息子の肩を安心させるように軽く叩き、声の主を探すべく、その場を離れた。

と、その瞬間——。

「父さん！　返事をしてくれ！」

肩に強い衝撃を感じ、僕は慌てて身を起こした。

「っ⁉」

「大丈夫か⁉」

「いったあ……。……あれ？　洋士《ようじ》？　どうしてここに……」

「どうしてって……俺達は繋がってるだろ？　電話しても出ないし、様子を見に来たら倒れてるし……どんなに揺すっても声をかけても目を醒まさないから心配した。一体なにがあったんだ？」

吸血鬼の親子関係にある者は、お互いの状態がなんとなく分かるようになっている。僕が気絶した事を、洋士の方で感じ取ったのか……。でもそもそもなんで気絶したんだっけ。

確か王都クエストが終わってダニエルさんと話したあとにログアウトして……。

「そうだ、血が飲めなくなった理由を思い出そうとして……そしたら急に頭が割れるように痛くなって気絶したんだった。なんだか随分と懐かしい夢を見ていた気がしたけど……覚えてないや」

僕の説明に洋士は、信用ならないといった表情で沈黙した。いや、別に嘘はついてないよ？　理由もないし。

「まあ、なんともないなら良いが……恐らく丸一日気絶してたはずだぞ。……またいつ同じ事が起こるか分からない。このまま東京に行こう」

「丸一日⁉　そんなに……」

名案だとばかりに一人で頷く洋士の肩越しに時計を見ると、短針が三を指している。ログアウトしたのが十三時半くらいだった気がするから……洋士が居るって事は一時間半のはずがない。外の明るさ的に夜中という事もないようだし、どうやら本当に丸一日気絶していたらしい。洋士が心配するのも無理はないけれど……。

「……部屋の準備は……？」

日当たり良好の部屋はどうなったのだろう？　行きました、準備が整ってませんでした、では困ってしまう。

「言ってなかったか？　ちゃんと遮光性ばっちりの部屋を用意済みだ」

「え⁉　聞いてないよ！　準備出来たら連絡くれるって言ってた……よね⁉」

「そういえばそうだったか？　忘れてたらしい、悪いな」

「……まあ良いけど。それじゃあ荷造りするから、待っててくれる？」

「洋服とコクーンはこっちで用意してある。必要なのは仕事道具とか……その辺だけで良いぞ。足りない物は現地で調達すれば良い」

「ああ、うん……服とＶＲ機器の心配が要らないなら、そんなにかからないかな」

僕ですら知らない洋服のサイズを知っている点について思う事はあるけれど……。まあ和服と違って洋服は既製品だし、そんなものなのかな……？

「あと……血液パウチはどうすれば良い？」

「あっちに十分な量があるから要らないぞ」

「ん、了解。って事は……もしかして荷物らしい荷物はない……？」

未読書籍となんかアメニティーグッズ的な？　ものくらいかな。

「うわぁ……最上階が見えないほど高いんだけど……」

駐車場に入る直前、洋士のマンションを一瞬だけ見上げながらちょっと引き気味で呟いた。

集会で億ションに住んでいるとは聞いたけれど……これはその中でも桁違いなのでは？

「ところで、なんで洋士はタワーマンションに住んでるの？　色々デメリットも多いって聞くし、日当たりの良さは僕らにとってはメリットじゃないよね。勿論言いたくないなら無理にとは言わないけど……」

「別に、誰かさんと違って日光を浴びてもチリチリする程度だしな、慣れれば平気だ。デメリットは確かに多いが……、実は俺達にとってはそうでもない。停電時の水・食料の備蓄は一切必要ないし、階段で上り下りするのも苦にならない。管理費や修繕費が高いといえば高いが、その分コンシェルジュも常駐しているし、近隣には利便性の高い施設が多い。マンション内にも娯楽施設から店までたくさんあるぞ。スーパー、ジム、シアター、図書室……とかな」

「シ、シアター！　図書室！　なんて甘美な響き……」

「はは、絶対そう言うと思ったよ。父さんの住人登録は済んでるから施設はいつでも自由に使える。二十四時間開放されてるから、気が向いた時にでも行けば良いさ」

「じゅ、住人登録……？」

予想外の単語に僕はちょっと戸惑ってしまった。住人になるつもりは一切ないよ？

「あー、ゲスト登録だと色々制限があるんだよ。まあ別に常時住んでなきゃいけない訳でもないし、住人登録のが手っ取り早かっただけだ、深い意味はない。ま、ここが気に入ったら住み続けたって良いんだぞ？　俺としてもその方がなにかやらかすんじゃないかと心配せずに済むしな」

「失礼な！　まるで僕が常時やらかしてるみたいじゃないか……」

　抗議してみたものの、ここ最近のやらかし具合は正直自分でもかなり問題があると思っているので強く言えない。いっその事作家業をやめて、昔みたいに太陽と共に寝起きする生活になれば誰にも迷惑をかけずに済むのかな……。

「そういえば、洋士が連絡を忘れるなんて珍しいよね？　そんなに忙しかったの？」

「ん？　父さんがイベントだなんだと忙しそうだったから……」

　あれ、どうして洋士が知っているんだろう……。

「イベントがあるって言った事あったっけ？」

「いや、ほら、ソーネ社に聞いたんだよ。父さんが選んだ国はイベント中だから忙しいと」

「あ、なるほど……」

　僕のコクーンを改造するにあたり、ソーネ社とのやりとりやデータ提供は全て洋士が代行してくれている。そこ経由で聞いたなら納得だ。

「あとあれだ、前にも言ったが独り言には気を付けろよ。ゲーム内でも運営が見てる可能性は十分にあるんだ。俺達の種族の事は勿論だが、コクーン改造の事もだぞ」

「前にも聞いたけど……もしかして僕、無意識になにか喋ってた？　ソーネ社からなんか言われたとか……？」

「いや、別に。父さんは普段から独り言が多いから、俺が勝手に心配になっただけだ」

　なんて話しているうちに、洋士の部屋の玄関まで辿り着いてしまった。時代の流れって凄いな……。最上階までエレベーターで一瞬だった。なにより六十階建ての建物が存在するのが信じられない。

玄関から順に、一通り間取りの説明を受ける。準備が整ったという洋士の言葉は本当で、リビングの大きな窓には分厚いカーテンが引かれ、一切の光を通さないようにされていた。きっと洋士は日の光を浴びるのが好きなのだろうし……コクーンの改造が終わるまでとはいえ、申し訳ない。

そうしていいよいよ、間借りする部屋とのご対面。

「お、お邪魔します……」

そっと扉を開けて入るとそこは――、

「えっ和室⁉」

「ああ、元々和室なんだ。父さんもここが一番落ち着くだろう？　嫌なら洋室を用意するが」

「いや、ここが良い！　ありがとう。まさか東京に来てまで和室で過ごせると思わなかったから、ちょっとびっくりしただけ」

「そうか。見て分かると思うがコクーンは勝手に置いといた。ああ、最終的に改造してもらうのはその筐体《きょうたい》だ、好きに使って良い。それから布団は押し入れの中に入ってる。洋服の類いは全部そこの箪笥《たんす》の中だ」

「あ、うん……。って、コクーンの代金は⁉　ちょっと待って、払うから口座番号……」

「必要ない」

「いや、そんな訳にはいかないでしょう。凄く高いものだって知ってるよ？」

「こんなの、俺の養育費に比べたら微々たるもんだろ？」

「あの当時の生活でそんな金額、かかる訳がないって……」

「赤ん坊の時から成人するまでだぞ？　どう考えても超えてる。たまには親孝行させろ、いいから黙って受け取ってくれ」

確かにこんなに凄い所に住んでる洋士からしてみれば端金《はしたがね》なのかもしれないけれど、いくらなんでもなあ。でもずっと養育費について気にしていたのなら、彼の気持ち的に受け取った方が良いのかも……。

「今まで一度も気にした事なんてなかったじゃない。どうして今になって……」

「はあ……気にしなかったんじゃない、恩返しをする機会がなかっただけだ。こっちはずっと一緒に住もうと言っていたのに、それを無視して気付けば勝手にど田舎に家を買って……一切音沙汰もなし。俺が行くから交流が続いてるだけで、父さんの方から連絡してくるのは新しい身分が必要な時くらい。それでいつ恩返しが出来る？　今回だって問題が起こったから連絡してきただけだろう？」

「なんだよ、なにか言う度に面倒臭そうな態度を取っていたのはそっちじゃないか。今更そんな事言われても信じられないよ」

「そりゃあんたが面倒な事態になった時しか連絡をよこさないからだろ！　普段から連絡を取れと言ってるんだ！」

「ええ……」

いつも冷静な洋士が、突然感情を露わにしてきた事に僕は驚いてしまった。これはあれだろうか。親孝行したいという息子の気持ちに気付けなかった僕が悪い感じ？　最近は家にも来なかったし、てっきり僕の方が避けられてるのだと思っていたのだけど。つまり……僕から連絡するのを待っていたって事？

「と、とにかくだ。……親に捨てられた俺を育ててくれたんだから、感謝の証としてせめてこれくらいは払わせろって事だ。……こんな事言わせんなよ、恥ずかしい」

顔を赤くしながら洋士は部屋を出て行ってしまった。人の機微に疎《うと》いせいで知らぬ間に洋士を傷つけていたようだ。我ながらこんな鈍さでよく作家をやっているな、とつい関係のない事を考えてしまった。

「でもそうか……、洋士は僕に感謝をしていたのか。てっきり恨まれてるものだとばかり」

赤ん坊から成人まで育てたといっても、結局そのあと彼が命を落としかけた時、いずれ彼も終わりのない生に後悔するだろうと分かった上で吸血鬼に転生させた。しかも僕はそれを洋士本人に選択させ、その上彼の家族も手にかけている。恨まれこそすれ、感謝をされる謂《いわ》れはない。

さらに卑怯な事に、僕はこの事実を本人に伝える事も、さりとて何食わぬ顔で接する事も出来ず、自分から連絡を取る事を控えていたのだ。いつか洋士の瞳の中に僕への憎悪の感情が宿る、その時が怖くて。

壱．評価と買い物

ソーネ社は現在、洋士からの情報を基に改造にあたっての構造を検討・試作品製作中との事で、まだ僕が呼ばれるタイミングではないらしい。

荷解きらしい荷解きもないし、来て早々マンション内の施設を探検する度胸もない。そんな訳でひとまず洋士にセットアップ——僕の家のコクーンからのアカウント引き継ぎ——をしてもらった筐体で、イベント後のシヴェリー《王都》に久々に降り立った。

気絶やら引っ越しやらで結局昨日はログイン出来なかったので、やる事は溜まっている。まずはギルドで今回の王都クエストの評価・報酬受け取り。あと、骸骨さん《相棒》だけが遺体に戻らなかった理由も調べないといけない。

それにヴィオラとのパーティの件。王都クエストという期限は過ぎたので、今後どうするのか決めないと。あと二日ほどで篠原さんと合流し仕事を再開するので、ある程度ゲームが出来る時間は減る。その辺りも鑑《かんが》みて話し合わないと。

まあ、まずはギルドだ。前回、王都クエスト終了直後にギルドマスター《ダニエルさん》と話した際に相棒についても聞いてみたのだけれど、彼も分からなかったらしく「調べておきます」と言われたのだ。あれからゲーム内ではほぼ六日経っている事になるし、そろそろ進展があるかも。

「……一応全身持っていった方が良いか……」

久々にジョンさんの食事を堪能したあと思い立ち、自室へ戻って相棒の身体を背負う。さすがに正面玄関からこの格好で出て行くのは店の評判にかかわるだろうと考え、裏口からこっそりと店を出た。

もう何度も通り、すっかり覚えてしまった道を使ってギルドへ。建物内はとても賑やかなのでどうせ聞こえていないだろうけれど、無言で入るのが落ち着かないのでいつも「お邪魔します」と一声かけてから正面玄関をくぐっている。

「あっ蓮華《れんげ》さん！　お待ちしてました！」と僕の姿を認めた瞬間、立ち上がるギルドの受付職員さん。もしかして全然来なくて迷惑をかけてた？　……確かに六日は……間が空きすぎか。

「すみません。ちょっと所用でしばらく来られなくて……」

「良いんです良いんです。実は今、例のスケルトン関連でとある人がギルドマスターと面会中なんです。それで、蓮華さんがいらっしゃれば話が早いなと。上にいるので、是非お会いになってください」

教えてくれた職員さんにお礼を言って、いつものように階段を上る。今更だけれど、一階より二階で過ごしている時間の方が長いような……しかもそれを当たり前のように受け入れて、案内されなくても右側、手前から二つ目の部屋の扉をノックしている自分が怖い……。

「どうぞ」というダニエルさんの声に、諦めにも似た境地で入室した。仕方がない、きっと僕が色々想定外の動きをしているからこうなっているのだろうし、自業自得だ。

「失礼します」

向かい合う形でソファに座っているのはダニエルさんと……見知らぬ女性。

「ああ、丁度良かったです蓮華くん。実は先日ご相談いただいたスケルトンについて、一つ可能性を思い付きまして。こちらはテイマーのアリオナさん。うちのギルド所属の冒険者です」

「あ、えっと、蓮華です。アリオナさん、よろしくお願いします。ところで……、テイマーとは？」

聞き慣れない言葉に僕は首を傾げた。

「初めまして、先日の活躍は色々と聞いてるわ。よろしくね、蓮華くん。で。テイマーは、一言で言えば動物や魔獣をテイム……つまり契約して使役する人達の総称よ。ギルドマスターは、貴方とスケルトンの間でテイム契約が成立しているんじゃないかと睨んでいる。それを確認する為に私が呼ばれたって訳。もし良かったら貴方のスケルトン、確認させてくれないかしら？」

どうやら現実世界で人間がペットを飼うのと同様に、ここでも動物と親しくなる事が出来る、と。違いは、その範囲が犬や猫に留まらず、魔獣とか、現実に存在しない生き物にも及ぶ点と、契約によって成り立つ点？　さすがファンタジー世界。確かにそれなら相棒が昇天しなかったのも納得がいく。

アリオナさんの言葉に頷き、背中に背負っていた相棒の身体と、腰に差していた腕を外して彼女の前に差し出した。とはいえ、身に覚えは全くない。テイム契約が完了していると判断されても、それはそれで謎が深まりそうだ。

「うんうん、じゃあ失礼して。おお、本当に動いてるんだねー、頭がない状態なのに再生もしていない。小耳に挟んだ話だと、貴方と意思の疎通が取れていて、腕の使用についてもスケルトン本人が許可をしたって。どうやって意思の疎通を図っているの？」

「僕がこの子になにかを聞いたら、腕を使って意思表示してくれるんです。最初に『武器が壊れたから腕を代わりにしていいか』と聞いた時は……あ、こんな感じで。あと、アンデッドが消えた際は一緒に喜んでました」

僕の説明に合わせてサムズアップをしてくれる相棒。本当に言葉が分かっているようでありがたい。

「ず、随分感情表現が豊かなアンデッドなのね……珍しいわ。うーん、そうね……、そもそも私はアンデッドをテイムした事例を聞いた事はない。でも、話を聞いていると間違いないと思うわ。この子の身体からも……貴方との繋がりを感じる。ただ、テイマーの存在も知らずにどうやってテイム契約を行ったのかしら？　なにか心当たりはある？」

「いいえ、全然。正直いつからテイム契約？　が成立していたのかも分からないです。ただ、意思の疎通が出来ていた事を考えると、森でこの子を生け捕りにした時だとは思います。でも、やった事となると……神聖魔法もどきで頭を消し飛ばした事くらい……ですかね……」

「え、えぐい戦い方するのねー、神聖魔法で浄化するならともかく頭を吹き飛ばすって……」

アリオナさんにちょっと引かれてしまった。うう、だって物理攻撃は全然通じないし、魔法もまともに使えない状態で、苦手なアンデッド相手にこっちもいっぱいいっぱいだったんですよ……。

「……うん、とりあえず私の判断としては、このスケルトンは蓮華くんとテイミング契約状態にある。ただ、契約方法が通常と違うみたいだから、そこが今後どう影響するのかは分からない。あと……本来、スケルトンは自己再生するはずなのに、何日経っても再生しないのは何故かしら。貴方の命令待ちなのか、特殊な契約状態による支障なのか……。悪いけど、ちょっとこの子の身体の拘束を解いて、再生を命じてもらえる？」

「分かりました。じゃあ……ええと、自分で身体を組み立てる事って出来る……？」

合点承知之助《がってんしょうちのすけ》！ とばかりに左腕でサムズアップして、自分で勝手に組み上がっていく相棒。おお、そこのパーツはそうくっつくのか、うん、まさに生命の神秘。今更だけど、全パーツ揃ってる？ 大丈夫？ 足りなかったら森まで探しに行くから言うんだよ……？

「大丈夫？ 違和感はない？ うんうん、良かった。あー……、頭も戻せる？」

それも大丈夫！ と両腕サムズアップで強調してから、ぴたりと静止する相棒。集中でもしてるのかな……と見守っていたら、空中から欠片が集まって徐々に頭が出来上がってきた。凄い、粉々に砕かれたりした時だけじゃなくて、消滅した場合でもこうやって再生出来るのか。だったらパーツが足りなくても関係ない……。なんでもありだな、骸骨さん。

「元の状態には戻るのね。それに貴方の指示もしっかり聞いてる。特に契約に支障があるようには見えない……。そうねえ……、テイム契約って、自分の血と相手の血を触れ合わせた状態でテイムする相手に名前をつけるの。だから相手が同意していない状態じゃ難しいし、そもそもスケルトンみたいに血がない子とは契約出来ない、というのが常識なのよ。でも貴方とその子の間に変なところはない……。ひとまず名前をつけて様子見……ってところかな。分からない事があったり、なにかあったら必ず私に知らせて。分かる範囲でどうにかするから」

アリオナさんの説明の半分くらいしか理解出来なかったけど、「あり得ないはずだけど契約出来ている」という事は分かったので頷いておく。今後もこの子と付き合っていくなら、どちらにせよテイムについての勉強が必要だろうし、あとで図書館にでも行こう。

「それじゃ、私の方はもう用済みかしら？　このあと行く所があるのよ」

「助かったよアリオナ。私はまだ蓮華くんと話があるから、見送りは出来ないけど」

ダニエルさんがそう言うと、ひらひらと手を振ってアリオナさんが部屋を出ていった。

僕との話って、先日のアンデッド殲滅《せんめつ》戦の評価だよね。どきどきしちゃうなあ。悪い事を言われないと良いのだけど。

「ははは、別にそんなにガチガチに緊張しなくても大丈夫ですよ。真摯に依頼に取り組んでくださった方は、基本的に一定以上の評価が保証されていますから。実は個々人の評価は、既に当日終わっていたんです。貴方がた隊長格だけ別途対話の場を設けたのは、『隊長としてどれだけ配下の隊員達を見ていたのか』や『虚偽の報告をしないか』を確認したかったからです。評価の為とはいえ、騙すような形で聞き取り調査を行った事は謝ります、すみません」

にこやかな笑みを浮かべながらも、こちらの様子を窺っているような気がする。今この瞬間の反応すらも評価の範囲内なのかもしれないと思い、僕は黙って頷いた。

「さて。蓮華くんの評価ですが、戦闘部隊での貢献度ではぶっち切りのトップです。その他、今回の異変の背景について独自で調査を行い、事前に色々考慮してくださっていた事と、実際にペトラ・マカチュ子爵令嬢が現れた時の対応・分隊員への指示出しなどなど。その辺りを考慮すると総合評価はS、最高ランクです。……ただ、中央の部隊長であるヘルムート・マカチュ子爵からの命令無視、および子爵令嬢と子爵を接触させた事を加味すると……どうしましょうか」

「ど、どうしましょうかとは……？」

「うーん、実は私としても評価を決めあぐねていると言いますか。貴方の命令無視については他の分隊長などからも話は聞いていますし、命令の内容が内容だけに罰するのもおかしいとは思っているんです。ただ、お咎めなしでは今後もこうして命令無視をする方が出て、規律が乱れかねない。それから、子爵令嬢を見逃した件についてもですね。結果として子爵は亡くなってしまいましたし、こちらについても……。とはいえ、子爵の周りに居た人たちからの証言によれば、令嬢に対して相当ひどい仕打ちを行っていましたから、自業自得と言えば自業自得です。そもそも子爵を実際に殺《あや》めたのは令嬢。罪に問われるべきはそちらですが、元々彼女は既にこの世に居ませんし……」

　ダニエルさんは溜息をついてから再び口を開いた。

「正直貴方を罰してほしいと一番言いそうな子爵がもう居ないですし、二人を引き合わせたのが故意だったのか過失だったのかを判断する証拠もないですからね……。冒険者ギルド自体が治外法権ですから、たとえ子爵がご存命で、抗議があったとしても……私としては別にお咎めなしで良いとは思っています」

「なるほど。でも結果だけ伝えず、わざわざその話を僕にするという事は……」

　条件がなにかあるんですよね……。

「一応灰色を白と言い張る事になりますから、少し労力も要りますし……この際蓮華くんに貸しを作っておきたいんですよね。この先ギルド側から無茶な頼みを貴方にするかもしれませんし、その時に今回の事を思い出していただければなー、と。いかがでしょうか？」

色々見逃して今回の評価をSにするんだからなにかあった時に借りを返せよ、という事ですね。

やはり組織のトップ、交渉ごとが上手いなあ。

「分かりました。どんな無理難題を突きつけられるか今からどきどきしますが、まあそれはその時という事で。その代わり、今回の評価に関してはお願いしますよ？　武器を買わないといけませんから」

「ご期待に添えるか分かりませんが……今回の報酬はもろもろ込みで二金でどうでしょうか？　高望みをしなければ二人分の武器と防具を揃えられるかと」

「二、二金ですか……!?」

僕は思わず聞き返してしまった。

オルカから王都までの五十日で護衛費用一金、食事は依頼人持ちだった。と考えると一日……どころか四時間で二金というのはとんでもない額なのでは？　日本円換算で二十万円ですよ。

「S評価は最低ラインでも一金五十銀なんです。そこにプラスして、今回で言えば殲滅したアンデッドの数によって金額が上乗せされています。蓮華さんは魔術師という事もあってかなり高めですね。他の方へのエンチャントも考慮されていますし」

「そ、そうなんですね……あまりの金額の高さに驚いてしまいました」

「いえいえ、これからも似たような報酬額の依頼が増えますよ、多分。今回でランクDへの昇格試験が受けられるようになりましたからね」

まるで予定調和だと言わんばかりにさらりと昇格試験の説明をするダニエルさん。曰く、昇格試験は自分の意思でいつでも受けられるけど、テイマーの場合はテイム対象の能力も込みだから、連携に慣れてから受けた方が良い。また、不合格の場合は再試験が受けられるまでに十日ほどかかるとの事。

相棒になにが出来るのかも分からないし、武器も防具もない。そもそも僕は食事代と宿代さえ確保出来れば良いのだから、昇格する必要性も怪しい。ダニエルさんには申し訳ないけれど、急いで受ける必要はないよね。

それとテイムされている対象は、その証明として首輪の装着義務があるらしい。ダニエルさんから受け取って、その場で相棒の首につけてみたけれど……裸に首輪はだいぶ浮いている。早急に着る物も調達しないとなあ。

一通り説明が終わったあとテイム届けを書き上げ、報酬を受け取ってから二階をあとにした。置いてきた書類を基にテイムの手続きはダニエルさんが行ってくれるとの事。

さて、いくら報酬が入ったとはいえ使い道は決まっているので、稼ぎ続ける為には依頼を受けなければならない。なにか面白い依頼でもないかと一階の掲示板を確認……するのだけれど。実は最近、気になっている事がある。依頼が貼り出された掲示板の前はいつも人だかりなのに、僕が近付くと他のプレイヤーがさっと左右に割れるのだ。もしかして僕はモーゼだった……？　なんて勘違いをするくらいほぼ毎回。何故だろう？

一、相棒がいるから。これを真っ先に思い浮かべたけれど、たったこれだけの事でこんな反応をするだろうか？
二、見た目が冒険者らしくないから。……ちょっかいをかけてくるならともかく、この反応は変。
三、ＮＰＣプレイヤーだから。いやいや、触れたからといってＮＰＣが感染する訳でもあるまいし。
四、僕の存在そのものが嫌われているから。これはちょっと傷つくな……。
うーん、どれもしっくり来ない。

一度ヴィオラに聞いた際は「本当に分からない」と言いたげな表情で首を横に振られてしまったけど、どことなく嘘くさかったので「なにか知ってるんだろうなあ」と思っている。でも本人が言いたくない事を無理やり聞き出すのもどうかと思い、追及はしていない。

実害がある訳でもないしまあ良いか、と最近は思い始めていたり。

最終手段として、左右に割れるプレイヤー達本人に聞くという手もある。けれど……見知らぬプレイヤーに話しかける勇気があれば、僕は今頃全プレイヤーと友達だと思います。紙と筆記具で作られた世界で生きているとね、現実での意思疎通の方法を忘れてしまうんだよ！　篠原さんに対しても「包容力のある落ち着いた作家」像を演じる事でどうにかまともに会話を続けているのだから。

まあ、僕自身いつも「誰だこの胡散臭い人物は」と思ってるので、篠原さんも内心引いているのかもしれないけれど……。


さて、次は武器と防具……あ、その前に名前か。

「生前の名前とかは覚えている？」

僕の質問に相棒は首を横に振った。どうやら記憶喪失らしい。アンデッドは皆そうなのかな？

「じゃあ、希望の名前はある？」

この質問にも相棒は首を横に振る。どうやら完全に僕に一任するつもりらしい。うーん、自慢じゃないけれど、僕に名付けの才能はない。本人が決めてくれるのが一番良かったんだけど。

「えっと……そもそも男性？　で合ってる？」

骨の構造を見て分かるだけの能力は僕にはないので、念の為確認しておく。それすらも覚えていなかったらどうしよう？

「あ、男性なんだ。そこは覚えていて良かった。じゃあ名前は……ええと、一、ジェンク。二、ブリック。三、松田。四、アイン。好きな名前を番号で教えてくれる？　なかったら否定して」

執筆時は名前辞典を参照したり篠原さんに相談したりしていて、僕が自力で決めた事はない。そもそもこの国で使われているような西洋人名に至っては完全にお手上げなので、骸骨といえば……と思い浮かんだ、ここ数十年の有名どころの名前を適当にこねくり回して提示してみた。

「はい」か「いいえ」以外の質問でも問題はないようで、指を四本立てる相棒。自分で挙げておいてなんだけど、三番を選ばれたら呼びにくいなあ……と思っていたのでほっとした。

「四番、じゃあアイン、改めてよろしくね！　早速で悪いけど、アインの得意な武器はなに？　服のついでに装備も揃えちゃおう」

選択肢のない質問に対してはどう反応するのか見たかったので、少々意地悪な聞き方をしてみた。

するとアインは、身体全体を使って自分の得意な武器を主張してくるではないか！　なるほど、話せないだけで知能レベル自体は人間のままなのかもしれない。……もしかして頭蓋骨の中には脳味噌だけが存在してたり、する？

「盾……となんだろう？　剣？　ではない……？　刺突剣……は近い？　……あ、槍？」

なるほど、盾と槍か。

伝わった事が嬉しかったのか、アインは両腕でサムズアップをして主張してくる。アインはサムズアップが好きだなあ。

盾になってくれる味方が出来たのは嬉しいけれど、今回の報酬で刀を入手するつもりだった僕としては、アインの武器と防具を新たに揃える必要が出てきたのは正直誤算。オーダーメイドは諦めて、店売りの片手剣で我慢するしかないかな？　変な癖がつく前になんとか刀に切り替えたかったのだけど……。

「とりあえず、店を見て回ろうか。アインが求めてる盾と槍がどんなものか気になるし」

最近ヴィオラに教えてもらったのだけど、昼夜問わず店で買い物が出来るらしい。というのも、たいていの店には盗難防止用の魔法が設置されているので、無人でも営業可能だから。さすがにレストランみたいな有人必須のお店は無理だけど、既製品の武器や防具を売っている店であれば問題ない。

どうしてそんな便利なのかといえば、冒険者ギルドが年中無休で営業している影響。窓口の職員が昼夜問わず交代で依頼を受け付けているので、それまでは就寝中にたたき起こされる店主も多かったようだ。

冒険者ギルド側は依頼の回転率が上がるし、店側も睡眠を妨害されずに売上が増えるならと、街主体で盗難防止魔法の設置に取り組んだらしい。

「まあゲームだから、そういう設定の下に利便性を向上させただけだと思うわよ」とヴィオラは言ってたっけ。でもこうやって違和感のない背景まで用意する辺り、ソーネ社の人達は凄いと思う。

そうして無人の店を駆け回った結果、想定外の事実に直面していた。

「困った……、既製品の服が売ってない」

いつまでも裸というのもなんだかな、と思って先に洋服を探し始めたは良いけれど、考えてみれば中世ヨーロッパ風のこの世界、洋服はサイズに合わせたオーダーメイドが当たり前なのだ。そんな上等な服ではなくて、市民が着るような服……と思って探していたけど、それらは各家庭で作る物であって、売るという概念はない。盲点だった。

「繕い物は得意だけど、一から自分でとなると自信がないしなあ……」

仕方がないので、一旦保留して武器や防具を見に行く事に。最悪防具さえ着ていれば洋服がなくてもどうにかなるかもしれないし……。

どの店が良いのかも分からないので、店を何軒かはしごして相場の把握をしつつ、欲しい商品に目星をつけていく。

でも、アインのお眼鏡に適う装備が一切ない。品質にこだわっている……訳ではなく、どうも求めているサイズや形ではないらしい。僕の解釈が間違っていなければ、アインが求めているのは身の丈ほどの大きな盾とこれまた身長程度の大きな槍。とてもではないがオーダーメイド以外では手に入らないであろう代物だ。

ふむ……オークションならどうだろう？　僕自身は相変わらずシステムメニューを開けないので使えないけれど、今ならヴィオラに代理購入をお願いする事は出来るし。

もしかすると、店売りしていないような珍しい形の物もあるかもしれない。確かヴィオラから聞いた話だとオークションは全プレイヤー共通らしいので、カラヌイ帝国のプレイヤーも出品している はず。オーダーメイドじゃなくても刀が手に入る可能性がある。

「これは一旦、ヴィオラに会えるまで買い物は保留した方が良いかもしれないなあ……」

そう結論付けてエリュウの涙亭に戻ったところで、丁度強制排出の時間に。買い物をしてるとあっと言う間に時間が過ぎちゃうなあ。

◇

コクーンから這い出ながらふと、「もし街中でログアウトしてたら、アインはどうなったのだろう？」と気になった。

アリオナさんに聞いたところで、彼女はＮＰＣだし……、プレイヤーの情報を調べた方が良さそう。でもパソコンは自宅に置いてきてしまったから……。

「洋士、余ってるパソコンがあったら貸してほしいんだけど。ちょっと調べ物がしたくて」

「それは別に構わないが……俺のは誰かさんの骨董品と違って、仮想ディスプレイタイプの最新型だぞ？　使えるか？」

「かそーでぃすぷれい……最新型……。お、音声検索が出来れば、なんとか……？　そんなに操作性が変わるの？」

「まあ、それなりに。丁度手が空いてるし代わりに調べてやるよ。壊されても困るしな」

そう言って意地悪く笑う洋士。否定しようにも僕自身ありえそうだと思ってしまった。うう、悔しい。

結局、僕がいつもかける十分の一くらいの時間でお目当ての情報を引き出してくれた洋士。これが時代の流れに乗っている人との差か……。

「プレイヤーにもテイマーは結構多そうだな。まあアンデッドをテイムしてるなんて書き込みは見当たらないが。大半は犬や猫、それから馬だそうだ。馬はテイムすれば楽に乗れるが、そうじゃなければ乗馬の熟練度を上げないと振り落とされるらしい。一番知りたかったログアウト時の情報だが……、『ログアウト中は契約者のログアウト地点で待機している扱いとなるが、実際には他のプレイヤーやＮＰＣからは見えない』。邪魔だし当然だな。『ただし、ログアウト中にも食事・エネルギーなどは平常時同様にインベントリもしくは倉庫より消費される。必要なアイテムがなくなったタイミングから現実時間三日経過で逃げられる。ただし契約は解除されない為、契約枠は空かない』。だそうだが？」

「必要なアイテム……？　あれ、うちの子ってなにが必要なんだろう……今までなにかを渡した事はないし、そもそも僕はインベントリなんて使えないけど」

「スケルトンだったか？　普通に考えたらアンデッドは既に死んでるからなにも要らないんだろうが……どうだろうな。まあ、父さんのログイン頻度を考えれば放置で逃げられる事はないだろうが、早めに調べておいた方が良いと思うぞ。アンデッドのテイマーは前例がないようだから本人に聞いた方が良いだろう」

「ん、分かった、そうする」

頷いた影響で髪の毛が一房前へと落ちたので耳にかけ直していると、じっと見つめていた洋士が、不思議そうな表情で口を開いた。

「そういえば……、髪は切らないのか？　腰まであったら不便だろう。まあそれはそれで作家みたいで悪かないが」

「作家みたいっていうか、作家だけどね。うーん、まあ、美容院の営業時間中は太陽が出てるから外を出歩けないし……って感じで伸びるに任せてるんだ」

僕の言葉に、洋士がぽかーんとした表情を浮かべている。あれ、また変な事を言っちゃった？

「重度の日光アレルギーの診断が出てるんだから、訪問美容師を頼めるんじゃないのか？」

「えっ!?　あれって僕も当てはまるの!?」

「いや、知らないが……『病気もしくはその他の理由により美容院に訪問出来ない』……十分該当するだろう。今まではどうしてたんだ？」

利用条件を調べたらしく、読み上げる洋士。確かに当てはまりそうだ……。

「我慢出来ない長さに到達した時に、自分で切ってた。ガタガタになっちゃうけど、時間が経てばそんなに違和感はなくなるし。もしくは、天気が凄く悪い日を狙って、村の理容室で切ってもらう感じ。でもあんまり村に下りると顔を覚えられちゃうからそっちは最終手段。引っ越しは面倒だしね」

哀れみの表情を浮かべる洋士。これは同情じゃなくて、自業自得で日光アレルギーになった僕を馬鹿にした表情だな。買ったは良いものの使いこなせる自信がなくて、箪笥の肥やしになっているバリカンの話をするのはやめておこう。更に馬鹿にされそうだ。

「はあ……。んじゃ今切っとけ。理容師と言わず美容師を呼んでパーマをかけたって良いぞ。匂いは気にしなくて良い」

「んー……パーマにしちゃうと、メンテナンスが大変そう。『ＧｏＷ』内でパーマヘアを選んだし良いかなあ。それに今は冬だから、髪を短くしたら首筋が寒そうだし……うう、でも美容師さんには興味ある……。背中くらいまでカットしてもらう為に美容師さんを呼んだら……怒られるかな？」

「怒られる事はないだろ……。もし日光アレルギーじゃ呼べないっていうなら、和泉《いずみ》経由でどうにかしてもらえば良いしな」

「いや、内閣官房副長官をそんな理由で巻き込むのは……あと、呼び捨てにしないの！　実年齢はともかくお世話になってる人には敬意を払わなくちゃ」

あ、でもこの場合お世話になってるのは僕だけだから良いのか……？　いや、普段から呼び捨てにしてたら要らぬ反感を周りから買うよね、うん。

「どうせ予約するだけでももたつくだろうから、こっちで勝手に予約しておくぞ。多分すぐ来ると思うからゲームには戻るなよ」

「ん、分かった。とりあえず着替えてくるね」


「凄いよ洋士、やっぱりプロに頼むと違うねえ!? 綺麗に揃ってる! ね、ね、似合う!?」

美容師さんのアドバイスもあり、やはりばっさり切るのはやめて背中程度で揃えた。それでも二十センチ近く切っているのだから、元が如何《いか》に長かったか分かる。

「はいはい、似合ってる似合ってる」

「ちょっと! せめてこっち見てから言ってくれない!? おざなりどころの騒ぎじゃないよ」

「ほら、美容師さんに引かれてるぞ。落ち着けって」

洋士の言葉に僕は我に返った。確かにちょっとはしゃぎすぎちゃったかも……、片付けもすっかり済んでいる美容師さんのにこにこ笑顔が「早く金を払えよ、帰りたいんだよ」という表情に見えてきた。

「……すみません、はしゃいでしまって。あ、代金です」

「いえいえ、喜んでいただけてなによりです。はい、確かに頂戴しました。では、またのご利用をお待ちしております」

そう言って美容師さんは帰っていった。うう、せっかく綺麗にしてもらったのにまた機会があったとしても恥ずかしくて同じ人を指名しにくい……!

さて、これからどうしよう。居候の身で日がな一日『ＧｏＷ』をプレイするのもなんとなく気が引けるし、かといって掃除をしようにも機械が勝手に動いたり、お手伝いさん？　みたいな人が来て全部やっている。僕達だけじゃ食事の準備をする必要もないし……。とにかく手持ち無沙汰。

一緒に住んでいた頃は微塵も気にならなかったのに今更そう感じるのは、やっぱり離れて暮らしてる間に他人の家って感じになったからなんだろうなぁ。昔はなにをして過ごしていただろうか？　なんて事をぼーっと考えていたら、洋士の方から話しかけてきた。

「昔、他の種族を探す旅に出たって言ってたよな？　あの時本当に一人も見つからなかったのか？　エルフも？」

「え、うん。全く見つからなかった。僕ら吸血鬼が居るんだから、エルフも確実に居るとは思うんだけど……。まあ、僕が吸血鬼だって気付いて逃げた可能性も否定は出来ないかな。でもどうしたの、急に？　あの時は全然興味なさそうだったのに」

「いや、別に。ちょっと気になっただけだ。本当にエルフが存在しているなら、噂通り魔法が使えるのか……もしくは弓の名手なのか、とかな。あー、よくあるだろ？　噂だけが一人歩きしているパターンが。魔法だと思われていたものが、高度に発達した科学や子供騙しのマジックだったりとかな」

「ああ、高度に発達した科学は魔法と遜色ないって昔から言うもんね、うんうん……。あ、実はエルフが科学に強い種族だって設定で物語を作るのも面白いかもしれないね。科学者集団のトップが実はエルフで……とか」

「……あんたはお気楽で良いな」

「えっ、それどういう意味？　今絶対馬鹿にしたよね⁉」

「さあな。そんな事より、変に気を遣わずに自由にしろって言ったよな？　図書館に行くなり『GoW』に戻るなり好きにしろ。そんなにじーっと見られたら顔に穴が開いちまう」

「う、うん。なんだ、ばれてたのかあ。じゃあお言葉に甘えて『GoW』に戻るよ……また六時間後にね」

うーん、鳶が鷹を生むってこういう事を言うのかなあ。僕が生んだ訳じゃないけれど。察しが良すぎて本当に僕が育てたのか疑いたくなっちゃうよ。

Side：洋士．一

父さんの部屋からコクーンの起動音が聞こえた少しあと。俺はひそかに溜息をついた。鈍いとは思っていたが、まさかあそこまでとは。

「どう考えてもあの女はエルフだろう……あの弓は人間業じゃない。エルフを探していた割に、どうしてそんな事にも気付かないんだ？　さっきもヒントを与えたつもりが微塵も気付きもしない。なにが『物語を作るのも面白いかもしれないね』だ。脳味噌お花畑か？」

我が父ながら呆れて物も言えない。正直、同じ発言を部下がしていたら「脳味噌お花畑か？」と口に出していた自信がある。

「あの女は父さんの正体を知ってて近付いてきてるとしか思えないんだが……考えすぎか？　全く、本当にエルフと会っていないのか、本人が気付いていないだけか疑わしいもんだな」

本人がどこか抜けているせいで、こっちは要らぬ心配をしなければならない。世話の焼ける父親だよ。だがまあ、最近は少し生気を取り戻してきている分マシか……。

少し前までは本当にただ動いてるだけという感じで見ていられなかった。あれだけ長く生きれば俺もそうなるのだろうか。最近は特に酷くて、いつか死を選ぶのではないかと気が気ではなかったが、どうにも避けられている気がして家にも行きづらく、ただ繋がっている感覚だけを頼りに生存確認をする日々だった。

それがソーネ社のお陰で毎日活き活きとし始めた。運動不足になりやしないか気になるところだが、まあ俺達吸血鬼は大病とは無縁だ、大丈夫か。

「ふむ、先日の投資額じゃやっぱり足りなかったか……？　あれは口止め料だし、感謝の証として追加で出しておくべきか」

もっと開発に力を入れて、父さんが長く楽しめるようにしてもらいたいものだ。ああ、都内に運動場を作ってもらうのも良い。確かあのゲームは熟練度制……、運動場は理にかなっているはず。

思い立ったが吉日、追加投資の件を伝えるべくメッセージを開けば、タイミング良くソーネ社からの連絡が来た。

――先日のイベントを機に、蓮華様の配信に対する注目度が上昇しております。これ以上本人に秘匿するのは厳しい為、お伝えする方向でご検討を――……。

「……父さんの性格上、これだけの人数が自分のプレイに注目していると知れば配信をやめる判断はしないと思うが……もう少し欲しいな。まだ『絶対』とは言えないレベルだ」

わざわざソーネ社に投資して配信の事を口止めしてまで、こっそりそれを見る自分は、どうかしているとは思う。だが止められない。なにを言っても死んだような表情しかしなかった父さんが、怒ったり怖がったり笑ったり……、楽しそうなのだ。あとで怒られたとしても、今はまだ見守っていたい。

「それにしても……『てっきり恨まれているものだとばかり』ね……」

まさか避けていた理由はそれじゃないだろうな？　俺が父さんを恨んでいると思って距離を置いていたと？

馬鹿も休み休み言えと叫びたいくらいだ。どこの世の中に、なに不自由なく育ててもらった上に死の淵から救ってくれた恩人を恨むやつが居るんだ？　一体なんだってそんな勘違いをしているのか全く分からない。

「むしろ俺の方が呆れられて見切りをつけられたんだとばかり思っていたんだがな……」

よそよそしい態度もそのせいだと思って我慢していたが、そうじゃないと言うなら、これからは遠慮なく接するとしよう。

【個スレ】名前も呼べないあの人【UIどこぉ】

名前を呼びたくても呼べない、あの人に関する話題です。
なんでNPCすら名前呼ばないの？　怖いんだけど。
※運営側も確認してあげてください。何だかおかしいです。

538【闇の魔術を防衛する一般視聴者】
二日近く配信止まってるなーと思ったら戻ってｷﾀー（°　∀°　　）ーｯ！

539【闇の魔術を防衛する一般視聴者】
あれか、ギルドに評価聞きに行く感じか。

540【闇の魔術を防衛する一般視聴者】
また二宮金次郎じゃん……。何度見てもこの背負い方シュールなんだけど
w

541【闇の魔術を防衛する一般視聴者】
お、昇天しなかったスケルトン様の謎が解明されるのか……？

542【闇の魔術を防衛する一般視聴者】
前回はギルマスすら分からなかったもんなｗｗｗ

546【闇の魔術を防衛する一般視聴者】
自分は一度も行ったことがないのに、配信の見過ぎでギルドの二階風景を見慣れてしまった俺氏

547【闇の魔術を防衛する一般視聴者】
>>546　蓮華くんが二階に呼ばれすぎなんや……。

548【闇の魔術を防衛する一般視聴者】
テイマーNPC!!

549【闇の魔術を防衛する一般視聴者】
美女との出会いが多すぎて裏山なのですが？

◇

564【闇の魔術を防衛する一般視聴者】
ま、まさかスケルトン様がテイムされているだと……？

565【闇の魔術を防衛する一般視聴者】
ふぁーｗｗｗその発想はなかったｗｗｗ

566【闇の魔術を防衛する一般視聴者】
まじかー、テイマーのプレイヤーって今どんくらい居るんだっけ？

567【闇の魔術を防衛する一般視聴者】
>>566　確かそれなりには居るけど、大抵が犬とか猫かな。
戦闘一緒にするって言うよりも採集手伝いとか。あと単純にペットとして。
移動用に馬をテイムしてる人も多いかな。
テイムしてない場合、乗馬熟練度がある程度無いと苦労するらしい。

574【闇の魔術を防衛する一般視聴者】
森での出来事ドン引きされとるやんｗ
まあ、眼に指突っ込んで頭吹っ飛ばしてるしえぐいよな。

◇

582【闇の魔術を防衛する一般視聴者】
あたまｗｗｗ生えてきたｗｗｗｗｗｗｗ

583【闇の魔術を防衛する一般視聴者】
こんなん草生えるわｗｗｗ

585【闇の魔術を防衛する一般視聴者】
アンデッドの生命力高過ぎでは……？

589【闇の魔術を防衛する一般視聴者】
血と血の契約かー。眼窩に指突っ込んだときに実は指怪我してた可能性微レ存？
スケルトン様の方は……実は血じゃなくて体液なら何でも良い説ない？
脳味噌ちょっと残ってましたとか……。

590【闇の魔術を防衛する一般視聴者】
>>589　想像したらグロかったw
まあでも契約成立してるなら身体の一部説はある。
それがなんだったのかは考えたくないが。

◇

595【闇の魔術を防衛する一般視聴者】
評価来るぞ……！

596【闇の魔術を防衛する一般視聴者】
ざわ……ざわ……

600【闇の魔術を防衛する一般視聴者】
貢献度ぶっち切りのトップw
そらそうなるわな。しかし総合評価は……、

601【闇の魔術を防衛する一般視聴者】
イベント始まる前から評価始まってんのね。背景の調査とか含まれてんのかー。

609【闇の魔術を防衛する一般視聴者】
めっちゃ笑顔で貸し作ったよ発言するじゃんこのギルマス。

610【闇の魔術を防衛する一般視聴者】
無理難題押しつける気満々では？？w

611【闇の魔術を防衛する一般視聴者】
親子喧嘩は犬も食わないって言うじゃん!!
貸し作る感じになったのは解せない。

612【闇の魔術を防衛する一般視聴者】
>>611　夫婦喧嘩は犬も食わない、やで……。

613【闇の魔術を防衛する一般視聴者】
親子喧嘩の規模がでかすぎるんだよなあ。

618【闇の魔術を防衛する一般視聴者】
2、2金……！たっけえ！いいなあ！俺B評価で60銀ちょっとだった。

622【闇の魔術を防衛する一般視聴者】
2金は確かに高いけど……装備揃えたらあっと言う間に消えるのでは？
もう腕を武器として使えないし、スケルトンにも要るだろうし。

623【闇の魔術を防衛する一般視聴者】
あっ……（察し

630【闇の魔術を防衛する一般視聴者】
ふぁーwwwDランク昇格試験!?　まじかよ。

631【闇の魔術を防衛する一般視聴者】
はっや……。俺まだGのままなんですけど。
今回戦闘部隊参加しなかったし当然っちゃ当然だけど。

◇

635【闇の魔術を防衛する一般視聴者】
蓮華くんがギルドの掲示板見る度に人が左右に分かれんのw
完全にモーゼで毎回見てて笑うんだけどw

636【闇の魔術を防衛する一般視聴者】

街で芸能人を見かけたときに、二度見したりキャーって黄色い悲鳴上げて後ずさるのと同じ原理かな？

声かけて蓮華さん本人にバレたり、他のファンにブーイング受けるのが嫌だから避けようとしてるとか。

本人めっちゃ気にしてるっぽいけど言えないんだよなあっていう。

ヴィオラさんのはぐらかしがグッジョブだった。

◇

640【闇の魔術を防衛する一般視聴者】
どうでも良いけど急にこの板流れ速くなったな。

641【闇の魔術を防衛する一般視聴者】
配信の登録者数めっちゃ増えてる
多分王都クエストの影響かな？？

642【闇の魔術を防衛する一般視聴者】
投げ銭もそこそこ増えてるわ……。
早くプレイヤーになって気付いたときのリアクションが見たいｗ

643【闇の魔術を防衛する一般視聴者】
アンチもその分増えてそうだなぁ。
自動削除番号が目立つ目立つ。

648【闇の魔術を防衛する一般視聴者】
まあ話題提供には事欠かないしな。
一．最速魔術師
二．剣術やべえ
三．アンデッド発見
四．ギルドランクＥスタート
五．子爵令嬢の存在突き止める
六．アンデッドをテイムしてた←ＮＥＷ
七．ギルドランクＤへの昇格基準達成←ＮＥＷ

649【闇の魔術を防衛する一般視聴者】
やらかしも多いんだよな。
一．ＮＰＣスタート
二．血液が流れる感覚を知っているらしい
三．年中ログインしていて寝てない疑惑
四．レストランを宿にする
五．アンデッドを武器代わりにする
六．二宮金次郎
七．本人アンデッド疑惑
八．闇蓮華降臨

650【闇の魔術を防衛する一般視聴者】
>>648　>>649　そら話題になりますわ……。

Side：ヴィオラ．一

「あっと言う間にイベントが終わっちゃったわね……」

蓮華くんとの約束はイベント終了時まで。それ以降もパーティを継続するかどうかは、彼の返答次第だ。

「パーティを組んでいた方がメリットがあるってアピールをもっと出来れば良かったんだけど。対アンデッドのイベントだったから、正直私の方が彼におんぶに抱っこ状態でなんのアピールも出来なかったし……」

最初の条件だったポーションについても、全然使われずに残っている。

「彼の痛覚設定がNPCと同様だったのは誤算だったわ。ただでさえ武術の心得があるのに、痛みも感じるなら尚更怪我しないように立ち回るのが当たり前よね。……せめてMPポーションが完成していればもう少し貢献出来たんでしょうけど……」

こちらは情報と知名度上昇。あちらはポーション類が無料で使い放題。最初に提示した条件もこちらに有利すぎたけど、蓋を開けてみればポーションのメリットすらないせいで関係は完全に破綻していた。

その上、エンチャントをしてもらったお陰でイベント評価も高くなってしまって。一方的に良い思いばかりして、これでは完全に寄生虫だ。

正直な話、最初は「相手は吸血鬼なんだから利用しても許されるだろう」なんて勝手に思っていた。でも実際の蓮華くんは、集落で聞いていた吸血鬼像とは完全にかけ離れていて、むしろ善人で。

好奇心から下心を持って近付いた自分自身が恥ずかしくて仕方がない。

「確かに私達エルフは長命で治癒能力も高いから、長い事吸血鬼に食料として扱われてきた……。でも彼は、そんな輩と同じとは思えない。勿論演技という事もある、でも……私だって他のエルフからは同族と認められない異端児。彼だって同じかもしれない。或いは日本の吸血鬼全体が……、これはさすがに甘すぎるかしら。はあああ、もう‼　どちらにせよ、一週間前の自分を殴りたいわ」

どう考えてもパーティは解消になる。でも、今更……本当に今更、彼の人となりを見て、「もっと仲良くなりたい」と思ってしまった。自分勝手で最低だ。

「挙げ句の果てには、彼のファンが掲示板に私の個スレまで立ててくれてるし、配信ページの登録者数も増えてる……。異性に近付くんだから炎上の一つや二つすると思ってたのに、むしろ感謝してくるってどういう事なのよ。本人があぁだからファンも善良な人が多いのかしら。本当に嫌になっちゃうわ」

イベントが終わって二日近く経っている。半ば強引に成立したパーティだったから、さっさと解散話を持ち出されると思っていたのに当の本人はずっとログアウト中のまま。

その間、私はずっと悶々としながら過ごしている。イベント終了がトリガーとなり、東の森の先が開放されたというのに王都でぼーっとしているのだ。本当にらしくない。

調子が狂ってどうしようもないし、気分転換に外にでも出よう。そう考えて、さくっと外出の準備を終わらせる。

久し振りにアニメインと書店巡りでもしよう。最近は『ＧｏＷ』ばっかりしていたせいで新刊も全然確認出来ていない。配信もそこそこの収入にはなっているし、ちょっと大人買いしても罰は当たらないわよね。


意気揚々と買い物を楽しんでいたのに、なんて運の悪い……。一番最後に向かった大型書店で、吸血鬼に遭遇してしまった。どうしてこんなに人口の多い街でピンポイントに遭遇するの!? 真っ昼間なのにどうして普通に出歩いてるのよ!!

しかもさっきからこっちを見ている……、なに？ 私がエルフだとバレた？ ううん、落ち着こう私。元々私の感覚が鋭いだけで、言葉を交わしたならともかく、すれ違っただけで異種族だと分かる人の方が少ない。それに私の見た目は完全に人間。うん……、大丈夫よ。

恐怖心から手が震えてしまっている。気付かれる前にさっさと別の棚に移動したいけど、移動する方がかえって警戒していますと言っているようなものかしら……相手が立ち去るまで我慢するのが正解？

駄目、いつまで経っても移動しない……。こうなったら、目当ての本がなかった振りをしてこちらが移動した方が自然かしら？ そうよね、よし、移動しましょう。

……っ！　なんでついて来てるの⁉　どういう事？　やっぱり私の正体を疑ってる？　それとももただ食料として誘拐するつもりなのかしら。も、もしそうなら今店から出た方が逆に危ないわよね。どうすれば……。

必死に本棚を見つめながら、全神経を集中して相手の様子を窺い続ける。背中は冷や汗まみれで寒気がするけど、命がかかっているのだから気にしていられない。ふと、相手の視線が急に私から外れた。電話がかかってきたらしい。

「なんだ？　買い物リストはちゃんと全部……、追加？　誰のなんて本だ？」

そう言いながら吸血鬼は移動していく。最後に一睨みされてしまった……。

今のうちに帰ろう。吸血鬼の身体能力は高いと言うし、うかうかしていたら追いつかれて家を突き止められてしまうかも。

結局あの店ではなにも買えず仕舞いだったけど、生きて帰ってこられただけで十分儲けものよね。

「それにしてもあの吸血鬼……誰かに買い物を頼まれている感じだったけど。この近くに他にも吸血鬼が暮らしてるの？　それに、お使いの途中でたまたま見かけてストーカーしてくるなんて……あの電話がなければ今頃……」

想像したらぞっとした。やっぱり食料にする為？　人間だと思った上で食料にしようとしていたのか、エルフだと気付いた上で食料にしようとしていたのかで危険度は段違いに変わってくる。最悪、東京を離れる事も考慮しなければいけない。

「田舎よりも東京の方が人に紛れられて楽なんだけど……こんな近くに吸血鬼が居たんじゃ買い物

どころか仕事も自由に出来ないわよね。さっきの雰囲気じゃ、日中なら安全って訳でもなさそうだし」

ただ、一つだけ気になる事がある。最後の視線……あれは食料を見る目というより、憎悪がこもっていた気がした……。でも吸血鬼に恨まれるような事なんてなにもないはず。

正直、同じ吸血鬼の話。完全に信用出来るかはさておき、蓮華くんに相談するのが一番だとは思う。でもそうなれば私がエルフである事も、私が蓮華くんの正体に気付いている事も話す必要がある。なにより彼は年中配信がオンになっている状態だから、秘密の会話なんて不可能。

それに、蓮華くんもきっと多分吸血鬼の中で異端の存在よね。平穏に暮らしているなら私が相談する事で邪魔をするのは申し訳ない。

「はあ、気分転換のつもりがかえって問題が増えるなんて……日頃の行いが悪いせいかしら」

家に戻ってから食料品が残り少ない事を思い出したけど、今は買い物に行く気分にも、食事を作る気分にもなれない。

カップ麺でも食べて、さっさと『GoW』へ戻ろう。久し振りにエリュウの涙亭で食事をするのも良いかもしれない。食料難は徐々に解消されているし、イベントのお陰で懐も温かい。嫌な事は美味しいものを食べて忘れるのが一番。豪勢な食事で自分を慰めるくらい、問題ないわよね。

弐．汚らわしい物

アインの事もあり裏口から出入りしていたら、ジョンさんに正面入り口から出入りするようにと言われた。

どうもこの世界では、テイムの証である首輪さえしてあれば店の中にスケルトンが居ても問題はないらしい。さすがに馬やその他の騎乗系種族は厩舎《きゅうしゃ》で待機してもらうけれど、小型生物は一緒に居るのが当たり前で、よくよく見れば極たまにプレイヤーらしき人も犬や猫を連れて食事に来ていた。料理に夢中で全然気付いていなかった……。

首輪さえしていれば出入り自由って「新鮮だなあ」と思ったけれど、要するにテイムされてる子は戦う仲間、言い方を悪くすれば武器や道具の一種。近くに居なければなにかあった時に困る、という考え方のようだ。納得。

それはそうと全然ヴィオラと会わないけれど、どうしたんだろう。もしかして僕が裏口から出入りしていたせいですれ違っていた……？　いや、それ以前にイベント終了直後から一日半ほどログイン出来ていなかった。避けていると誤解させたかもしれない……。

なんだか他のプレイヤーと交流し始めてから、システムメニューの類いが使えない事が不便になってきた。フレンド登録っていうのをしていれば、相手がオフラインの時や近くに居ない時も連絡手段があるらしいし。つくづく血液が飲めない自分の体質が憎い……。

「あ、ぶんたいちょー！」

そんな事を考えながらエリュウの涙亭に顔を出した瞬間、大きな声で呼ばれた。いや、正確には僕が呼ばれたとは限らないのだけど、声の主のあの特徴的なオレンジの耳と尻尾には見覚えがある。確かそう、ナナといったはずだ。隣に居る青緑の髪の大柄な青年は心の友、ガンライズさん。彼ら二人の言う分隊長は僕しかいないだろう。

あの時は知り合いって感じではなかったのに、二人はすっかり仲良くなったようだ。この二日くらいで交流を深めたのかな？　コミュニケーション能力が高い人達って凄いなあ……。

「えーと、久し振り。でもね、もう僕は分隊長じゃないんだよ？」

「あ、そうでした！　じゃあ、蓮華さんって呼んでも良いですか？」とナナ。僕は了承の意味を込めて頷いておく。

「ところで、今日は？　なにかあった？」

「なにかないと駄目ですか？　単純に会いに来ただけですよー。まあ、そろそろ美味しいお肉が食べたい気分になってきたので、食事目当てだったというのもありますけど」

「俺は別にイベント直後でも良かったんだけど、ナナが肉は食べたくないって言うから今日までお預けだったんだ」

まあ、あれだけ長い間ゾンビの腐臭を嗅ぎ続けていたらナナの反応の方が普通だと僕も思う。ガンライズさんはなかなか豪快な人だ。

「そっか。僕も丁度ご飯を食べに来たところだし、一緒に食べても大丈夫？」

「勿論！　色々聞きたい事もありますし！」

ナナの視線は僕の斜め後ろに向かっている。ああ、アインが気になるのか。

「そうだよね。正直僕もギルドで話を聞いた時は驚いたし、皆はもっとびっくりするかも」

リリーさんに食事を注文しつつ――まだ肉の焼けた臭いは避けたいところなので、エリュウ肉を使ったカレーにした――、僕は二人にアインを紹介。ナナは首輪から察していたらしいけれど、ガンライズさんはテイマーの存在を知らなかったらしく、非常に驚いていた。

「へー、テイマーなんて居るのかあ。んじゃそのスケルトンは今、名実共に蓮華さんの相棒って訳か。そりゃあの時お嬢ちゃんと一緒に昇天しなかったはずだ。納得。だけどそれじゃ、蓮華さんは武器がなくなった感じだよな。なにか買う予定は？」

「ああ、うん。イベントの報酬も入ったし、僕とアインの装備を買おうと思っていくつか店を回ってみたんだけど……、オークションはどうなんだろうと思って、一旦保留中」

「オークションかあ。正直今はまだ扱える素材が限られてるから、攻撃力に関しては殆ど全部一緒。値段に関しては流す人の考え方によるっつーか……。熟練度目当てで作ってる人はそこそこ良い物でもある程度安価に流してるけど、稼ぐ為に流してる人は当然相応の値段で流してる。んで、熟練度目当ての人に関しては、既にたくさんのフォロワーが居るから、出品された瞬間に売り切れる。残ってるのは大体値段相応で、そこら辺のＮＰＣの店売りとあんまり差がないかな。違いがあるとすれば、各国のプレイヤーが流してるからこの国では珍しいものも手に入りやすいってところくらい？　蓮華さんは人一倍ログイン時間が長いから粘れば安価で入手も可能そうだけど、そもそもまだ自分でオークションが使えないんだっけか……」

「えーと、ごめん、フォロワー？　ってなに？」

大体の説明は納得出来たけれど、そこだけは意味が分からなかった。

「ああ、えーと、お気に入り登録って言えば良いのかな？　プレイヤーの名前をフォローすると、その人が出品した時に通知が来るんだ。だからすぐ気付ける。けどそれは他のプレイヤーも一緒だから、人気のプレイヤーメイド商品は本当に一瞬で売り切れるんだ。フォロワーは、フォローしてる人の名称って言えば伝わる？」

「なるほど……なんとなく分かった。じゃあ別に普通の剣を買おうと思ったら、店売りでも良いって事かあ」

「むしろ手数料がかかる分、店売りよりオークションの方が若干値段が高いと思った方が良いですねー。メリットは、長い目で見ればプレイヤーの方がＮＰＣよりも質の良い物を生み出せるようになるかもって事と、即決購入ではなく入札形式であれば安く買える可能性もある事ですね。あとはやっぱり、さっきガンライズくんが言ったように、その国独自の珍しい物が手に入ったり」

「うーん、なるほど。じゃああれかな。アインの装備は店売りで、僕の武器だけオークションで買うのが良いのかなあ……」

「蓮華さんはどんな武器が使いたいんだ？　スケルトンの腕を使ってるイメージしかないけど」

「あれは今まで使っていた剣が破損したから、代わりに使わせてもらっていただけだよ。僕の剣術

は本来刀を想定したものだから、刀が欲しい。でもこの国だと刀を売ってるお店が全然なくて。オーダーメイドなら手に入るかもしれないけれど、それだとアインの装備まで資金が回せないし。あと、アインが欲しがる装備も店では売ってなかった……。身の丈ほどもある大盾と、同じくらいの長さの槍みたいなんだけど」

「刀ならカラヌイのプレイヤーが流してたと思うけど……。大盾に槍……ちょっと見てみるか。盾……はどれも小ぶりだなあ。大きい物でもせいぜい上半身が隠れる程度だ。お望みのサイズは売ってないな。槍もそれなりにあるけど、長さがなあ……。逆に刀はたくさん出てるな！　お、これは安い。でも耐久度が低いからパスか」

うん？　またしても良く分からない単語が。いや、耐久度という言葉の響きで大体の意味は分かるけれど……。

「耐久度が低いとなにが駄目なの？」

「そりゃ使ってる最中にすぐ壊れるから買い替え頻度が高くなるし。壊れる前に修理に出せば最大耐久度まで戻るけど、メンテナンス頻度が高いと遠出する時にも向かないから、結果として敬遠されるって感じ」

「うん？　その言い方だと、まるで耐久度は使い方に関係なくすぐに減るって聞こえるんだけど？」

僕の言葉に二人はきょとんとした表情を浮かべている。この表情には見覚えがあるぞ？　僕が変な事を言った時は大抵皆がこんな顔をする。でも今はおかしい事を言ってないよね？　あれ？

「え、なんか変な事言った……？」

「いや、俺らの感覚的にはどんな使い方をしても必ず耐久度は減るけど、蓮華さんは違うのかなって……」

「皆の耐久度がどれくらいを基準に減るものなのかが分からないけれど、僕がオルカの町で買った片手剣は……森で壊れるまで大体……二十日？　それくらいは持ったけど」

「そんなに⁉　え、現実時間で、ですよね？　あの町の店売りはインベントリに入ってる初期装備と同等レベル……。私は三日も持ちませんでしたよー。王都までの移動中に壊れたせいで、全然違う種類の武器を使う羽目になって散々な目に遭っちゃいました」

「うーん……だってさ、例えばウサギ一羽を倒す時と、骸骨さんに攻撃する時とで、同じ耐久度が減るのは納得がいかないよね？　ウサギと骸骨さんとじゃ武器にかかる負担に天と地ほどの差があるんだから」

「いやあ俺らにとっては……」

「言いたい事は分からなくもないですが、私達には違いなんて分からないです……」

な、なるほど。僕にとっての当たり前は彼らにとっては当たり前じゃないのか。考えてみれば、僕がまだ人間だった時……初めて刀を持った時は、使い方がめちゃくちゃですぐにボロボロになった気が……する？　全然覚えてないけれど。

「武器の熟練度が高くなれば戦闘中にアシストが入るから、ずぶの素人でもそれなりにまともな剣術を使っているように見える、って認識しかなかった。けどもしかして、正しい武器の使い方が出来るようになるって事は武器の耐久度も格段に保てるようになる、って事か？」

「あー、なるほど！　ガンライズくん頭良い！」とナナ。

ガンライズさんはまんざらでもない顔をしている。おお、これは僕にも分かるぞ、春の匂いがここまで漂ってきそうな感じがする。

「えーと、じゃあ聞く限り僕はそこまで耐久度を気にしなくても良さそうだから、ある程度割安の刀があればそれで良いかなあ……。アインの装備はオーダーメイドが必要そうだし。うん？　どうしたの？　僕の武器を優先して良いって？　いやいや、アインの装備にお金をかけた方が良いよ。盾役の装備が粗雑だったらあとが大変だよ？　アインも痛いのは嫌でしょう？」

それでもなお首を横に振って固辞し続けるアイン。あくまで僕を優先したいらしい。テイム契約の影響なのだろうか……？

「まあとりあえず蓮華さんの武器を選ぶとして……そもそも刀って種類がたくさんあるよな？　どれが良いんだ？」

「ん？　見えないからなんとも言えないけど……、大太刀でも太刀でも打刀でもなんでも良いよ。使いにくかったら、多少はお金がかかるけれど磨上《すりあ》げれば良いだけだし。あ、でもそれとは別に小脇差か短刀は持っておきたいかな。やっぱり素材の剥ぎ取りとかはそっちの方がやり易いし」

僕は刀であればなんでも使えるのでこだわりはない。鎌倉時代に生まれ育ったから、一番最初に手にしたのは太刀だけれど、時代が下るにつれて主流武器が大太刀になったり、お国の命令で打刀と脇差を帯刀したり。色んな時代を経験してきたが故に、一通り触った経験はある。ちなみに戦と言えば普通は槍だけれど、僕はもっぱら刀専門だった。

武器は実用的なもの。今みたいに博物館に飾っておくものではなかったので、使われなくなった大太刀を磨上げて、短くしてしまう事もざらだった。まあ、それが現代に大太刀がほとんど現存していない理由でもあるのだけれども。今思えばちょっと勿体なかった……と思わなくもない。

「磨上げ……なんか良く分かんないけど、蓮華さんが刀に詳しい事だけは分かった。ええと、今流れてる中で、品質と価格の釣り合いがとれている物はそんなに多くない。多分刀はこう、キャラ付け？　の為に一部のプレイヤーに人気だから、値段が高い事はあっても安く出回る事はないみたいだ。んで、『耐久度もそこまで低くないし値段も悪くない』っていうのは全部で八本。大太刀ってカテゴリは出回ってない。太刀が三本、打刀が三本、脇差が二本。短刀もなし。俺じゃ決めらんないから、蓮華さんが自分で見て。プレビューは確か共有できたはずだから……と。どう、見えてる？　ＮＰＣとも共有出来たはずだけど」

「おおー。これは凄いね、本当に目の前に刀があるみたい。これが最初の太刀かな？　次に行ってもらって良い？　うん、次……お、これは……ちょっと保留。打刀を見せてもらえる？　うんうん、次。うーん、次。うん。最後に脇差をお願い。んー、次。お、これは……。短刀と同等レベルで短いし、これにしようかな」

「脇差は補助的に使うんじゃなくて、あくまで剥ぎ取りの為なんですかー？」とナナ。

「そうだね。なにかあった時にも使うかもしれないけど、基本的には太刀で戦って、首を切り落としたり素材を剥ぎ取ったり……後処理にしか脇差は使わないかな。狭い所で戦うには不便だから、のちのちお金に余裕が出てきたらちゃんとした二本差しにしたいなーとは思うけれど。まずは太刀を主武器にするつもり。ガンライズさん、三番目の太刀と、最後に見てた脇差、それぞれおいくら？」

「太刀の方が五十銀、脇差が三十銀だな。やっぱり、質が良い訳じゃないのに他の武器に比べたら断トツに高いし、蓮華さんが選んだのは他の刀に比べて更に高いぞ。本当に良いのか？」

「うーん、アインの装備を考えると正直ちょっと苦しいなあとは思うけれど、その太刀が一番手に馴染みそうだから。脇差に関してはサイズ感で選んだんだ。そのサイズなら短刀とあんまり変わらないから懐に入れておけるし、野営とかにも便利で」

「見ただけで手に馴染みそうって……どういう事か良く分かんないけど。まあ蓮華さんがそれで良いなら売り切れる前に買っちゃうよ。ほい。んじゃこれ二本ね。全部で八十銀、よろしく」

「ありがとう。それじゃ、これが代金です。いや、助かったよ。やっぱり刀が一番しっくりくるし、うん。あ、あとごめん、アインの洋服を買いたいんだけど、店に売ってなかったからそっちもオークションでどうにか……」

「ああ。そういうところはやけにリアルで不便だよなー。俺は適当にNPCから貰ったけど」

「多分プレイヤーメイドの物を流通しやすくする為の措置だと思います」

「あ、なるほどそうなんだ……凄いね、ガンライズさん……僕には出来ない自信がある」

「じゃ、何着か適当に買っておくよ。現代的じゃなくて今蓮華さんが着てるような感じのが良いんだろ？」

「うん。あ、でもサイズとか……」

「サイズはプレイヤーに合わせて勝手に変わるんですよ。多分アインくんにもその法則が適用されると思います」

なるほど、そういうところはちゃんとゲームなんだなあ。……まだプレイヤーじゃないけれど、本当にその法則は当てはまるのかな。まあアインは無駄な肉がないし、服が大きい事はあっても、小さくて入らないなんて事はないだろうし良いか。

一週間分は買おうかと思ったけれど当のアインがそんなに要らないと固辞した上に、そもそも市民風衣装が全然オークションに流れていなかったので二着購入。一銀と、非常に安価で済んだ。

「服と武器は手に入れたし……、アインの装備だけオーダーすれば良いかなあ」

「蓮華さん、もう行っちゃうんですか⁉　待って待って、もう一個聞きたい事があるんです」

オークションで代理購入してもらう物が他にないか確認のつもりで声に出したら、今すぐ行くと思ったらしいナナが慌てて声をかけてきた。

「うん？　なにが聞きたいの？」

「この間のイベントで、子爵令嬢からなにか貰っていたじゃないですか。それがなんなのか、ずーっと、ずーっと気になってて。内緒にしたい物であれば全然良いんですけど、出来たら教えてほしいなあ、と……」

ああ、そういえば令嬢が子爵の所へ行く直前に、なにかをくれたような……。バタバタしていたせいですっかり頭から抜け落ちていた。

「そんな事もあったね……。今の今まで忘れていたよ、教えてくれてありがとう。それじゃあ今見てみようか……確かポケットの中に入れっぱなしにしてて……と」

ボロボロの布にくるまれたなにかをポケットから取り出し、机の上に置く。お店の中で開けて大丈夫かな？　開けたら爆発したり襲ってきたりとかするのは勘弁してほしい。見たところ変な雰囲気も発してないけど……、とアインの方を見れば大丈夫とばかりに頷いている。なら良いか。

そっと布を一枚一枚捲《めく》る様子を、ナナとガンライズさんが固唾を呑んで見守っている。最後の一枚を剥がした結果、中から出てきたのは——、

「ネックレス……ですね？」

ナナの言葉に僕は頷く。ペンダントトップの部分は小振りのロケットになっているようだけど、長い間森で放置されていたからか状態がだいぶ悪い。壊さないように慎重にロケットを開くと、比較的綺麗な状態の写真が入っていた。おや、この世界観で写真が存在しているのか。

「あ、開けたら説明が……。えっと、『思い出のロケットペンダント　状態：劣化』って表示が出てきました。小さい女の子が子爵令嬢で、隣で微笑んでいる女性がお母様らしいです」

「ステータス上昇とかなにもないのか？」とガンライズさん。

ステータス上昇……「アクセサリーと言えば」って感じのお約束なのかな？　細かい装備やシステム面となると、小説から得た知識ではどうしても限界がある。何度も質問して申し訳ないけれど、ここは素直に聞いておこう。

「ステータス上昇？　が普通はあるものなの？」

「うーん、そうですねー。私もあまりゲームをしないので詳しくはないですが……メインの装備と

言えば武器と防具ですけど、その他に補助系の装備としてアクセサリーが出てくる事があるみたいです。確かこのゲームではまだそういった物は出回っていないはず……だよね、ガンライズくん？」

「ああ、俺は聞いた事ないな。このネックレスがただの形見なのか、それとも特殊なアイテムなのか……可能性があるとしたら、状態が『劣化』になってるからか？　修理してみれば分かりそうだけど」

「なるほど。まあステータス上昇云々も気になるけれど、彼女にとって大切な物だろうし綺麗な状態で持っておきたいよね。修理が出来るか分からないけれど、あとで店に行って聞いてみるよ。幸い中の写真は無事だから、最悪外側は作り直しても良い」

「そうですね。写真が無事で良かったです。きっと大事な物だったんでしょうし……」

そのあとも色々と雑談で盛り上がり、店が混雑してきた頃合いでお開きとなった。

僕とアインはネックレスの修理と装備を買いに。ナナとガンライズさんは冒険者ギルドに依頼を探しに行くとの事で、解散。

結構長い時間エリュウの涙亭に居たけれど、結局ヴィオラは現れなかった。やっぱり僕の方からコンタクトが取れないのはもどかしいな……。

いつも通り、エリュウの涙亭を出てすぐ装備を求めて冒険者ギルドの方角へ……あれ？　でも、ネックレスの修理は宝飾専門店？　となると貴族街に向かった方が良いのか。

「確認したところ、こちらのネックレスは当店で製作した物ではございませんでした。修理は当店で作られた物のみ承っておりますので、こちらの商品はお返しいたします」

「そうですか……。では、これを製作した店がどこかは分かりますか？」

「裏に紋章があるのがお分かりになりますか？　残念ながら、この紋章を掲げる店は既に潰れております」

「なるほど。んー、では新たにこれと同様の物の製作をお願いする事は……」

「申し訳ございませんが」

僕の言葉を遮るように口早に告げる店員さん。修理が不可能だったとしても、新規での製作を断るのはいささかおかしい。

「何故ですか？」

「当店にも矜持というものがございます。こんな汚らわしい物を入れる為に当店の品物を利用されるのは迷惑です、どうぞお引き取りを」

そう言って、ネックレスと共にそのまま店外へと追い出されてしまった。

見るからに平民といった出で立ちの僕の話を、馬鹿にせずに聞いてくれた親切な店だったのに……。そんな彼の態度が急変するほど、令嬢の存在は住民にとって許しがたいらしい。まあ、先日のアンデッド襲撃を引き起こした張本人だ、当たり前と言えば当たり前か。

「うーん、参った。写真を取り出して本体だけ見せれば作ってもらえるかな……」

でも、ご令嬢を憎悪する人達に作ってもらったとして、果たして彼女は喜ぶのか……。それに、写真を取り出そうとしても外れない。製作段階で埋め込んであるのか、外すだけでも職人に依頼する必要がありそうだ。だったら尚更写真を見ても動じない人に仕事をしてもらわなければ、破り捨てられる可能性もある。

でも僕が店を追い出された事を目撃していたのか、目につく宝飾専門店は急に店を閉めてしまった。これはもう、諦めた方が良さそうだ。

仕方がない、ひとまずネックレスの事は忘れてアインの装備を買いに行こう。宝飾店の奥から感じる冷たい視線に晒されながら、すごすごとその場をあとに。うう、貴族街怖い……。

「……あ、そうだアイン。テイム契約って、普通はなにか食事やエネルギー？　をあげる必要があるって聞いたんだけど、アインはなにが必要なの？」

アインはこてん、と首を横に傾げて、しばし考え込んだ――ように見えた――あと、ふるふると首を横に振った。

これは「必要ない」の意味なのか、「分からない」の意味なのかどちらなのだろうか？

「うーん……必要ない？　あ、違うのか。じゃあ、分からない？　なるほど。多分森で契約したんだろうけど……その前とあとで違和感を覚えたり、具合が悪くなったりしてない？」

こちらも横にふりふり。

「特にない？　じゃあ必要ないのかなあ、アンデッドだから……。ちょっとでも異変を感じたら言うんだよ？」

一応アリオナさんに今度会った時にでも聞いてみようか。いや、アンデッドのテイム前例がないって言ってたし意味はないか。

なんて話をしているうちにギルド付近の商店通りに戻ってきた。武器屋ではアイン好みの装備が入手出来ない事は分かっているので、目についた鍛冶屋へと直行、早速中を覗いてみた。

カン、カン、カン、と鎚を振り下ろす音が耳朶《じだ》を打つ。昔は当たり前だったのに最近じゃ全く耳にしない小気味よい音を懐かしく感じながら、建物内をぐるりと見回す。

どうやら店も併設されているらしく、値札がついた武器と防具が多数並んでいた。隣の作業場からは、相変わらず小気味よい音が響いていて、作業に集中している人物が二人。盗難防止の魔法がかかっているので接客はしない方針のようだ。見たところこの店にも大型の盾と槍は見当たらないので、やはりオーダーメイドをするしかなさそう。

オルカや王都までの護衛で稼いだ分が残っているので、オークションで買った武器代を引いてもまだ二金は手元に残っている。懐は寂しくなるかもしれないけれど、これだけあればオーダー出来なくはない……はず。うーん、あまり昇格試験を受けるつもりはなかったけれど、今後、僕も刀をオーダーメイドしたくなるかもしれないし……やっぱり受けるべきかな？

そんな計算をしながら店内を見ていると、いつの間にか作業場の音が止んでいた。あ、終わったのかな？

そう思って振り返ってみれば、やたらとがたいの良い職人さんが僕の真後ろに居るではないか！

え、気配を全く感じなかった……。

「なんか気に入ったものはあったかい、お嬢さん？」

「お、お嬢さん⁉」

「ん？　なんだ、男かい。ちっ、愛想良くして損したな。そんなちゃらちゃらした髪で紛らわしい……。適当に見て適当に買って適当に帰ってくれ」

勝手に勘違いした挙げ句、男だと分かった途端に接客がおざなりになる職人さん……いや、最初から男だと分かっていれば接客すらしなかったのではないかと思わせる横柄ぶりに、僕は内心驚きを隠せなかった。けれどこのチャンスを逃す訳にはいくまいと、去り際の背中に慌てて声をかけた。

「あの！　こちらはオーダーメイドは受け付けていますか？」

「オーダーメイドォ？　ここにある品が気にくわねえってのかい」

「いえ……大盾と、多分それと同じくらい長い槍が欲しいのですが、どこのお店も見当たらなかったので……」

「大盾と槍だとっ⁉　……そんな重量級の組み合わせ、兄ちゃんに使いこなせるとは思えないが。いや……、あんたの武器は手に持ってるそれか。って事は……使うのはそこのスケルトンかい？」

「はい。アインがどうしても大盾と槍が良いと言ってまして。記憶自体はないみたいですが、もしかしたら生前使っていたのではないかと」

僕の言葉に、職人さんが「まさか……」と小さく呟く。それからなにかを否定するように何度も首を横に振ってから口を開いた。

「アインだったか。そうだな、大盾と槍なら奥に何個か試作品があるから、それで良いなら好きに持っていけ。金は要らん。どうせ誰も使わず埃を被ってた代物だ」

これはさすがに僕でも分かる。多分、この職人さんは大盾と槍を使う別の誰かを知っているのだろう。そしてその人は既に亡くなっているか、行方不明の可能性が高い。恐らく奥にある試作品は、その人の為の物だったはず。

その人物について聞こうかと口を開きかけ、そっと閉じた。触れられたくないだろうし、それがもしアインの生前の姿だったとしたら僕は多分、なにを言えば良いのか分からない。職人さんに対しても、アインに対しても。いずれアインが自然に生前の記憶を取り戻す事があったら、その時考えれば良い。今はとにかく、奥にあるという試作品の確認だ。

「うわあ……凄いな。こんなに……本当に試作品？　店に売ってても全然不思議じゃないのに。特殊だからかなあ。アインはどう？　気に入った物はある？」

意識して明るめの声を出しながら僕がそう聞くと、横に居たアインはそれはもう目をきらきらさせながら――目はないけれど僕にはそう見える――はしゃいでいる。どうやら求めていた装備はこれだったみたい。

やっぱりこれらの装備は元々アインの為に用意されていたと考えた方が……いや、やめよう。

武器選びに時間がかかりそうなので、アインだけを残して僕は再び職人さんの許へと戻った。この際だ、駄目元でもう一つ聞いてみよう。

「あの、実はこれを修理出来る方を探しておりまして……」

「ん？　ネックレスか」

そう言ってロケットを開くと、黙り込む職人さん。この人もこの写真の人物に心当たりがあるのか……、参ったな。

「これはあんたの物じゃないだろう……。どこで手に入れた？」

どうやら先ほどの店のように追い出す事はしないらしい。

「中の写真に写っているご本人から貰ったんです。大切な物だとは思うのですが、如何せん状態が悪く……」

「ふん……見ての通り、俺は装備品を中心に扱う鍛冶屋だ。こんな細けえ細工の小物は専門外。下手したら完全に壊す可能性もあるが、それでも良いってのかい」

「元より、直せないほどひどければ新たに作り直して写真を入れ替えようと考えていました。ただ、そもそも写真を取り出す事が出来なくて……修理にせよ新規製作にせよ、可能であればお願いしたいのですが」

「慎重にやらなきゃならん。ちと日数がかかるぞ。あと料金もだ。場合によっちゃ材料も新調する可能性があるし、専門外だからな」

「分かりました。それで大丈夫です。お金は……稼いできますので」

「ああ。……一つだけ確認させてくれ。本当にこれを直す事に賛成なのか？」

その言葉は僕に向けてではなく、僕の後ろ、武器を選び終わってトコトコと戻って来たアインに向けて問いかけているようだった。

なにを聞かれているのか分かっているのか分かってないのか、アインは一度首を傾げてから、こくん、と一度頷いた。その様子に、職人さんが溜息をつく。

「まあ良い。引き受けよう。俺はデンハム、見ての通り鍛冶屋をやってる。どれくらいかかるか分からんから、適当に顔を出してくれ。で？　アインとやら、武器はそれで良いのか」

デンハムさんの言葉にアインは嬉しそうに頷いている。本人の身長と変わらないほど大きな盾に、長さこそ身長には満たないものの、石突部分から長い鎖と重りが伸びている槍。なるほど……道理で既製品に満足しない訳だ。

「さて、じゃあ残りは防具だけど……サイズは……」

ナナとガンライズさんは自動で調整されると言ってたけど……本当に僕達にも適用されるのかは怪しい。しまった、先に買った洋服で試してみるべきだったか。

「防具は元々サイズ調整込みの金額だ。余程がたいが良い奴なら別だがな。あんたらは上乗せなんてものは気にしなくて良い。気にしなくて良いが……言っちゃ悪いが、スケルトンに防具は要るのか？　守る臓器なんてないだろう。むしろ機動力が落ちるだけだと思うが」

た、確かに……。いや、でもそれを言ったら大盾を持ったスケルトンの意味はあるのだろうか？例えば、ゲーム小説に出てくる挑発スキル？　を使って敵の注意を引きつけるのであれば良いのかもしれないけれど……このゲームにスキルの概念はないはず。となると、挑発して引きつけるのはどう考えても無理がある。敵にだって知能はあるのだ、当然自分にとって不都合な相手を優先して狙う。

誰かを守る為に割り込む事前提であれば身軽さがあった方が良い。一方で、弾き飛ばされない為にはある程度重量があった方が良いから、重い装備を身につけた方が良い……。でもそうすると、ただでさえ人並み以下の移動速度が……。むむむ。

「うーん、素早さ重視か、どっしり足止め重視の重装備か……アインはどっちが良いの？」

うん……？　やっぱりアイン本人も悩んでいる様子。そりゃそうだよね、まだこの身体で大盾を使った実戦経験はない訳だし。

「えっと、ごめん。さすがにジェスチャーじゃなにを言ってるか分からない……。うん？　地面に……ああ、そうかごめんね、筆談って手があったのか。ええと、なになに……『とりあえず防具はなしでこのままどこかに行ってみて、無理そうなら考える』。分かったよ。でもそうすると、ここになにしに来たのか全然分かんないよね……さすがになにも買わずに盾と槍を貰う訳には……」

あ、そうだ。さっき買った太刀を佩《は》く為の小物を頼めないかな……。まあ欲しいのは革細工であって金属加工じゃないんだけど。革防具も店頭に並んでいるし、なにも買わないよりはマシなような気がするので、これまた駄目元で聞いてみる事にした。

「あの、ちょっと相談なんですが。僕が持っているこの武器……本来であれば腰に佩く……えっと、つるす為に兵具鎖と太刀紐というものを使うんですが、もっと手軽に革ベルトのようなもので代用したいんです。こちらで作る事は可能でしょうか？」

「これはカラヌイで見る形の武器だな……確かに既存の片手剣用のベルトは使えねえか。……よし、俺が作ってやる！　どんなのが良いのか言え！」

ああでもないこうでもないと、思った以上に打ち合せは白熱。しまいにはアインも装備の固定方法について筆談で注文し始めた。

やれメンテナンスだやれ新調だと、鍛冶屋にはこれから何度もお世話になる。最初こそ随分とぶっきらぼうだったけれど、最終的にはとても親身になって対応してくれたし今度からこのお店を贔《ひい》屓《き》にしようかな。

【個スレ】名前も呼べないあの人【ＵＩどこぉ】

名前を呼びたくても呼べない、あの人に関する話題です。
なんでＮＰＣすら名前呼ばないの？　怖いんだけど。
※運営側も確認してあげてください。何だかおかしいです。

660【闇の魔術を防衛する一般視聴者】
スケルトン様の名前はアインに決まったようです。

661【闇の魔術を防衛する一般視聴者】
一、ジェンク
二、ブリック
三、松田
四、アイン
どの名前も骸骨キャラクターを連想するのは俺だけじゃないはず……。

◇

665【闇の魔術を防衛する一般視聴者】
盾と槍だって。ちゃんと自分で使いたい武器決まってる訳か。
今のところアンデッドをテイムする方法分かってないけど、判明したら、
目当ての職業引き当てるまでテイム契約し続けるというガチャ要素……？

666【闇の魔術を防衛する一般視聴者】
考えただけでつらすぎるｗｗｗ
むしろアンデッドが使う武器に自分が使う武器を合わせた方が早い説……。

667【闇の魔術を防衛する一般視聴者】
熟練度の上げ直し考えたらそれも現実的じゃないよな。。。

668【闇の魔術を防衛する一般視聴者】
タンク《盾職》良いなー。プレイヤーのタンク少なすぎる問題。

669【闇の魔術を防衛する一般視聴者】
スキルが存在しないんだからタンクはどうやってヘイト集める？
現状一番火力高い奴がヘイト集めても平気なくらい硬くなるか、ヒラ《回復職》連れて行くか、皆平等にヘイト集めるように管理するのが良い気がする。

670【闇の魔術を防衛する一般視聴者】
>>665　テイムは一種の契約だから、解除が結構大変。
職業ガチャは無理だと思った方が良い。

◇

691【闇の魔術を防衛する一般視聴者】
お、ナナさんとガンライズさんだっけ？
ちゃんと分隊員と仲良くなっててよきよき。

692【闇の魔術を防衛する一般視聴者】
あの子ちょっとコミュ障なところがあるでしょう？
心配だったのよね。
ちゃんとお友達が出来たようで安心したわ。

693【闇の魔術を防衛する一般視聴者】
お前ら誰目線だよｗｗｗ

695【闇の魔術を防衛する一般視聴者】
おお、ついに刀を買うのか。
ガンライズさん説明ＧＪ

696【闇の魔術を防衛する一般視聴者】
耐久度の概念が一瞬にして崩されたんだが……

700【闇の魔術を防衛する一般視聴者】
そうはいってもやっぱ蓮華くんでもアンデッドみたいなのと戦うと耐久度一気に減るってことでしょ？
最大値は高いに越したこと無い筈。特に俺らは武器の熟練度低いからあっと言う間に消耗するし。

◇

710【闇の魔術を防衛する一般視聴者】
まじで蓮華さん日本刀詳しいなあ。刀使う機会とかどこにあるのまじで？

717【闇の魔術を防衛する一般視聴者】
ヤのつく職業説が……。

720【闇の魔術を防衛する一般視聴者】
仮にそうだとしても今時日本刀使う？　どう考えても銃が一般的では……。
使うにしても太刀じゃなくて短刀。ドスとか匕首《あいくち》とかヤッパとか言ってるイメージ。

728【闇の魔術を防衛する一般視聴者】
やっぱり残るは不老不死説じゃん。
アンデッドじゃなくて人魚の肉食べて不老不死になった説を俺は推す。

735【闇の魔術を防衛する一般視聴者】
不老不死のヤ○ザだったら日本刀使ったことありそう

736【闇の魔術を防衛する一般視聴者】
>>735　なんでそこ混ぜちゃったの？ねえ？

◇

752【闇の魔術を防衛する一般視聴者】
宝飾店の態度おおお！

753【闇の魔術を防衛する一般視聴者】
王都クエストで子爵令嬢も被害者って話が発覚したと思ってたけど。
町の人達には浸透してないのか？

754【闇の魔術を防衛する一般視聴者】
あの場に居たのは補給部隊のプレイヤーと神官集団。神官が事実を伝える奴らか？
俺等プレイヤーにしてもわざわざ火消しして回る意味がない。
訂正して回りたいだろう当事者が亡くなってる今、挽回の機会は永遠にないだろうな。

◇

772【闇の魔術を防衛する一般視聴者】
これ鍛冶屋のおっちゃん、アイン君の生前知ってる説？

773【闇の魔術を防衛する一般視聴者】
ぽいよな。どう考えてもアインくんの為の武器って感じだし。

774【闇の魔術を防衛する一般視聴者】
気になるー！けど聞けないよなあ……。

775【闇の魔術を防衛する一般視聴者】
とりあえずペンダント直せるみたいで良かった。
てかこの感じだとアインくんってさあ……。
おっさん色々全部知ってそうだな。

参．要らぬ苦労から得たもの

「あ」

ゲーム再開後、軽く食事でもしようかとエリュウの涙亭に顔を出した瞬間、ヴィオラと目が合ったので思わず声をあげた。ああ良かった、やっと会えた……。

「えっと、久しぶり……って言っても二日ぶりくらい？」

「え、ええ、そうね……。貴方、イベントのあとずっとログアウトしたままだったものね」

なんだろう、やっぱりちょっとヴィオラの様子がぎこちない気がする。僕が気付かないうちになにかやらかしたのかなあ……。ここで会えたのも、会いに来てくれたんじゃなくて、偶然だったり？

「ちょっと一時的に引っ越しする事になって、ばたばたしてたんだ」

「え、引っ越し？　むしろもうログインして大丈夫なの？」

「うん。コクーンがちょっと特殊な壊れ方をしてて、修理をする間一時的に東京の知人の家に居候する事になったんだ。家の中の物を全部荷造りして完全引っ越し！　って感じではないから、大ごとではないんだけど」

「ああ、そうなのね……。前から思ってたんだけど、そこまで大変ならどうして新品のコクーンと交換にならないのかしら……？」

しまった、気まずさを払拭する為にちょっとぼかして本当の事を言った結果、藪をつついて蛇を出してしまった……。どうしよう、「本当は修理じゃなくて改造です」なんて言えないし……。沈黙は不自然！　でも普段から紙とインクで構築された、長考ありきの世界に生きているせいですぐには良い答えが出てこない。

「ん、人気すぎてコクーンの在庫がないとか……？　どうだろう、気にした事がなかったから全然分からないなあ……ははは」

早川さん、小林さん、本当にすみません、なにも思い付かなかった結果、ソーネ社に丸投げしてしまいました……。

「ふーん……まあ確かに『ＧｏＷ』はゲームとしても、第二の生活空間としても人気だし……そもそもソーネ社が出しているＶＲ機器自体は他社製のゲームとも互換性がある分、新型機種に乗り換える人もざらよね。品薄かあ、皆こんな高い物をぽんって買えるなんて金持ちなのねえ……」

「ヴィオラだってこのゲームしてるじゃないか」

「私はコクーンじゃなくてヘッドギアの方よ。さすがに百万は手が出せないわ……。ヘッドギアの五十万だって、清水の舞台から飛び降りる心境でどうにか捻出したのよ。多分、動作保証されてない他社製のギアでプレイしてる人もたくさん居るはず」

「そっかー、そう考えると仕事で使うからって無償貸与されてる僕は幸せ者だなあ」

「無償貸与……貴方のじゃないのね。じゃあ新品と交換出来ないのはそっちが理由かしら？　会社側の管理している機器を違うものに交換するのって、手続きがややこしくなりそうよね。勝手なイメージだけど」

なるほど、そっちの方向で言い訳すれば良かったのか。社会人経験がないから全然思い付きもしなかった。でもヴィオラが勝手に解釈して納得してくれたので、セーフ。

「ところで貴方の後ろに居るそのスケルトン……武器代わりにしてたあの子かしら？　さっきから気になってて」

おっと、ヴィオラと話すのについ夢中でアインを紹介するのを忘れていた。ごめんね、アイン。ああ、次から気を付けるからそんな哀しげな表情で見つめてくるのはやめておくれ……。

「えっと、ヴィオラ、こちらアイン。アイン、こちらヴィオラ。えーとご存じの通り、アインは僕がずっと左腕を借りていた骸骨さんで……」

「テイム契約してたのね」

皆まで言わずともヴィオラは理解していた。

「あ、うん。森で生け捕りにした時になにかの拍子でそうなってたみたい。この間のイベントで昇天しなかったのもそれが要因だろうって、テイマーの人に言われた」

「私の記憶が正しければ、テイム契約には血と血を交わす必要があったはずだけど？」

「うーん、そこはテイマーの人も分からないって。実は、森でアインと出会った時に眼窩《がんか》に指を突っ込んで頭を吹き飛ばしたんだ。その時に指でも怪我してたのかなあ、と。でも、アインに血はないから、なんで契約が成立したかは未だに分からない……」

「じゃあ血と血じゃなくても成立する可能性があるって事ね？　だとしても契約には双方の合意が

必要よね？　……アインくんも同意していたから契約出来たのかしら。同意がなくても契約が出来るとなると、無理やりテイムする人が出てきそうで怖いわね」

「た、確かに……。ねえアイン。契約した時の事って覚えてる？　いつどこでしたとか、ちゃんと同意の上だったのかとか」

僕の言葉に少し首を傾げ……こくん、と一度頷くアイン。

さ、最初からアインに直接聞けば良かったのか……。

「えっ⁉　覚えてるの⁉」

「あ、細かい話は紙と筆記用具が必要だよね。えーとちょっと待ってね、ジョンさんに借りてくるから」

「待って、紙も筆記用具も私が持ってるから使って。元々は人間だから筆談出来るのね……」とヴィオラ。

貰った筆記用具でアインが器用に……とはいかず、みみずが這ったような文字で色々と書いている。肉がなくなったからペンが持ちにくいんだね。うーん、筆記用具を太くしてみるとか？　今度色々試してみよう。

「なになに、えっと？　『僕の目玉に指を突っ込んだ時に契約が成立しました』……やっぱりそうなんだ、あの時はごめん。『僕はあの時、とにかく殺さないでと祈っていました。命さえ助けてくれたらなんでもしますって。そしたらご主人様が、〝王都に情報だけでも持ち帰れるように、協力お願いしますよ骸骨さん〟と言ったので、契約が成立しました』？」

なるほど、双方の合意というのは口に出さなくても思っただけで成立するのか。僕の感心をよそに、続いてアインが衝撃の事実を書き連ねた。

「『頭が弾けたのはご主人様が僕に命令をしたからです』⁉　……うわあああ、本当にごめんよアイン！　頭がない状態でずっと辛かったよね⁉」

そういえば「なんか良い感じに弾けろ」とかなんとか言った記憶が……。完全に僕のせいじゃないか！

「つまり、蓮華くんが協力お願いしますと言った言葉と、命さえ助けてくれたらなんでもするっていうアインくんの望みが一致したからって事？　こう言ってはなんだけど、これで契約が成立するってどうなの？　相手の命を盾に取って脅せばテイムが成功するって事よね……ちょっとがばがばすぎない？　そもそもこの成立・不成立も誰が判断してるのかしら。やっぱり神様的な……？」

「んー……アンデッドってどういう存在なんだろう？　ほら、現実世界の世界各国の神様もさ、地上の神様と、冥府の神様って分かれてるよね？　この世界にも冥府の神様が居ると仮定する。テイム契約の成立・不成立に関してどこかの神様が判断しているなら……僕とアインの契約って成立しちゃって良いの？　冥府の神様的には、冥府に連れて行かなきゃいけない魂が拘束されるって事だよね？」

「そうね、確かに。でもそれなら、アンデッドははなから存在出来ない事にならない？　……一度この世界の神様やテイムについてもっと深く学んでみたいわね」

「うん。アインの事がなくてもずっと気になってたし、この機会に調べてみようかな。ほら、このゲームのタイトルがＧｏｄ　ｏｆ　Ｗｏｒｌｄでしょ？　物語の主軸は神様なのかなって考えてたんだ。しかも、ＧｏｄｓじゃなくてＧｏｄだから、主神が居るのかなあ、とか。まあ、僕が知らないだけで、もしかしたらメインストーリーとかで触れられてるのかもしれないけれど」

「一通りクエストはこなしてきたけど、特に神様について触れられた事はなかったわね……というより、私達プレイヤーは記憶喪失で、自分の事どころかこの世界の事も全然分からないっていう設定から始まったの。メインクエストと言っても『生きる為にはお金が必要だから稼ぎましょう』的なお使いクエストで、記憶に繋がる話も今のところ全然出てないのよね。冒険者ギルドに入ったのもそういう理由だし。まあゲームだし、矛盾が出ないようにそういう設定にしたんだろうな、って軽く流してたけど」

「王都クエストの発生背景もしっかり存在していたし、お店の営業時間一つとってもしっかり作り込まれてるから……単純に都合が良くて記憶喪失にしたっていうのは不自然な気もするね？　なんとなく今後のクエストは記憶に関係しそう」

気付けばヴィオラと普通に話せている。せっかく仲直り？　が出来た訳だし、このまま世間話で終わらせたい……けれど、パーティの今後については話しておかないと。

「ところでヴィオラ、パーティの件なんだけど……」

「あ、う、うん！　そうよね、約束は王都クエストまでだったし当然解散よね」

「その……パーティ継続って出来るかな？」

「えっ⁉　……ええ⁉」

「や、やっぱり嫌だった?」

「いや、そうじゃなくて……なんで? だって私が提示した当初の条件だって、私ばっかりメリットがあって、蓮華くんにとっては全然良い条件じゃなかったのに……」

うん? ああ、ポーション使い放題を提示したのに僕が全然使わなかった事を気に病んでいるのだろうか。

「僕もね、それなりに考えたんだ、これでも。最初にパーティを組みたいって話してた時、ヴィオラは色々と理由をこねくり回してたけど、実は嘘でしょ? いや、全部が全部嘘だとは思ってない。面白そうだからっていうのはある意味的を射ていたと思うし。でも、少なくともヴィオラの弓の実力があれば、すぐさま前衛が必要とは思えなかった」

僕は一呼吸置いてから、続きを口にした。

「じゃあなんでわざわざ僕にそんな話を持ちかけたのかな? って考えたら、魔術師プレイヤーが僕だけだったからかなって。組んだ当日からゲームのシステムについて色々教えてくれたし、『ああ、きっとヴィオラは俗に言うトッププレイヤーなんだろうな』って薄々感じてた。で、説明を聞いているうちに、王都クエストは本来こんな形で発生するはずじゃなかったんだろうなって事が僕にもはっきりと理解が出来た」

多分、本来は冒険者ギルドからの依頼が達成出来ないとか、そういう方向から徐々に調査が入ったのかもしれないなと想像している。

「僕が勝手に森に行ってアンデッドと遭遇して、アインを連れて帰ってきたから本来とは違う形で発生してしまった。その結果、王都クエストまでの期間に余裕がなくなり、成果を出す為に情報と魔術師に対するコネが必要になった。だから僕が師匠の許で魔法の修行をしている時に、エンチャントが出来ないか聞いたんだよね？」

僕がここまで話した段階で、ヴィオラはすっかり身を固くしていた。多分、下心を持って僕に近付いたという罪悪感をずっと持っていたのではないだろうか。

「あのねヴィオラ。もしかしたら僕に対して罪悪感があるのかもしれないけれど。僕が勝手に行動して時期がずれたんだから、僕に対して文句を言う事も出来たと思うんだ。まあ、文句を言われたからって僕は自分が悪い事をしたとは思わないけれど。だってＭＭＯＲＰＧってそういうものなんでしょう？　誰もが自由に行動して、その結果が色んな事に影響していく。それなら、僕の行動だって別に責められるものではないと思う」

まあ勿論、なんでもかんでも自分勝手に行動して、他人に対する配慮をしないのもどうかとは思うけれど。ただ、あの時点の僕には「森にはアンデッドが居て、それを発見する事で王都クエストが前倒しになる」なんて事は微塵も想像出来なかった訳で。それを予測して森に行かない、という選択をするのは千里眼でもない限り無理だ。

「とはいえ、トッププレイヤーの人から見たら腹が立つのも事実だと思う。でもヴィオラは僕に文句を言う事もなく、僕に責任を取れと迫ってパーティを組むのでもなく、ちゃんと交換条件として僕が怪我をした時の為のポーションを提供すると言ってくれた。王都クエストまでという期限は、ヴィオラの真意と人となりを知る為に設けたんだ。その上で正式にパーティを継続したいと思っている」

「継続したい」という意向を示しても、ヴィオラは少し泣きそうな顔でこちらを黙って見つめるだけで、口を開こうとしない。この際だから、感謝の気持ちも全て伝えてしまった方が彼女の罪悪感も薄れるだろうと判断し、僕は更に言葉を続けた。

「それにねえ、正直あの時ヴィオラが突撃してくれなかったら、間違いなく僕は王都クエストの仕組みもなにも全然理解してなくて、右往左往してる間に終わってたよ。よしんばアンデッドの殲滅が出来ていたとしても、エンチャントなんて思い付きもしなかったから一人で貢献度を稼ぎすぎて、きっと反感を買っていただろうし。分隊員の人達と仲良くなる事が出来たのも全部ヴィオラのお陰。むしろ僕の方が君から色んなものを受け取りすぎて、本当に良いのかなって思ってるんだ」

ちょっと長くなってしまったけれど、これが僕の素直な気持ち。正直誰しも下心は抱くと思う。僕だって勿論、「こうなれば良いなあ」と思って行動する時はある。ただ僕としては下心と悪だくみは別物、下心があっても双方が満足している関係なら良いと思っているから、ヴィオラが罪悪感を抱く必要なんて一切ないのだ。

「……正直貴方の近くに居れば予想外の情報が飛び出てくるんじゃないかっていう下心があって近付いた。あの……本当にごめんなさい。でも今は、純粋に貴方と一緒に居て楽しかったから、パーティを継続してほしいと思っている。だから、これからもよろしくお願いします……！」

ぱっと手を差し出してくるヴィオラ。僕はそっと握り返して「改めてよろしく」と呟いた。

「でもごめん、二日後から仕事を再開するから今までのペースではゲームが出来なくなるんだ。それでも大丈夫……？」

「それは勿論。というより今までのペースがおかしかったのよ。貴方、自覚はないかもしれないけれど、十分トッププレイヤーだからね。それもぶっちぎりの。少しはペースを落としてもらわないと私の方が追いつけないわよ……」

自分がトッププレイヤーだった？　衝撃の事実に、僕は暫く固まってしまった。

「ええ……いつからそんな事に……」

「具体的にいつ、って言うのは難しいけど。トッププレイヤーって一口に言ってもね、色々種類があるのよ。例えば攻略トップとか、戦闘トップとか、金策トップとか、生産トップとか。公式側でランキング形式で出している訳じゃないから、トッププレイヤーの概念はプレイヤー間での知名度とか、ギルドでのランクで判断されているわ。で、貴方はまず間違いなく攻略と戦闘のトップ。王都クエストの発見者であり、その攻略方法の発見者でもある。更には恐らく、ワールド初の魔術師プレイヤー且《か》つ、最速Dランク昇格資格保持者。ね？　納得でしょう？」

「た、確かに……。ちなみにヴィオラはなんのトッププレイヤー？　戦闘は確実だよね」

僕の言葉にヴィオラは頷いた。

「ええ。私も今回の王都クエストでDランク昇格資格を得たから、戦闘面で言えば貴方と同等ね。他には、一応生産の方もトップに食い込んでるんじゃないかしら？　ポーションと、武器生産の。と言っても、私はあくまで自分が使うものを自作しているだけだから、そのうち生産ガチ勢に追い抜かされるでしょうね」

「なるほど。攻略のトップではないんだね？」

「うーん、ちょっと前までなら攻略もトップだったと思うけど。王都クエスト終了時に、東側の道が開放されたのは知ってる？　私はまだ一度も足を踏み入れてないから、攻略のトップではなくなったと思うわ。攻略のトップって判断が難しいのよ。進行速度を指す場合と、いわゆる隠しクエストに気付く為の情報量の多さを指す場合と。私の場合は進行度で、貴方の場合は情報量の多さ、って感じね。進行度の方はどれだけこのゲームに時間がかけられるかによるから、入れ替わりは激しいわ」

「僕はそもそもクエストが受けられてないから、進行速度っていう意味では対象外だね。その分NPCと交流する事が多かったから情報量が多かったって感じか……納得がいったよ。それにしても、東側が開放されてたなんて……、いや、そもそも行けない場所があったなんて知らなかったなあ。どうする？　さっきはこの世界について調べるって話だったけれど、東に行ってみる？」

「基本的にはどこでも行けるはずよ。アンデッド進行中の間、一時的に東側に行けなかっただけ。もっと前は行けたはず。ただ……そもそも装備をちゃんと調えないと、どこに行くにせよ厳しいと思うわ。で……よくよく見たら蓮華くん、武器を買ったのね？」

「うん、昼にナナとガンライズさんに会ってね、オークションで代理購入してもらったんだ。そのあとにアインの装備を買いに鍛冶屋に行ったって感じかな。アインの装備は大きすぎて、固定する為の器具が出来るまでは鍛冶屋に置いてある。僕もこの刀を固定する為の器具を依頼中だけど、まあ手に持っててもそんなに苦じゃないから持ち歩いてるんだ」

「二人とも武器が揃ったのは分かったけど……防具は？」

ヴィオラが呆れたように聞いてくる。

「正直、僕ら二人とも防具は要らないんじゃないかと思って。アインに関しては鍛冶屋の店主に守る臓器がないだろって指摘をされてさ。で、機動力と重量どっちを取るかの検証をしてから考えようって話で保留にしたんだ。僕に関しては……元々防具を着けるっていう感覚があんまりないから」

「誰だって武器や防具を着ける感覚なんて持ち合わせてないでしょ……。アインくんに関しては分かったけど、貴方は防具をしなくて良いの？　現実とゲームの戦闘の違いがなにか分かってる？」

突然の問いかけに僕は焦った。現実とゲームの違い……。ゲームでは何度死んでも拠点に戻る……つまり死なない事かな？

「えっと……死なない事？」

「残念、外れよ。いえ、合ってると言えば合っているけど、今言いたい事はそうじゃないの。例えば……現実で、貴方は腕を何度か切られたとしましょう。武器を振るうのに支障はあるけど、まだ戦える。でもゲームではね、ＨＰが全てなのよ。腕を一度切られる度に、確実にＨＰが減っていくの。貴方がいくら『これくらいなら大丈夫』と思っていても、ＨＰがゼロになった段階で問答無用で死んで、拠点に戻される」

ヴィオラはそこで一呼吸おいた。多分、一語一語噛み含めるように説明する為だろう。そこまでしなければならないほど、僕の感覚がずれていると言いたいらしい。

「そこに気合でどうにかなる要素はない。ＭＰもそう。現実……に魔法はまあないけどあると仮定して、こちらも気合でどうにか捻り出す事が出来るかもしれない。でもゲームではＭＰがゼロになったら問答無用で魔法は使えなくなる。そこが最大の違いよ。だからね、確実に攻撃を避ける自信がないなら、防具はあった方が良いって事。勿論、機動力を重視するスタイルでプレートアーマーのような重装備を着けろとは言わない。でも、洋服のままっていうのはいくらなんでも危険すぎない？　痛覚だって現実同様なんでしょう？」

正直僕的にはちゃんとした防具に良い思い出がない。そりゃ何度か戦を経験してきて、何度か着ける機会はあった。けれど、重いし身分によって見た目が決まっていたので狙われやすいしで、早い段階で吸血鬼になっていた僕からしてみれば、むしろ枷と言って差し支えなかった。

だから色々な人の反対を押し切って、ほぼ着物同然の姿で出陣する事にしたのだ。そして無傷で首級を挙げ、いつの間にか「そういうもの」だと定着していき、戦況に応じて縦横無尽に戦場を駆け抜ける遊撃の役目を担うようになったのだ。

とはいえ、確かにゲーム内では吸血鬼としての身体能力が十全に発揮出来る訳ではない。ＨＰの存在が絶対的な以上、一切防具なしは厳しいというヴィオラの意見は正論だ。

「分かった。さっき行った鍛冶屋で動きやすい防具がないか相談してみるよ。ちなみに、ＨＰの減りは部位毎に違う認識で合ってる？　心臓とか頭をやられると一気に体力が減るんだよね？」

「ええ、あってるわ。頭装備に関しては見た目がださいから非表示にしてる人が多いわね。まあ、非表示にしても、機動力や視認性が悪いのは変わらないけどね」

あくまでも表示しないだけでそこにあるのは事実って事ですね、なるほど……。

「装備が揃うまでは各自行動？　色々考慮する点も多そうだし、時間がかかっちゃうかもしれないけど……」

「そうね。それが良いと思うわ。私も今回の報酬を使って色々アップグレードする予定だから、時間がかかるのはお互い様よ」

と、話がまとまったところで、僕は昼間の出来事を思い出した。

「そういえば、防具はプレイヤーに合わせてサイズが調整されるって聞いたけど……武器も調整出来るのかな？　長さが気に食わなかったら磨上げる気だったけど」

「磨上げ……現実的なサイズ調整の事かしら。ごめんなさい、武器に関しては分からないわ。そもそも大抵のプレイヤーが初心者だから、自分にとっての丁度良いサイズなんて知らないでしょうし、私は自分好みのサイズで自作しちゃってるから、そういう場面に遭遇した事がないのよね。調べたら分かるのかもしれないけど」

「そっか。でもまあ良いかな。今のところは丁度良い長さだったから磨上げる予定もないし。将来的に困った時に調べてみるよ。ヴィオラは武器を自作出来て凄いよね。僕は無理だよ……」

「あー……そうね。私は元から趣味で作っていたから。ほら、刀と違って弓の材料は基本的に木材だから、現実世界でも作ろうと思えば簡単に試せるじゃない？　私も鍛冶はやった事がなかったから、先日の矢は職人に協力してもらったわ」

日付が回ったらしく、話の切りが良いところでヴィオラは就寝ログアウト。僕はログアウトせず、一人で図書館に来ている。

ここに来る直前に防具についてデンハムさんに相談した結果、動きやすさを重要視するなら金属や革ではなくて布の防具の方が良いと言われた。

どうやらこの世界には、金属を糸のように細く加工しながら織った布があるらしい。金属が織り込まれているので、防御力も期待出来る。

そういう訳で早速紹介された裁縫屋へ行って詳しい話を聞いたところ、理論上は全てを金属糸で織った布防具も作れるらしい。でも、ただの布と比べれば動きにくくなるし、この製品は魔力を使って織るらしく人件費などの加工費用がとんでもなくかかる。大抵の人は費用と防御力のバランスを考え、金属割合を全体の二割でオーダーしているとの事。

金属の割合は依頼主次第なので既製品の類いは出回っておらず、布の段階からオーダーメイドする必要がある。その代わり、仕立てるデザインまで全てが自由に選べるらしい。

悩みに悩んで、直垂《ひたたれ》デザインでオーダーメイドをした。洋服で戦う事に対する違和感が拭えなくて、なんとなく調子が出なかったんだよね。それが解消出来るのであればと一も二もなく飛びつきました。ちなみに袴はこの国では珍しい特殊なデザインと判断され、割増料金。お財布が一気に軽くなってしまったけれど、それだけの価値があると思う。布の特性で軽さ、動きやすさは断トツ。基本的には殺られる前に殺るの精神で生きてきた僕とは、まさに相性抜群。

内訳は、金属割合を五割と大奮発した小袖と、二割に押さえた括り緒の袴。どちらも青で統一した。上衣と襦袢《じゅばん》には金属を含めず、ただの布でオーダー。これなら、この先別のデザインを着たくなった時にも、防具として仕立てる必要がない。ちなみに頭装備は視認性の確保と節約の為に、余った布から鉢巻きを作ってもらう事にした。額さえ守っておけばなんとかなるでしょう。

僕が直垂の仕組みを上手く伝える自信がなかったのと、通常の袖では間口が広すぎて防御面では心許ない事から、小袖は洋服のようにぴったりとした袖にし、中指で固定するデザインにした。こうする事で手甲を使わず手の平もある程度防御しようという目論見。袴に関しても腰で結ぶのではなく、西洋のズボンと同じ作りにしてもらった。何故って、今着ている服のポケットが大変便利だったから。

それから、上衣と袴の境目用の太めの革ベルトと、ブーツを新調した。黒く染めたエリュウの革で作られたというそれらが、丁度お店で売られていたのだ。うん、頭の中で妄想しただけだけど、このベルトの上にデンハムさんに頼んでいるベルトを着ければ……良い塩梅《あんばい》に見た目が締まるのではないだろうか。

さてさて。そんな訳で仕立て上がるのは暫く先だと言われ、図書館にやってきたのがつい先ほどの事。

やっぱり王都にあるだけあって、図書館の広さが尋常じゃない。とてもじゃないけれど自分で目当ての場所に辿り着くのは無理！　と早々に判断し、手っ取り早く受付の人に「この世界の起源」の類いが書かれた書籍の場所を教えてもらった。

「『本当にわかる、世界のはじまり』。まずは軽く、この辺りから読むのが正解かな？」

ついでに類似タイトルの書籍も何冊か手に取り、近くの閲覧席へと移動。あとでヴィオラと共有する為にメモの準備もばっちりだ。町中同様、書籍も日本語で書かれているので読む事自体に支障はない。

「世界は混沌より生まれ出でた……」

よくありそうな始まりと共に分かりやすく図が掲載されている。おっと、つい読み上げてしまったけれど、図書館で音読はご法度か。


世界は混沌より生まれ出でた。

混沌は、自分の一部が分裂し、去った事に嘆き悲しんだ。数百年経った頃、混沌を見兼ねた中立と秩序《分裂した一部達》は再び混沌と共に歩む事にした。けれど、一度分かれたものは二度と一つには戻れない。

故に、この世界は混沌・中立・秩序の三つから成り立っている。また、中立が最も大きく、混沌の特徴も引き継いだ。

しばらくのち、中立に生物が生まれ始めた。混沌・中立・秩序は興味深くその生物を見守り、時折介入した。

秩序は彼らに規律を与えた。混沌は彼らに自由を与えた。中立は彼らに感情を与えた。

とりわけ中立は彼らが時々見せる非論理的な行動を面白いと思い、ますます興味深く見守った。けれども、この生物には終わり——寿命——があった。中立は、いずれ生物が寿命により

この世から一人残らず消える事を恐れた。

そこで彼らが再び中立に生まれ出ずるまでの魂の休息所として、自身の身体から地獄と天国を作り出し、輪廻転生の仕組みを作りあげた。自身の身体を削った中立は途端に力の大半を失ったが、愛すべき彼らの為に、なおも手を貸そうとした。

そんな中立を見かねた混沌と秩序が代わりに世界を整えた。混沌と秩序は力を合わせて自身の身体から、四季を作り上げた。四季が毎年決まって巡るのは秩序の影響であり、反対に季節の到来が遅れたり、同じ季節でも毎年温暖差があるのは、混沌の影響によるものである。

彼らは世界の基礎を作り上げたのち、すっかり弱ってしまった為自分達に代わり彼らを見守る者を生み出し、役目を授けた。

——それが神々である。


強制排出タイミングで休憩をとりつつ他の本も見てみたけど、世界の始まりについては各国共通のようだ。

でもきっと、神々に関しては見解が違うんだろうなあ。あとでそっち方向についても調べないと……。

僕的には、現実世界で国によって神が違うのは宗教や国の歴史にとって都合良く解釈した結果で、本当に「存在している」訳ではないと思う。でも世界の始まりそのものは解釈が一致しているし、なによりここはファンタジー世界。本当に「居る」という解釈をするべきだろうか。

とにかく、この世界がちょっと特殊だって事は分かった。普通は地上……今居る場所の他に、言い方はともかく、死後の世界として天国と地獄が存在してるくらいなはず。だけどここではその他に、混沌と秩序がある、と。

天国と地獄は中立の中にあって、混沌と秩序はあくまでその外側、ってところがややこしいな。

まあどちらにせよ、混沌・中立・秩序の三つは力の大半を失っているらしい。であれば、やはり気にするべきは彼らが生み出した「神々」であって、彼らの事は一旦忘れても良さそうだ。

とりあえずざっくりと世界と神の立ち位置については理解が出来たので、次は別の書架で見つけた『世界の神々』を読んでみよう。

世界各国に様々な神が存在している。その中でも、四強と呼ばれる国では、周辺国家でも同様の神を奉るほど影響力が強い。※四強とは、シヴェフ王国・アルディィ公国・レガート帝国・カラヌイ帝国を指す。

その他一部の国では、神の存在は宗教的観点からの創作との解釈がなされているが、四強の国では神の影響が観測されており、顕現頻度こそ少ないが、確実に存在しているとの解釈がなされている。

シヴェフ王国は国教としてシヴェラ教を指定しており、女神シヴェラが絶対的な力によって全ての民を見守っているとの考えを持つ。典型的な絶対的一神教である。

アルディ公国はイルミュ王国の公爵であるエーリヒ・フォン・アルディが、イルミュ王の命令により建国した為、イルミュ王国の国教であるイルモナ教を支持する者が多い。アルディ公国内で指定された国教は存在せず、宗教観は比較的自由な国である。なお、四強としてイルミュ王国ではなくアルディ公国が数えられるのは、近年イルミュ王国が衰退の一途を辿っており、実質権力はアルディ公国が持っている為である。

レガート帝国は数々の小国を征服してきた背景から、国教であるレガート教を唯一無二の宗教として指定。吸収合併した小国の神の存在自体は認めているものの、信徒の数が神の力に影響するとの考えから、国教以外の信仰を禁止している。シヴェフ王国とは違った意味での絶対的一神教である。

カラヌイ帝国も同様に小国を征服してきた背景を持つが、基本的に全ての神の存在を認め、八百万《やおよろず》の神を信仰する多神教である。なお、更に独自の価値観を持ち、古い道具には命が宿るとの考えや、怨霊を神として祀るなど、一風変わった風習も存在する。

どうやらカラヌイは世界観が昔の日本とほぼ一緒だと判断して良さそうな雰囲気だ。今更だけれど、刀といい世界観といい、もしやカラヌイ帝国から始めた方が要らぬ苦労をせずに済んだのでは……？　あ、でもカラヌイから始めたらヴィオラやナナ、ガンライズさんと会えなかったのか。

それはさておき、シヴェフの教会の腐敗が目につくのは絶対的一神教だという点も関係がありそうだ。主神として女神シヴェラが君臨するのではなく、全知全能の唯一無二の神と考えられているのだ、教会の影響力は計り知れない。

さてここで、一つ疑問がある。混沌・中立・秩序が生み出した「神々」とは一体誰の事を指しているのか。四強が信仰する神だとしたら、混沌・中立・秩序は世界に生まれた生物全てを愛したはずなのに、その配下である神々は特定の国に肩入れした事になる。これは少々腑に落ちない。

それに、一部の国では「神の存在は宗教的観点からの創作」と解釈がなされている。つまり、少なくとも神の奇跡のようなものは目にしていない一方で、四強だけは神の存在を確認しているという。

「はて……これはどういう事だろう」

いくつか類似書籍を読んでみたけれど、それぞれの国が信仰する神についての記載はあっても混沌・中立・秩序が生み出した神の記載はない。それら全ての神をひっくるめて世界が生み出した神々なのか……、それとも情報が失われてしまっただけなのか。考えても仕方がないので、調べた事と疑問点だけをメモに残し、目下の悩みであるテイムについての調査に移る事にした。

『古代から続く神秘、テイム』。「今知られている契約以外についても触れられているかも」と手に取った書籍だ。


はじめに……人とは違う生物を使役するテイマーの存在は太古の昔よりしばしば歴史上に現れているが、その全容は主に口伝によって受け継がれており、また、テイム契約に関しても契約対象との意思の疎通によるところが大きい為、文献としてまとまっている情報は少ない。本書は、改めて古代から伝わる希少な資料を基にテイマーについてをまとめるものである。

テイマーとは動物や魔獣といった生物と契約を行った者の総称であるが、近年では契約の有無に限らず、生物の扱いに長けた人物全般を指す事もある。

テイム契約とは衣食住を保証する代わりに頼み事をするなど、一種の相互協力関係である。故に一方的に契約を行う事は出来ず、必ず双方の同意をもって契約が成立する。

契約の方法については古今東西様々な方法が用いられてきた痕跡が残されているが、近年ではお互いの血液を交換し、お互いの名前に契約を結びつける方法を用いるのが一般的なようだ。なお、動物や魔獣側に名前がない場合は、テイマーが名付ける必要がある。

基本的には双方の同意をもって契約を行う為、実力行使にて相対した相手との契約は難しい。そういった点から、気性の荒い種族との契約実例は多くはないと思われる一方で、度々歴史上に登場するのはこういった強力な力を持つ種族との契約に成功した者が居るからだ。

なお、契約の成立判断については、各国の契約の神が関係しているとの説もあるが定かではない。「秩序」の影響で、ルールに則った契約は自動で成立するとの見方もある。

テイム出来る契約数についてはテイマーの技量による。新人テイマーの契約数は一体だが、実力が向上するにつれて契約数は多くなる。最大契約数に関しては今現在も不明であるが、過去には十の生物と契約した例もある。

契約については謎のままだけど、契約数について分かったのはありがたい。現状はアインと契約しているからしばらくは他の子との契約は出来ない、と。実力の上昇は熟練度が目安だとして、どれぐらいで他の子と契約出来るようになるんだろう？　いや、そもそもどうすればテイムの熟練度が上がるのかすら分からない。アインを連れて依頼を受けてれば勝手に上がるものなのかなあ。

とりあえず契約方法についてはいろいろあるらしいし、僕とアインの契約についてもそのどれかに当てはまっていたのかも。名前は……森でつけた覚えはないけれどまさか「骸骨さん」とか「相棒」で成立しちゃったなんて事はないよね……？　いやいや、数ある方法のうちの一つに、名前をつけずに成立する契約があったんだよね、きっと。少なくともアインは自分の名前を「アイン」だと認識してる訳だし……。

肆．試作品

「お、戻ったか。ついさっきソーネ社から連絡が来たぞ。コクーンの試作機が出来たから、ひとまず使ってみてほしいとさ。何度も血液を摂取してもらうのは申し訳ないとかなんとか言って、最初からそれなりの量に対応出来るように作ってみたらしい。一応いつ来ても大丈夫だとは言っていたが、今から行くか？　行くなら送っていく」

洋士の家の時計は六時半を過ぎたところ。二十四時間表記のデジタル時計で六時半という事は、つまり今は朝という事で……。

「こんな時間に!? もしかして寝る間も惜しんで改造してくれてるのかな……。それなら一刻も早く試して、休んでもらわないと」

洋士に頼んですぐに向かう旨をソーネ社に伝えてもらいつつ、外出の準備。未だに鏡で洋服を着た自分を見ると、見知らぬ人だと思って思わず身構えてしまう。その度に洋士に呆れた表情を向けられるけれど、慣れないのだから仕方がない。

「蓮華様、水原様、お久しぶりです」

ビルの受付では既に小林さんと早川さんが待っていた。洋士は早川さんと話があるらしく、僕と小林さんだけが開発部署フロアへ。

笑顔で対応してくれているけれど、小林さんの目の下には隈がくっきりと刻まれており、疲労感が滲み出ている。情報統制の為に特殊なコクーン改造にかかわる人員は極少数に絞っていると言っていたし、小林さん含め皆まともに休めていないのかもしれない。

「ご迷惑をおかけして申し訳ありません……」

「いえいえ、こちらこそお世話になっていますから」

……お世話? 僕には勿論、心当たりはない。となると洋士? ソーネ社と関わりがあるとは思わなかった。早川さんとの話というのもそれだろうか。

「……ああ、つい先日水原様が多額の資金を援助してくださって……今日はその使い道について代表と話し合うと聞いています」

「そうなんですね」

僕は曖昧に頷いた。洋士の事業は僕には関係ない話だけど、小林さんが僕にまで恩義を感じるほどの額というのが……少し気になる。うーん、自意識過剰ならそれに越した事はないんだけど、コクーンの前例があるから資金援助も僕の為とか言い出しそうで怖い。

「関係者以外立ち入り禁止」と記載された扉の前で、指紋と網膜を壁についている機器に読み取らせる小林さん。部外者が立ち寄れない施設の中で、更に関係者以外立ち入り禁止……徹底している。

「こちらの中が作業部屋になります」

開け放たれた扉の先には、部屋が広がっていた。まず真っ先に目につくのが壁に書かれた「セクション49」の文字。次いで、部屋中に散らばった大量の部品と機械類。部屋の面積的にはそこそこ広いはずだけれど、とても手狭に感じる。存在が公に出来ない作業が故に、これ以上のサイズを確保出来ないのかもしれない。

たくさん並んでいるコクーンやヘッドギアは、どれも形状が変わっている。一見普通そうに見えてサイズが大きいヘッドギア、縦に長いヘッドギア、奥行きが深いヘッドギアなど。コクーンの方もやはり、かなり大きいサイズだったり、全長が長い物だったりと様々だ。

「面白いでしょう？　どれも人間ではない種族の方向けに作られています。本当はどんな種族の方でも使えるように汎用的な物が作れるのが一番良いのですが、どういった種族の方が存在しているのかは国家機密ですから。現状は、ご依頼いただいた方のみの個別対応になってしまっています」

「あの……あ、いえ、なんでもありません」

つい、エルフからの依頼があったかを聞こうとしてしまい、僕は慌てて口を閉じた。国家機密だと言うのだから、質問したところで当然答えてはもらえないだろう。

「そういえば、蓮華様のようなご依頼は珍しいですね。どうしても身体のつくり的に既存の機器では入らないというご依頼が圧倒的です。主に頭や背中、全体的なサイズだったりとかですね」

僕の質問の意図をある程度察したのか、小林さんは口元に指を当てながらかなり遠回しに回答してくれた。勿論ここだけの話にしますと、感謝の意を込めて頷いておく。

それにしても「頭」か。耳は長いイメージがあるし、それがエルフ……？　でもそれくらいなら改造を頼んでいない可能性もあるか。背中は……俗に言う有翼種？　いずれにせよ、僕達吸血鬼以外にもさまざまな種族が居るという事がこれで確定した。否、先日聞いた時点で確定はしていたのだけれど、あれだけ探しても見つからなかった他種族がこんな近くに居るという事実にまだ頭が追いついていなかった。小林さんの説明を受けてようやく今、じわじわと実感が湧いてきた。そうか、居るのか……。興奮で鳥肌が立ってしまいそうだ。

「さて、では本題の蓮華様のコクーンですが。こちらの試作機を試していただき、この方向性で問題ないと判断出来次第お持ちのコクーンの改造を行いたいと思います」

提示されたのは、部屋の一番奥のコクーン。見た目、サイズ共に今使用しているコクーンとほぼ大差はないけれど、背面の栄養補給パウチの補充部分が小型のボックスのようなものに変わっている。

「先日お話しした際は事前に必要な血液量を確定させたいとお伝えしましたが、それでは蓮華様へのご負担が大きいと考え、水原様からお聞きした数値を基に一リットル分で開発しました。背面に小型の冷蔵庫を設置し、そちらから直接コクーン内部へとチューブで繋がるようにしています」

続けてコクーンの蓋部分を開きながら、説明を続ける小林さん。

「コクーンに着席した際、チューブ先端が口元に来るように設置されており、普通の飲料同様、吸う事で飲める設計となっております。筐体面での改造はそれ以外特にありませんが、コクーン起動時に、一つプログラムを追加しました。これにより、蓮華様が現実で血液摂取を行った際の味覚のフィードバックを遮断し、代わりにプログラム内で作り出した飲料の味が再現されます。といってもイメージが湧きにくいと思いますから、ひとまず確認してみていただけますか？」

小林さんの説明に僕は頷き、コクーンへと横たわった。

「プログラムの中に入れば分かると思いますが……飲み物の味と量は蓮華様の自由にお選びください。それと、店の奥の扉から『ＧｏＷ』へとログインが可能です。弊社のテスト用アカウントを用意しましたので、飲み物を飲んだあとはそちらからプレイヤー特有の操作が可能か確認を行ってください。万が一今までと変わらなかった場合でも、十五分後に強制排出するようになっています」

「分かりました。ええと、プレイヤー特有の操作というのはシステムメニューやインベントリを開くといった操作の事でしょうか？」

「はい。システムメニューは右手を右から左へさっと動かしていただくと起動します。インベントリに関しては同様に右手を下から上へ動かしていただければ開きます。ログアウトはシステムメニューの一番右下にありますから、そちらを指で選択して戻って来てください」

「ではのちほど」と小林さんがコクーンの蓋を閉じたあとすぐ、普段同様の微かな起動音と浮遊感を感じた。そしていつもなら『ＧｏＷ』の風景に切り替わるタイミングで……落ち着いた雰囲気の空間が視界に飛び込んできた。お酒らしき商品がびっしりと壁に並べられ、カウンター越しに店員さんらしき人物が黙礼をしている。てっきり殺風景な部屋に飲み物が出てくる程度を想像していたので、先日行った集会所によく似た雰囲気のバーが現れて少し驚いてしまった。

バーカウンターの後ろの黒板には、アルコールからソフトドリンクまでびっしりと列挙されている。これら全ての味覚が再現されるの……？　小林さん、大盤振る舞いが過ぎますよ。

「えーと、……ココアをいただけますか？　あ、一リットルほど……」

僕の言葉に反応したバーテンダーが、黙々と飲み物を作り、そっと目の前に差し出してくれた。湯気がもくもくと出ていて、とても甘い香りがする。

「いただきます」

と一口飲むと、味もちゃんとココアだった。正確に言えばココアの味を知らないけれど、数々の創作物に出てくる飲み物の描写と一致している味だった。甘くて優しい味。僕は念願のココアデビューを果たした事に、心の中で握りこぶしを掲げた。

ここであまり時間をかけ過ぎるとあっと言う間に十五分経過してしまうので、ぐいっと一気に飲み干す。しまった、五百ミリリットルずつ違う味にすれば良かったんだ……ちょっとくどい。

なんとか飲み干してから、奥の通路へと歩を進める。バーカウンターに夢中で気付かなかったけれど、ビリヤード台やダーツまで用意されていたようだ。そのうち試してみたいなあ……。

徐々に視界が明るくなり、現れた風景は懐かしきオルカの町並。テスト用アカウントというのはいつもプレイしている環境とは違うのか、ＮＰＣは居れどもプレイヤーと思しき人は一人も居ない。これならゆっくり検証が出来そうだ。

まずはシステムメニューの表示から。確か右手を右から左に素速く動かす……だっけ？

「お、おおお……！　これがシステムメニューか‼　えっとどれどれ？　『キャラクター』『インベントリ』『クエスト』『マップ』『クラン・パーティ・攻撃隊』『フレンド』『メール』『オークション』『ショップ』『配信』……たくさんあるなあ。全部気になるけど、まずはインベントリを最初に教わった方法で開いてみたい……この画面はどうやって閉じれば良いんだろう」

そう言えば閉じ方は聞いていなかった。安易に考えるなら、開いた時とは逆に左から右へと手を動かす事だけど……。

「あ、出来た。なるほど、開いた時と逆の操作をすれば良いのか。という事はインベントリも……？」

空中で、右手を下から上へとさっと動かすとインベントリが表示され、続けて上から下へと動かすと閉じた。予想は当たっていたらしい。さてさて、じっくり確認する為にもう一度開いてみよう。

「これがインベントリ……！　これさえあれば重たいリュックを背負う必要がなくなるのか！　でも戦闘中にポーションを出したりとか……咄嗟に出来るかなあ。それに右手での操作限定というのが……」

便利そうに見えて実は不便？　まあ良いか、あとでじっくり考えよう。ひとまず今は全部の項目を確認して、分からない部分を洗い出しておきたい。

インベントリは四角い枠が何個も表示されており、そのうちのいくつかに防具とたくさんの武器が表示されているので、これがアイテムを格納する枠組みなのだろうと判断。その横にある数字とアイコンが多分、ゲーム内通貨だと思う。大体見方は分かったので、インベントリを閉じて再びシステムメニューを表示する。

まずは『キャラクター』……なるほど、現在着ている装備や熟練度が確認出来る部分か。ソーネ社のテスト用アカウントと聞いていたけれど、熟練度は僕の値なのかな？　基準が分からないからなんとも言えないけれど、絶対に人に見せられないような気がする。

『インベントリ』はさっき確認したから良いとして、次は『マップ』。選択すると読んで字の如く、オルカの町の地図が表示された。

『クエスト』も読んで字の如く、受けたクエストが表示されるのだろうけれど、今はなにも出ていない。

『クラン・パーティ・攻撃隊』。パーティ以外に聞き覚えが全くない。少しは慣れたかと思ったけど、まだまだ知らない事は多いようだ。

『フレンド』。これはまあ確認しなくとも、おおよそのところは分かる。一番最初に登録するのは間違いなくヴィオラだろう。

『メール』『オークション』に関しても、プレイヤー同士で連絡をとったり売買をする機能と認識

している。今までガンライズさんやヴィオラにはオークションで代理購入してもらったりとお世話になっているからね。

『ショップ』。商品や価格の単位が円である事から、ソーネ社が提供する課金ショップのようだ。装備の上から着られるアバターなるものがあったりする。なるほど、装備の見た目が微妙でもアバターでごまかせる訳か……。つまり、ソーネ社へ感謝の意を伝える為には積極的にショップを使えば良い、と。

『配信』。これはごちゃごちゃしていてよく分からない。自動配信、音声コメント……、アーカイブにカメラUI。うん、なにを言っているのかさっぱり分からない。そもそも配信ってなんだろう……。ゲームをプレイしている画面をテレビのように流すって事？　かな？

他にも色々設定はあるみたいだけれど、今すぐ確認する必要はないか。最後に『ログアウト』を選択して、ちゃんとログアウトが出来るのかも確認しておこう。

「おかえりなさい！　いかがでしたか？」と笑顔で小林さん。十五分経過前に出てきた段階で答えは出ているようなもの。だから笑顔なのだろうけれど……吐く寸前でなにも喋れそうにない。

結局、事前に小林さんに手渡されていたエチケット袋を即行で使用しました。申し訳ないです……。

「えっと……はい、システムメニューもインベントリも、その他の項目についても全て確認が出来ました」

息も絶え絶えになりながらなんとかそれだけ伝えてみたものの、小林さんは困ったような表情でこちらを見つめている。心配……とは少し違うようだ。

「すみません、なにを言っているのかよく聞き取れず……」

ああ、そういえば……血液を摂取すると五感や思考能力、身体能力が強化される影響で、自分にとっての正常が、人間にとっての異常になるんだっけ。多分きっと、人間には聞き取れないほどの速さで喋ってしまっていたのだ。吐き気でそれどころではなかったのでみじんも気にしていなかったけれど、よくよく考えてみれば小林さんの声も妙にゆっくり聞こえる。

「すみません、ええと、システムメニューやインベントリの確認は出来ました」

小林さんの話す速度と同程度を意識しながら口を開く。

「ああ、それは良かったです。では脳波などのデータ測定結果ですが……その前にご気分の方は大丈夫ですか？　だいぶお辛そうですが」

心配そうに覗き込んでくる小林さん。と、僕と目が合った瞬間に小林さんは一歩後ろへと飛びすさり、その拍子によろけてしまった。

「え、だ、大丈夫ですか⁉」

「あ、ああ……大変失礼いたしました。少し驚いてしまいまして。その……瞳の色が少々変わられたので」

ちょうどそのタイミングで話が終わったらしい早川さんと洋士が部屋に入ってきた。僕の表情を見て早川さんも、小林さんと同じ反応を見せている。

「相当な量の血液を飲んだな？　瞳の色も変わってるし、瞳孔も開きまくってるぞ」

「あー……そうか。瞳の色が変わるんだっけ。すっかり忘れてたな。……戻し方……も思い出せそうにない」

久しく血液を飲んでないのですっかり忘れていた。相変わらず具合が悪すぎるせいで思い出せそうにも全く頭が働かない。というよりも……周りの情報がうるさすぎて集中出来ない。それどころか洋士の顔を見て安心したようで、ますます具合が悪くなったように感じる。

「ごめん、ちょっと……これ以上はまずいかも。久々すぎて処理出来そうにない」

僕が言うと、洋士は頷いてからゆっくりと早川さん達に事情を説明し始めた。ああ、今のやり取りも速すぎて早川さん達には聞き取れていなかったのか……。

「分かりました。本日はご足労いただきありがとうござ……ました――」

小林さんの間延びした声が微かに聞こえる。せめてこの部屋を出るまではと思っていたけれど、他の部屋から聞こえる無数の声のせいで処理能力が限界に達した僕は、そのまま意識を手放した。

目覚めた時には最近見慣れてきた洋士の自宅で、一体なにが起こったのかと記憶を遡る事暫し。そうだった、ソーネ社へお邪魔して……ここに居るという事は、洋士に迷惑をかけたのだろう。相変わらず四方八方から聞こえる声やらテレビの音やらがうるさいけれど、留守にしている部屋も多いようでソーネ社のビルよりは幾分ましな状態。まずは洋士に謝罪をしないと。

「ごめん洋士、迷惑をかけちゃった」

「気にするな。あんたがそこまで吸血鬼としての性《さが》を忘れていると思ってなかった俺の責任でもある」

馬鹿にされている気はするけれど、事実その通りなのでひたすら平謝りするしかない。「まだ早朝だし、ソーネ社へは自分の足で行くよ！」なんて言った日にはもっと大ごとになっていたはずだ。本当に送迎してもらって良かった。

「それで？　今はどんな状況だ。まだ気持ち悪いか？　制御する方法を教えられる程度には回復しているか？」

「ん……、今は大丈夫かな。ソーネ社よりは周囲に居る人も少ないし、必ずしも会話してる訳じゃないから。本当にごめんね、僕が自分で思い出せれば良いんだけど……全然思い出せる気がしなくて」

「まあ……父さんは昔から必要以上には血液を摂取していなかったしな。割と平和になったとか言って、江戸時代には既にあまり飲んでなかったんだろ？　俺に言わせればどこが平和なんだって話だったけどな。……ああ、父さんの教え方があまりに下手すぎて、母さんに直接教わったのも今となっては良い思い出だ」

笑いながら洋士が言う。う、そうだった。僕の教え方があまりにひどすぎて、堪忍袋の緒が切れた洋士に「僕の師匠《エレナ》に教わる」と宣言されたのだ。我ながら情けなさすぎてあの時はかなり落ち込んだものだ……。そこまでは覚えているのに、肝心のやり方については全く思い出せない。

「さて……ひとまず対応方法としては二種類ある事を覚えているか？　一つは今の状態に慣れた上で、自分で情報を取捨選択する方法。もう一方は、自分の感覚をある程度落とす事でなにも考えずとも情報をシャットアウトする方法。手っ取り早いのは後者だが……、自分の身を守るという意味では、圧倒的に前者の方が良い。だから前者の方法を教える」

「前者じゃないといけない理由は？　戦争が起こってる訳でもあるまいし、今の時代にそんなに警戒しなきゃいけない事なんてある？」

「確かに戦争は起こっていないが……、父さんももう、他の種族が普通に日本で生活している事は分かっただろう？　俺達吸血鬼は大抵悪いイメージを持たれている。避けられるくらい可愛いもんだ、命を狙われてもおかしくはないんだぞ」

「うん……言いたい事は分かったけど……吸血鬼だってばれなければ問題ないんじゃないの？」

「甘いな。鈍い者だって人間じゃないって事くらいは分かる。勘が鋭い者は見かけただけで相手の種族まで分かるぞ。この間見かけたエルフも間違いなく俺の正体に気付いていたしな」

　突然の洋士の発言に、僕は自分の耳を疑った。

「ちょ、ちょっと待って……、今エルフを見かけたって聞こえたけど‼　いつ、どこで⁉　つい最近の話⁉」

「つい数日前、あんたから書籍の買い物を頼まれた時。まあ、あの感じじゃ『仲間を呼んで急襲』じゃなくて『どうやって俺から逃げるか』を考えていたようだから脅威にはならないと思うが。とにかく、それくらい道を歩けば普通に遭遇するんだ、気を付けるに越した事はない。分かったな？」

　僕はしぶしぶ頷いた。別に洋士の提案に不満があるから腐っている訳ではない。折角他種族が普通に日本に暮らしていると分かったのに、僕達が吸血鬼だから仲良く出来そうにないという事実に納得がいかないだけだ。

　それに、洋士は前から知ってたって事だよね……もっと早く教えてくれても良かったのに。でも先ほどから確信をもって断言している辺り、多分他の種族から襲われた事があるのかな。その一方で僕は変な幻想を抱いて他種族を探しに海外へ行っていた……さぞや洋士も言い出しにくかったろう。

「父さんが妙に他の種族に対して淡い期待を抱いているから言いにくかったんだ。それより制御方法についてだが、一度は自分でやってたんだから説明さえ聞けば思い出せるだろ。まず、視覚と動作については諦めろ。人間の速度に慣れて、それに合わせて話したり歩いたりする習慣を心掛けるしかない。ポイントは、必ず相手から行動や会話を開始してもらう事だ。基準となる速度についてはそれで間違えずに済む」

僕は頷いた。視覚情報はかなり重要度が高い。不測の事態に備えるなら、確かにここの感覚を落とす事は出来ないので慣れる方向でいくしかない。動作に関しても同様。目で動きを捕らえられていても、身体がついていかなければ対処のしようがないから。戦国時代の戦の日々も、そのお陰で生き延びられたと言っても過言ではない。まあ、昔から血液摂取量が少ないから、ここまで劇的な速度を体感する事はほぼ初めてだけれど。

「次に、聴覚について。これに関してはあれだ。右だけ聞きたければ右に耳を澄ませて、左を聞きたければ左に耳を澄ませれば良い。全体的に話を聞き流したければ、目の前に意識を集中すれば良い。これで分かるか？」

……ああ、そうだった。とにかく集中したい方向に意識を向ければ、勝手に耳がチャンネルを合わせてくれる、そんな感覚。早速試してみると、上手くいったので洋士に向かって頷いた。とても分かりやすい説明ですぐに勘を取り戻せたよ、ありがとう。

「おい……父さんが昔、俺に説明した内容を復唱しただけだぞ。これで伝わるはずがないって証明したかったのに、なんでそれで理解出来るんだよ」

洋士が少し不機嫌そうに言う。ちょっと、僕の説明にケチつける為だったの？　なんて失礼な。分かりやすい説明だと思って感動したのに、要は自画自賛だったって事じゃないか、恥ずかしい。

「はあ……父さんがなんで説明が下手なのかは、よーく分かった。なんでも感覚でやってのけるから説明のしようがないんだな。それでどうして作家として生計を立てられているのかは甚だ疑問だが、まあ制御出来るようになったんだから素直に喜ぶべきか……」

ぶつぶつと呟く洋士に「余計なお世話だ！」と言いたいところだけど、何百年経ってなお当て擦る辺り、息子にしてみればさぞや理解に苦しむ説明だったのだろう……。ここは大人になって、黙って流してあげよう、父親だからね。

「ああ、だいぶ楽になった。思い出させてくれてありがとう。……ところでそうだ、聞きたい事があったんだ。洋士がソーネ社に凄い額を投資したって聞いたんだけど、それで何故か僕まで感謝されてる気がして……なんで？　僕に関係ないよね？」

「いや、あれだ。ほら、あのー……オーケー、まずは冷静に話し合おう。俺からも言わなきゃいけない事があるんだ」

しどろもどろになる洋士。冷静にもなにも、僕は別に興奮なんかしてないけれど……ははーん、僕が怒るような話がある訳だ。

「なるほど……分かった。怒らないとは約束は出来ないけど、まずは話を最後まで聞くと約束する

から言ってごらん」

「もう既に怖いんだよ……」とかなんとか聞こえたけれど、自覚があった上でなにかをしたなら自業自得だよね？　怒らない理由はないのだ、我が息子よ。

「つまり洋士は、NPCであるはずの僕が、何故か配信だけは出来ている事を知った……。その上で配信を見たいが為にソーネ社に巨額の投資をして口止めをしていたと。馬鹿？　馬鹿だよね？」

しかも和泉さんまで巻き込んで……。和泉さんが頷けば、ソーネ社は政府の意向だと思うに決まっている。

「い、一応父さんが出版社の人間と待ち合わせしているのは知っていたから、それまでにプレイヤーになれるようにどうにかしてくれと頼んでおいたんだ。だからほら……部屋にあるコクーンは試作品と交換してもらった。明日だろう、待ち合わせは？　あれを使えば自分で配信を止める事が出来るはずだ」

投資金をちらつかせて一週間強という日数で無理にコクーンを改造させていたとは……。道理で小林さんが疲れ切っていたはずだ。でもそのお陰で、僕はとんでもない過ちを犯さずに済んだ訳か……。さすがに仕事の内容を不特定多数の人に見られるのはまずい。

「元々オフィス街は配信がオフになるようにソーネ社側で規制をかけているから、そこまで問題はなかった。が、待ち合わせ場所が『ＧｏＷ』側だった場合、問題があるだろう」

「確かに。篠原さんとは王都の噴水広場で待ち合わせなんだ。企業用のアカウントだから現実同様の姿をしているはず。本当に危ないところだったのか……、ごめん、そういう理由なら洋士に感謝しないと。でもなあ……僕のプレイ状況が筒抜けだったなんて、言ってくれないと困るよ。回りくどく変な忠告だけしてきて、全く用意周到なんだから……で？　どうしてそこまでして僕の配信を見たかったの？」

洋士の過去の発言を考えるに、結構頻繁に配信を視聴しているはず。それだけ見ておきながら、僕に一言も言わなかったのは一体何故だろう。挙げ句の果てに「独り言には気を付けろ」？　本当になにを考えているのかさっぱり分からない。

「父さんが……楽しそうだったから。あんなに生き生きとしている父さんを見たのは久々だった。配信の事を伝えたらやめると思ったんだ」

いや、ストーカーかよ。思わず心の中で突っ込んでしまったけれど、そんな事よりも。

「最近の僕はつまらなさそうに生きていた？」

僕自身心当たりがあるとはいえ、数十年間顔を合わせていなかった洋士にまで気付かれていた事に驚いた。

「生きる屍って言葉は、あの時の父さんの為にあるんじゃないかと思った。そのくせに仕事だけはきっちりこなしてるみたいだし、正直……不気味だった。あんな状態になるくらいなら、他種族を捜しに旅に出るなんて阿呆な発言をしていた時の方が何百倍もましだった」

ひどい言われようである。だけど、そこまで心配をかけていたとなると怒りづらい……いやいや、でも今回の事は僕だけの問題じゃないからきっちりと言っておかないと。

「洋士の気持ちは分かった。心配をかけて悪かったよ。でも、僕が怒っているのは別に僕のプライベートが無断で晒されていたからじゃない。僕の発言一つで、他の仲間も巻き込んでいたかもしれないってところだよ。分かるでしょう?」

不用意な発言で僕達の存在がばれていた可能性がある。僕が迂闊な発言をしたところで配信視聴者の大半は気にしないかもしれない。けれど、ごく一部の人が引っかかりを覚えたら。その結果、僕達の存在に気付いてしまったら。恐ろしすぎて想像すらしたくない状況だ。

一応ゲーム内というオープンな空間である事を考慮して、普段から自分なりに気を付けていたつもりではある。それでも例えば、焦っていたりなにかに集中している時の発言は、正直自分でもよく覚えていない。

「ああそうだ……、ヴィオラとかガンライズさんとかナナとか……映っちゃった人に謝らないと」

知らなかった事とはいえ、本当に申し訳ない。ゲーム内で菓子折……は変だろうか。

「いや、父さんが配信してる事は知ってるだろうさ。なにせ有名人だからな……特にあの女はそれを見て父さんに近付いてきたんだ。なにを考えているのかは分からんが……絶対に気を許すなよ」

洋士が急に怒気を孕んだ声で言うものだから、僕は驚いてしまった。

「あの女……ってもしかしてヴィオラの事?」

「そうだ。あいつはエルフなんだよ、父さん。おかしいと思わなかったのか? あの女の弓の実力を見て」

「エルフ……」

「俺が書店で会ったエルフはあいつだ。現実と違ってゲーム内でまで他種族を判別出来るとは思えない。が、本当に偶然近付いてきたと思うか？」

「……いや。偶然じゃないよきっと。三百年前に多分一度会ってる……」

ほら見た事かと言わんばかりの洋士。そう。先ほど気絶した時に僕は懐かしい夢を見たのだ。他種族の存在を信じて、世界中を旅した時の夢を。

慣れない土地で道に迷った際、道を尋ねた女性の顔がヴィオラに瓜二つだった。

夢と現実がごちゃ混ぜになっただけかと思ったけれど、元々僕はエリュウの涙亭で初めてヴィオラに声をかけられた時から、なんとなくその顔に見覚えがあると感じていた。そして洋士がエルフだと断言したのだ、ならばあの夢は過去の記憶そのもので、僕達は一度会っていると考えた方が辻褄が合う。

じゃあヴィオラが僕とパーティを組みたがった本当の理由はなんだろう。僕の正体に気付いていないという線は薄い気がするけれど、書店で洋士に攻撃的な態度をとらなかった事を考えると、こちらに危害を加えるつもりとは思えない。……それに、パーティを継続する話をした時の彼女の態度に、不自然なところはなにもなかったと思う。

結局、現時点ではただの親切なプレイヤー止まりである事、キャラメイクも本人の容姿そのままで身元を隠すつもりがない事。それになにより、僕達吸血鬼は風評被害の辛さを知っている。怪しいからといって一方的にヴィオラに裏があると決めつけるのもどうなのか……と洋士を説得し、『GoW』内では特に対応を変えないとの結論に達した。

「直接的暴力じゃなくとも、なにかしらの情報を引き出そうとする可能性もあるんだぞ」というもっともな忠告には頷いておいた。確かに、今後はより一層言動に注意しないと。

伍. 七色パイ

色々あってまだ頭は混乱しているけれど、重要なのは明日、篠原さんと会うという事。今日一日でシステムメニューについて……特に配信関連についてはある程度理解しておかなければならない。ちなみに今後も基本的には配信は継続する事にした。まあ、可愛い息子の頼みでもあるしね。

バーで一リットル分の飲み物を飲んだあと、『ＧｏＷ』へとログイン。見慣れたエリュウの涙亭の借りている部屋だ。

「ええと……確かシステムメニューの中に『配信』ってのがあったよね……」

ソーネ社での記憶を頼りにシステムメニューを開き、配信という文字に軽く触れる。先日同様、なにを言っているのか全く分からない設定画面が視界一杯に広がった。さて……どこから手をつけるべきか。

《ちょっと待ってえええええ》

《えええぇプレイヤーになってる！》

《配信に気付いた……だと……？》

《配信止めるのか⁉》
「うわっ、なにこれ！　設定画面が見えないんだけど！　なんかうるさいし！」
突然現れた大量の文字と、どこから聞こえているのかよく分からない見知らぬ人々の声。何事かと思って確認してみたら、どれも僕に対してかけられた言葉のようだ。つまり……これが洋士の言っていた視聴者さん達か。
《えっ》
《待って待って待って》
《プレイヤーじゃん》
《デビューおめっとおおおおおおおお》
《祝・NPC卒業》
「えーと……、初めまして……？　じゃないかもしれないけど、僕にとっては初めましてだから挨拶をしておくね。蓮華と言います。えーと……なにを言えば良いかな。武器は太刀で、スケルトンのアインをテイムしています。あと、魔法も少し使えます」
《はい》
《存じております》
《お見合いかな？》
《今更なんだよなあ……》
《あれ、配信の事驚かないの……？　もしかして知ってた？》

僕は知らないのに、相手からはしっかり認知されているというのはどうにも違和感がある。いや、作家として活動もしているのだからまさしく同じ状況なのかもしれないけれど、こうして直接視聴者（読者）さんと繋がる事は今までなかったので、勝手がいまいち分からないのだ。

「それで、あー、先ほどの質問に答えると……配信を止める訳じゃないです。が、ちょっと諸事情で配信を自分で止める方法が知りたいので、調べていたところです。あと、配信の存在については、つい先ほど知りました。居候させてくれてる知人が視聴者でね……もっと早く言えってお灸を据えてきたところ」

《ああ……仕事か》

《誰かと待ち合わせてるって言ってたもんね》

《知人に裏切られてて草》

そんな事まで筒抜けだったたか……この分じゃ、自覚がないだけで色々と口を滑らせていそうだ。

《配信メニュー上部の「停止」から止められる》

《まず、「音声コメント」はオフにしよう》

《そもそも今は自動配信がオンだから、オフにして手動で配信をする手もあるよ》

「なるほど……えーと、まずは「音声コメント」……オフ、っと。おお、ようやく静かになった。で？　配信の停止ボタン……あ、これか。停止を押したらすぐ停止される感じ？　今試しちゃうと止まっちゃうんだよね？」

《停止しますか？　はい・いいえみたいな選択肢が出る》

《選択肢で「はい」を押せば即止まる》
「なるほど、ありがとう！」
まずは明日の待ち合わせは乗り切れそうだ。他に今すぐ確認する必要がある事は……。
《詳しい事はヴィオラ先生が教えてくれるよ、きっと》
《インベントリについても聞くと良い》
視聴者さんから上がったヴィオラの名前に、思わず過剰に反応しかけてしまった。落ち着け、挙動不審じゃやかえって怪しまれる。まずは疑わないと決めたじゃないか。
「えっと確か……パーティを組んでいれば相手の位置が分かるって言ってたよね。ヴィオラは今居るのかな……と」
視界の左上にヴィオラの名前と、先日の王都クエスト時同様ＨＰバーが表示されている。オンライン・オフラインはどこで分かるのだろうか。
《ＰＴメンバーの名前が白いからオンラインだね》
《名前自体がグレーの時はオフライン》
「なるほど。場所はどこから見れば良い？　マップ？」
《マップ上に色のついた丸いアイコンが表示されるはず》
「あ、本当だ。えーと……止まってる丸と動いてる丸がある……あ、僕の位置も表示されているのか。動いてるのがヴィオラだろうから……もしかしてこっちに向かってきてる？」
《あっちはあっちで視聴者が蓮華くんについて報告してたからね》

《ヴィオラ先生助けてあげて！　って言っといた》

まさかヴィオラも配信者だったとは……。それなら僕も下に降りた方が良さそうだ。今日は飲み物しか飲んでいないし、ついでに料理も味わいたいところ……。

「こんにちは、蓮華くん、アインくん」

昨夜と変わらぬ笑顔でヴィオラが挨拶をしてくる。この表情が嘘だとは、やっぱり僕には思えないけれど……。

「こんにちはヴィオラ」

顔中の筋肉を総動員して僕も笑顔で挨拶を返した。今までの僕なら単純に「エルフが存在していた！」と感動していると思う。けれど、洋士の話を聞いた今もまだそう思えるほど危機感がない訳ではない。

「なにかあった？」と鋭いヴィオラ。どうやら僕の渾身の演技は通じなかったようだ。

「いや……ちょっと同居人と喧嘩しちゃって気分がささくれ立っているんだ」

我ながらナイス言い訳ではないだろうか？

「そう？　一緒に暮らしてる人と喧嘩すると、時間が経てば経つ程気まずくなりそうね。ログインする前に仲直りしておかなくて良かったの？」

「ああ、うん。まあ多分時間が経てばお互い冷静になれるし……どうにかなるよ」

「それなら良いけど。……まずはプレイヤーデビューおめでとう。あと貴方の配信の事を黙っててごめんなさい」

祝いと謝罪の言葉を投げかけられ、僕は曖昧に頷いた。そうだ、どうせだから会話に慣れるまで配信についての設定を聞こう。

「ありがとう、ヴィオラ。それで、設定について聞きたい事があって……、食事でもしながら、どう？」

「良いわね」

ひとまずジョンさんに料理を注文。僕は淡水魚のサラダとエリュウ肉のシェパーズパイ、本日のデザートとハーブティー。ヴィオラがグリーンキッシュと宝石ポトフ、同じく本日のデザートとハーブティー。メニューの文字を見ただけでお腹が鳴りそうだ。

「じゃあまず……そのリュックに入ってる物を全てインベントリに移動するところから始めましょうか」

プレイヤーもインベントリとは別に、リュックやポーチを持ち歩けるらしい。だから僕のリュックの中身も、プレイヤーになったからといって自動的にインベントリに入ったりはしないようだ。

「アイテムをインベントリに入れる方法は色々あるけど……、入れたいアイテムを視認した状態で脳内で『インベントリへ』と念じるのが一番早いと思う。リュックに対して念じてみて。中に入ってるアイテム全部がインベントリに入るはずよ」

ヴィオラの説明に従って、リュックを視認した状態で『インベントリへ』と念じてみる。一瞬のち、リュックは跡形もなく消え去った。確認の為にインベントリを開くと、確かにリュックの中身と、リュック本体が表示されている。

「枠の色がアイテムによって違ったり、赤い丸？　がついてるアイテムがあるけど、これは？」

「枠の色はアイテムのレア度を示してるわ。赤い丸の方は、所有者が別に居るアイテムよ。他人のアイテムをインベントリにしまおうとすると、所有者側のＵＩに意思確認が出るの。そこで許可されればしまえるし、許可されなければしまえない。要は盗難防止措置ね。許可する際、所有者側で期日を設ける事も出来る。期日が経てばインベントリから消失して、自動的に所有者のインベントリへと戻る仕組みよ。ＮＰＣのアイテムも同様で、私の場合、宿屋の鍵に赤い丸がついてるわ」

なるほど。確かに僕の方もエリュウの涙亭の鍵に赤い丸がついている。奥が深いなあ。特に期日らしい表示がないって事は、ジョンさん的には明確な期日はないのかな？

そうこうしているうちに、早速料理がどんどん運ばれてきた。デザートと飲み物はいつも食後に指定しているので、まずはご飯物からだ。

実は人生初めてのシェパーズパイ。元々は羊飼い《シェパード》が余ったラム肉の調理法として、安価で手に入るじゃがいもを潰してパイ生地のように包んだのが由来？　らしい。今回は「エリュウ肉の」という名前の通り、ラム肉ではなくエリュウの肉で作られた一品だ。しっかり焼かれたカリカリのじゃがいもと、じっくり煮込まれたエリュウ肉の柔らかさが見事に調和していて、涙が出るほど美味しい。

そして淡水魚のサラダはあっさりとした味わいで、濃厚な味のシェパーズパイとの相性が抜群。

ヴィオラの方のグリーンキッシュと宝石ポトフも、名にふさわしい鮮やかな色味で目で楽しませてもらった。

「あ、そうだ。システムメニューの出し方って変えられないのかな？　右手が空いていない時も多いし」

「それなら『設定』の『ジェスチャ』にあるわ。左手操作にしたり、音声起動や脳内起動も出来るわよ。色々試してみると良いわね。あとは、ショートカットの設定とか。いちいち『インベントリ』を開いてポーションを選択してたら間に合わないでしょう？　別途ジェスチャを設定して、瞬時に出せるようにする事をおすすめするわ。勿論、やり過ぎは注意よ、忘れるから」

「じゃあシステムメニューは左手で左から右にスライドする事にして……あ、複数選べるのか。じゃあ音声起動も設定して……。ポーションのショートカット……ごめん、そもそもポーションの効果が分かってなくて」

「……私がポーションを用意したのは王都クエスト前よ……？　……いえ、そこで満足した私が悪いわね。プレイヤーじゃないんだから、ポーションの説明だって見れる訳がない……、失念していたわ」

そう言ってヴィオラが説明してくれた内容は以下の通り。


『大地の抱擁・ＨＰポーション』

一瞬で回復するタイプのＨＰポーション。通称赤ポーション。

『そよ風の慈悲・ＨＰポーション小』

徐々に回復するタイプのＨＰポーション。通称緑ポーション。

『蒼天の秘密・ＭＰポーション』

一瞬で回復するタイプのＭＰポーション。通称青ポーション。

『月達の囁き・ＭＰポーション小』

徐々に回復するタイプのＭＰポーション。通称紫ポーション。


名前が長くてややこしいので、ポーションの色で呼ぶ事が多いらしい。作った人の技量によって回復量に差異はあるみたいだけど、名前は一律一緒。という事はこの名前自体に重要な意味があるのかな。

なお、緑・紫ポーションは、赤・青ポーションに比べて総回復量が低いものの、クールタイム《再使用可能時間》が短いのが利点だと視聴者さんが補足してくれた。難しい。

王都クエストの時にはなかったＭＰポーションも、最近ではＮＰＣ経由で入手出来る人が出てきたらしい。ただ未だに自作出来るプレイヤーは居ないので、オークション価格はＨＰポーションの三倍近いとの事。それでも魔術師にとっては武器と同じくらい重要な要素。売れる時には売れるというから恐ろしい。

「あと蓮華くんに関係がありそうなのは……やっぱり『配信』よね。まずは『自動配信』のオンとオフ。これは文字通り、ログイン時に自動で配信を開始するか否かの設定。デフォルトではオンになっているわ。ちなみに普通、チュートリアルで説明されたり、警告ＵＩが定期的に表示されたりするのよ。警告ＵＩは同意しない限り消えないから、本来この二つで誤配信は普通防げるんだけど……蓮華くんはＮＰＣだったせいでどちらもなかったんでしょうね」

「なるほど」

「それから次が、『音声コメント』のオンとオフ。これもデフォルトではオンになっているけど、人気配信者は大抵オフにしているわ。視聴者が増えればその分音声でコメント……つまり話しかけてくる視聴者も多くなって、ほとんど聞き取れない状態になる。次の『コメント』がチャット形式でのコメントだから、これだけをオンにしている人が多いの」

「さっき視聴者さんに教えてもらって『音声コメント』はオフにした！　ログイン直後はそれで頭が痛くなっちゃって……。今の二つに対する許可リスト、不許可リストというのは？」

「許可リストはコメントを許可するプレイヤーリスト、不許可リストはコメントをブロックするプレイヤーリストよ。許可リストにのみプレイヤー名を記載すれば、許可した人達だけがコメント出来る環境、その逆に、不許可リストにのみプレイヤー名を記載すれば、その人達以外がコメントを出来る環境になるわ」

「なるほど、知り合いのみがコメント出来る配信にしたり、迷惑なプレイヤーをブロックしたり出来るって事か。今のところはまあ……特に設定しなくて良いや」

「次が『アーカイブ』のオンとオフ。これは、配信した内容をあとから視聴出来るように過去の配信も動画としてアップロードしておく設定よ。デフォルトではオンね。カメラＵＩについては……割愛するわ。デフォルトでＡＩ自動だから、そのままで大丈夫でしょう」

わあ、さすがヴィオラ、よく分かっている。カメラの調整まで自分でやるとなれば、とてもではないがまともにプレイ出来ない自信がある。

「『アーカイブ』はこのままオンにしておくよ。あとから見られて困るって事もないと思うし……」

迂闊な発言をしなければ、だけど。

「あとから個別に手動で消す事も出来るから、必要になったら教えるわね。それから最後に、設定系じゃないものだけど。『配信／停止』。これは文字通り、自分で配信したい時や、今の配信を停止したい時に使うボタンよ。それと『動画の録画』。リアルタイムの配信をしないで、動画をあとからアップロードする時や、配信とは別に動画を撮りたい時に使うわね。ジェスチャ設定にあるスクリーンショットとキャプチャ動画のうち、キャプチャ動画というのがこの動画の録画の事よ」

「配信を自動にするか手動にするか……。うーん、そうだなあ。でも今までずっと配信されてたんだし、今更色々と気にしてもね……。それに、手動だとボタンを押し忘れて配信せずに終わりそう。どうせオフィス街で仕事する時は自動でオフになるみたいだし、明日だけ手動で停止すれば良いかな」

関係がありそうな設定について一通り教えてもらい、一つずつ設定を変更していく。あと他に聞きたい事はあったかな……。

「あ、ねえ。せっかくプレイヤーになったんだから、フレンド登録しましょうよ。……駄目かしら？」

不安げな表情で聞いてくるヴィオラ。もとよりパーティを継続すると言ったのは僕だ、フレンドは駄目なんて言えるはずもなく。

「……勿論だよ」
内心で洋士に謝りながら僕は承諾した。
「システムメニューの『フレンド』から、『近くのプレイヤー』を選択してみて。私の名前が表示されているはずよ。『申請』を押せば相手に通知が行くわ。このゲームのフレンドは許可制だから、申請に対して許可を行わなければフレンドにはなれないの」
「申請してみたけれど、どう？」
「ええ、今許可したわ。これでフレンド一覧に私の名前とログイン状態が表示されるようになったはずよ」
「本当だ。『オンライン』になってる」
ログアウトした時に洋士になにか言われるかも、と思ったものの、結局初めてのフレンドはヴィオラになった。まあ仕方がない、あの表情は断れないよ！
《初フレおめっと！》
《待って、これはどっちの配信でコメントすれば良いの》
《コメント欄共同の配信とか実装してくれないと困るw》
「あー……確かに、コメント欄が別だと一緒に行動している時には不便だね。でも全部のコメントが全員宛てじゃないだろうし、案外需要がなさそうな」
《確かに……》
《まー二人宛のコメントは皆で協力してどっちの配信でもコメントしとけば良いんだよ》

《掲示板とおんなじことで悩んでて草》

「掲示板？　ってなに？」

《え、あー……》

《そこは知らなかったのか……》

急に歯切れが悪くなる視聴者さん達。これはヴィオラに聞いた方が早いかな？　視線で問うと、ヴィオラが説明してくれた。

「王都クエストの時、アンデッドの襲撃理由をプレイヤー皆に告知したでしょ？　その時利用したのが掲示板。公式が提供している、誰でも書き込めるサイトの事よ」

「あ、何度か見た事がある、かも？」

多分先日洋士がアインについて調べてくれた時に閲覧してたのがそのサイトだよね、きっと。

「ん、でも掲示板と同じ悩みってどういう事だろう？」

「つまり、その掲示板に私や蓮華くんについて語る個別のスレッド……話題があって、最近は二人で行動する事が多いからどちらのスレッドに書き込めば良いか悩んだという事よ」

「ふうん……」

僕についての話題ねえ……なにが書かれているのか恐ろしくて見たくないかも。まあでも洋士は知ってたんだろうし、よっぽど困るような事が書いてあったら彼がなんとかしてくれてるはず。僕が気にする必要はないかな。

《意外と落ち着いてる》

《個スレの存在ばれたし、迂闊なことが書けなくなるな》
《いや、今までも書いちゃだめだろ》

視聴者さんのコメントを流し読みながら完食。そのタイミングで食後のデザートとハーブティーが運ばれてきた。

「お待たせしました、本日のデザート『エルフの七色パイ』です！　実は今日からデザートは私が担当で……不安なので、良かったら感想を聞かせていただけませんか？」

リリーさんの言葉に僕は笑顔で頷き、まずはパイの見た目をじっくり観察する。

パイの断面から覗く具材は文字通り七種類あるらしく、目に鮮やかで人目を引きつける。更に具材の甘い香りとパイ生地の香ばしい香りが胃袋を刺激してきて、既に百点満点をつけたいくらい。

一切れ口に入れた瞬間、僕は笑みを浮かべた。ぎっしりと詰まった具材は喧嘩する事もなく、ほどよい酸味と甘みで見事に調和を奏でている。見た目の期待を裏切らない素晴らしい仕上がりで、あっと言う間に完食してしまいそうだ。

「酸味と甘みが良い塩梅で、飽きが来ない。とっても美味しいよリリーさん！　自信を持って良い」

「ありがとうございます！」

ヴィオラは？　と向かいを見ると、とてもデザートを前にしたとは思えない表情をしていた。どうしたのだろう……嫌いな物でも入っていたのかな。

「あっ……ごめんなさい、ちょっとお腹がきつくなっちゃって。悪いんだけど、私の分も食べてくれない？」

「勿論良いけど……大丈夫？」

「ええ、大丈夫よ。でも今日はもう失礼するわ、またね」

そう言うなり、さっさと勘定を済ませて店を出て行ってしまった。よっぽどお腹が痛かったのかな……。

陸．打ち合わせ

今日は水曜日、いよいよ篠原さんと合流する日だ。つまり、『ＧｏＷ』をプレイし始めてひと月が経ったという事。篠原さんから合流の日程を聞いた当初は「ひと月なんて絶対持て余すだろうなあ」なんて思っていた。でも今は本腰を入れて『ＧｏＷ』をプレイするつもりでいる。人生ってなにが起こるか本当に分からないんだなあ。九百年生きてきて、まだそんな風に感じる日が来るとは思わなかった。

事前に配信を停止し、いざ待ち合わせ場所の噴水広場へ向かうと篠原さんは既に待っていた。周りの雰囲気とは馴染まない現代的な服装と、現実と全く大差ない美しい顔立ち。対する僕は……初期服のままなので町には溶け込むものの、プレイヤーとしてはだいぶ浮いている。この二人の組み合わせは誰がどう見ても変だろうなあ。髪と瞳の色だけでも現実同様にしておいて良かった。

「お久しぶりです」

僕の姿に気付いた篠原さんが、にこやかに挨拶をしてくれた。

「うん、久しぶりだね」

対して僕。とりあえず返答をしてみたものの……いつもの「包容力のある落ち着いた作家」の口調を『ＧｏＷ』内でするのは……いつ誰が聞いているのか分からないので少々気恥ずかしい。

特にここ最近、洋士やヴィオラ、ナナやガンライズさんに、なんでもかんでも聞いて頼って甘える癖がつき、精神年齢が退行している自覚もある。一体今までどんな話し方をしていたんだっけ？　まるで思い出せないぞ、困った。

そんなくだらない事で悩んでいると、「では行きましょうか」と篠原さんに声をかけられた。

「オフィス街へはもう行かれましたか？　ゲートで繋がってるので実は一瞬で行き来が出来るんですよ」

そう言って、巨大な楕円形の門のようなものの前で篠原さんは立ち止まった。まるで水を張っているかのように内部は青く揺らめいている。

「いや……まだ一度も行った事はないんだ。これを……通るの？　いや、通れるの？」

早くも包容力なんて微塵もない、怯えた声音を出してしまった。いやいや……だってこれは門《ゲート》ではないよね。鏡と言われた方がまだ納得が出来る。

「はい、ちゃんと通れますよ。では……私が先に進みますからついてきてください」

一切の躊躇も見せずにゲートへと踏み込む篠原さん。確かに鏡ではないみたいだけど……こういう未知のものは少し怖い。けれど、長く待たせる訳にもいかないし。

「……えいっ！」

腕で頭を庇いながら意を決して一歩踏み込んだ。しかし、本当に見た目に反してなんの衝撃も感じず、もう大丈夫だろうかと恐る恐る目を開いた先には……先ほどとは全く別の世界、まるで東京のような街並みが広がっていた。

「ここがオフィス街……高層ビルなんかもたくさんあって、本当に現実とあまり変わらない風景なんだね」

「元々都心部へのオフィス集中や土地不足を改善する為に作られた環境ですから、やはり現実同様の外観で、仮想空間への移転の違和感を軽減する方針みたいですね。想像以上に規模が大きくて、私も初めて来た時は驚きました。弊社のビル自体はもう少し先にありますが、基本的には先生には別の建物で執筆を行っていただければと」

僕の無様な格好には一切触れず説明を続ける篠原さん。真に「包容力のある落ち着いた」人物は篠原さんだったようだ。

「各国のどのゲートをくぐっても必ず先ほどの位置に出ますので、道順を覚えておくと良いかもしれません。……あと、実はオフィス街へのゲート自体は初期の町も含めて主要な町や都市全てにあります。この先拠点を移す事があるかもしれないのでお伝えしておきますね」

「おや？　最初に聞いた話では各国の首都にあると……」

僕の記憶違いだっただろうか。

「実は……あえて首都にしかないような言い方をしていました。先生の性格上、初期の町からすぐにオフィス街に行けると分かれば、そのまま待ち合わせ日までログインしないのではないかと思い……」

それなりに長い付き合いだ、篠原さんにはお見通しだったらしい。

「王都まで無事に辿り着けたようでなによりです。この世界やシステムには慣れましたか？」

世界はともかく、システムに関してはNPCから脱却出来たのが昨日なので、まだなにも分かっていないんですよね、これが。とはいえ余計な事を言って、貸与してもらったコクーンの話になっては困る。新しく買ったから貸与分は返却する……と伝えるにしても、郵送する事を考えればせめて自宅に戻ってからにしたい。ここは一つ、無難にやり過ごしておこう。

「ああ、うん。最初は全然ゲームをするつもりはなかったんだけどね。とりあえず王都までは行かなければと思って、行動してみたらこれがまあ面白くて。篠原さんの策略にまんまとハマってしまったみたいだ。いつぞやに篠原さんが言っていた通り、家を借りるのも時間の問題かもしれない」

「まだ初期服のままなので心配でしたが、だいぶ楽しんでいただけているようでなによりです。先生の洋装姿というレアなものも見られましたし」

これを洋装と言って良いのかどうかは分からないけれど、確かに和装ではない。

「……王都クエストで手に入った報酬で直垂を作ったから、この姿は近々見納めなんだけどね」

「大規模イベントまで参加されたんですか？　意外ですね。正直、先生の事だからクエストなんてそっちのけで日光浴やお食事を堪能しているかと……あ、食料難のせいで食事は少々堪能しにくかったですもんね」

「さすが篠原さんだね。王都クエストはたまたま参加する事になっただけで……それまではのんびり日光浴と食事を堪能してた」

「やっぱり。私も『GoW』をプレイしているので、食料難が発生した際に先生が悲しみそうだなと勝手に思ってました。……あ、到着しました、この建物です」

篠原さんが指し示す先には、アパートといった雰囲気の建物。そういえば他にも『GoW』内でのやりとりを依頼している作家さんが居ると聞いたような。という事は、このアパート全体、もしくはそのうちの何室かが黎明社の執筆部屋なのかな。

「部屋は二階の二〇五号室です。先生にも入室権限をつけておくので、ご自由にお使いください。基本的には昼夜問わず占有していただいて問題ありません」

階段を上りながら説明する篠原さん。僕は黎明社と専属契約を結んでいる訳ではない。それなのに部屋を貸し出してくれるとは太っ腹だ。

「なるほど。ちなみにこれはただの好奇心なのだけど、あくまでも電子データだろう？　こういった土地や建物にも所有者が居たり、使用料が発生したりするのかい？」

「基本的に現実と同様ですね。勿論所有者はほぼソーネ社ですが、今の時期であれば政府からの助成金を受けられるので、ここは黎明社が買い取りました。上層部はレンタルオフィスやコワーキングスペース事業を始めようとしているみたいです。とはいっても、まだ全然構想段階ですから、それまで有効活用をしようという事で蓮華先生を含めた何人かの先生方に提供しているんです」

「買い取りに事業……本当に現実世界と大差ないんだね。仮想的な空間にある、仮想的な土地と建物に現実の通貨が使われるってなんだか奇妙な感覚だけど……ちょっと前から仮想通貨なんてものも存在しているし、なにも不思議な事ではないのか」

あれ、仮想通貨が生まれたのっていつだっけ……？　自分の感覚で「ちょっと前」と言ってしまったけれど、五十年くらい前なら篠原さんは生まれてすらいない。

「それこそ仮想通貨は国民全体に普及するようなサービスではなかったですからね……。一部の人が投資目的で利用するような、玄人向けのイメージがあります。ですから私もその辺りは疎く、未だによく分かっていませんが、ＶＲ世界にオフィスが移転したり……いよいよ政府も本腰を入れてきたので勉強しないと、とは」

篠原さんの言葉に頷きながら、いざ解錠した二〇五号室の中へ。

部屋の中はとても広い……、訳ではないけれど、本棚がひとつと執務机がひとつ、それにソファとローテーブルが揃っていて十分すぎる環境。立ち話もなんなので、ソファに向かい合って腰掛けてから話を再開した。

「改めまして次回作についてですが。前回単巻で書いていただいたお話の反響が大きく、シリーズ化を検討していただけないでしょうか。それから弊社で出している文芸月刊誌への短編連載とエッセイもお願い出来ればと。ただ、今までとは違う場所での執筆なのでペースが落ちる事もあると思います。他のお仕事との兼ね合いもあると思いますので前向きにご検討いただければ……」

「既に出版されている前回って言うと……、『妖怪遍歴』の事かな？　あれは完全に僕の趣味で書いてしまったから読者受けはしないかと思ったのだけど、反響があったとは嬉しいね。勿論、博打を打って出版してくれた黎明社の為なら喜んで続編を書くよ。月刊誌の方も勿論受ける。ただ、諸々の詳しい話は出来れば書面で出してほしいかな。最近妙に忘れっぽくて駄目なんだ」

今は他社の仕事を受けていないのでスケジュールには余裕がある。単発でごくたまに依頼があった際に受ける事はあるけれど、基本的に定期的な仕事は黎明社だけに留めている。というのも、あまり接する人間が多いと、年を取らない事を誤魔化す為の労力が増えてしまうから。黎明社は今の身分証で作家デビューした出版社という事もあり、思い入れが強いので最優先している状況だ。

「ではのちほど書面にてお渡しします。ご自宅への郵送の方が良いでしょうか？」

「いや、紙の体をしているのであればこの空間《ここ》だけで完結させても問題ないよ。その為にわざわざ現実世界で書類を作ってもらうのも申し訳ないからね」

「ありがとうございます、助かります。月刊誌の方は毎月テーマが決まっているので書きたいテーマの時だけ執筆する形で構いません。極たまに「このテーマは是非お願いしたい！」という時にはこちらからお願いする事もあるので、都度ご検討いただければと。あとは……私の後任ですが、今日は都合がつかなかった為、後日改めてご挨拶させていただければと思います。この部屋の中の在・不在は弊社の方で確認出来ますので、先生がいらっしゃる時にお伺いする形で大丈夫でしょうか？」

「……実はちょっとゲーム内で遠出する予定で……暫く顔を出せないかもしれないけれど、大丈夫かい？」

「勿論、今まで通り先生のご都合の良い時に執筆していただければ大丈夫です。それから簡易ポータルも渡しておきますね。通常のゲートでは先ほどの場所からの出入りになりますが、こちらを使用すれば直接この部屋へと出入り可能になります」

なんとまあ便利な道具があるものだ。使用出来る場所こそ村や町、都市内に限定されるらしいものの、いちいちゲートへ向かう必要がないのは非常にありがたい。

その他二、三の連絡事項を告げて、篠原さんは部屋をあとにした。

さてさて……。装備が揃ったら東に行くだろうし、今のうちにプロットでも練っておきますか。

【個スレ】名前も呼べないあの人【ＵＩどこぉ】

名前を呼びたくても呼べない、あの人に関する話題です。
なんでＮＰＣすら名前呼ばないの？　怖いんだけど。
※運営側も確認してあげてください。何だかおかしいです。

874**【闇の魔術を防衛する一般視聴者】**
自分がトッププレイヤー層であることを知らずに居るトッププレイヤー……尊い

875**【闇の魔術を防衛する一般視聴者】**
あれでトッププレイヤーじゃなかったら俺等はなんだよ、道端のみじんこか？

876**【闇の魔術を防衛する一般視聴者】**
せめて道端の石ころにして？
道端のみじんこは踏まれて潰れる未来しか見えなくて辛いんよ。

881**【闇の魔術を防衛する一般視聴者】**
「ＨＰがゼロになった段階で問答無用で死んで、拠点に戻される。そこに気合でどうにかなる要素はない」。
当たり前の事説明されてるのに「はっ！」って顔してんの……。

882**【闇の魔術を防衛する一般視聴者】**
その後、そっか……（´・ω・｀）みたいな顔してるの笑う
カメラワークちゃんと仕事してるのが面白いんだよなあ
ＡＩが優秀過ぎるｗｗｗ

883**【闇の魔術を防衛する一般視聴者】**
もうそれって現実での実戦経験豊富なこと前提じゃん。
いよいよ蓮華くんヤのつくお仕事説……。
>>882　カメラワークは意外とＡＩ自動が優秀。

だけどたまに仕事しない。判定は謎。
森で目つぶってたであろう時に顔映してほしかった。
多分本人が動いてるときは手元とか視線の先、動きがないときは表情優先とか、そういう感じ？

884【闇の魔術を防衛する一般視聴者】
もはや数々の発言から「ちょっと運動神経あるだけ」説は消滅したな。
かと言って剣道は……絶対違うよなあ。

885【闇の魔術を防衛する一般視聴者】
あの動きは絶対剣道のそれじゃないな。剣術の方がしっくりくる。

886【闇の魔術を防衛する一般視聴者】
アンデッドでも八百比丘尼《やおびくに》の男版でも、とにかく不老長寿系で
「戦国時代生き抜いてきました」とか言われたほうが納得するわｗ

887【闇の魔術を防衛する一般視聴者】
戦国時代からのタイムトラベラー説。
俺はこれを推すぜ！！！不老不死より現実的だろ！

◇

893【闇の魔術を防衛する一般視聴者】
金属糸を織った布!?　割合も決められるんか。
布は魔職が着るものだと決めつけてた。完全にリサーチ不足。
ＶＲだとまじでプレート装備動きにくくてイライラする。

894【闇の魔術を防衛する一般視聴者】
>>893　わかりみが深い。
俺もこのゲームがＶＲデビューだからまじで失敗した。
プレート装備重いし関節可動領域狭いしで全然動けん。
良い金額払ったから乗り換えられないけど、後悔してる。

895【闇の魔術を防衛する一般視聴者】
和装！　完成が待ち遠しいな。和装に日本刀とか最高なのでは??
なんでカラヌイ帝国から始めなかったのかって感じだけどw

◇

901【闇の魔術を防衛する一般視聴者】

混沌、中立、秩序か。なかなかややこしいな。

規模のでかい、ガイアレベルの神様が存在していて、色々やってたら力を失った。だから最後に「見守る者」とやらを作り上げたと。

それが各国家で崇めてる神様なのかな？

ああいや、それだと混沌達の思想に反するのか。謎だな？

902【闇の魔術を防衛する一般視聴者】
読み上げてる訳でもないのによく読めたなwww
わざわざ一時停止して読んだのか？　乙。

903【闇の魔術を防衛する一般視聴者】
いやいや、これは停止してでも読むべきだろ（なお、自分で図書館に行く予定はない）
テイマーに関しての情報もゲットできてありがてえ。
契約数が恐らく熟練度依存なら、人型テイムした時の職業ガチャはいちいち契約解除するしかないのか。
保存出来ないリセマラとか妥協する選択肢がなくて地獄じゃん。。。

904【闇の魔術を防衛する一般視聴者】
テイマーは絆が大事だろうし、職業ガチャとか言ってる奴向けじゃないってことですわw

908【闇の魔術を防衛する一般視聴者】
プレイ開始時に選べる国は四強とか呼ばれてんのか。
しかも母体のイルミュ王国が弱体化してるからアルディ公国が四強、と。
これ、近々崩壊フラグなのでは？

【総合】料理について語る会【生産系】

ＧｏＷ内での料理について語るスレです。
荒らし、暴言・動画の無断転載は禁止です。
※運営側も時々確認しています。発言には気を付けましょう。

1 **【設備の差に悩む一般料理人】**
ＧｏＷで料理を極めるつもりのプレイヤーです。とりあえずスレ立てました。

2 **【設備の差に悩む一般料理人】**
スレ立て乙。デフォ名が煽ってくるじゃん……。

3 **【設備の差に悩む一般料理人】**
私が決めたわけじゃなくて勝手にそうなってまして……。

4 **【設備の差に悩む一般料理人】**
>>3　分かってる、タイトルで判断されて勝手に生成されるらしい。
これ運営が完全に煽ってきてるよね。
現実同等の高性能キッチンが使えると思ったか？
残念だったな、石窯だあ！みたいな。

◇

20 **【設備の差に悩む一般料理人】**
ぶっちゃけ皆熟練度どっからスタートしてる？
俺一人暮らしで節約の為に自炊する程度なんだけど（昼飯は外食）、
10,000 前半スタートだった。なんか謎スキルついてるわ。

21 **【設備の差に悩む一般料理人】**
主婦で毎日三食作ってる十年選手は 40,000 中盤でした。
パッシブ《常時発動》スキルのことですかね？　４つあります。
といってもどれも一つ目の強化版みたいですが。

22【設備の差に悩む一般料理人】
新たなパッシブ増える訳じゃないのか。
見習い（10,000）：低ランク食材での高ランク料理作成確率（極小）
職人（20,000）：低ランク食材での高ランク料理作成確率（小）
業師（30,000）：低ランク食材での高ランク料理作成確率（中）
この感じで行くと大・極大まであるか。
60,000 辺りで二つ目のパッシブか？

34【設備の差に悩む一般料理人】
戦闘系に比べたらそれなりに熟練度高い人多いね。
といっても 100,000 いってる人は聞かないなあ。
そもそもそういう人はこんなゲームやらないか？

【個スレ】ヴィオラ【神弓】


超絶弓使いのヴィオラさんの個スレです。

荒らし、暴言・動画の無断転載は禁止です。
※運営側も時々確認しています。発言には気を付けましょう。

367【神速で放たれる一般矢】
弓矢の生産配信がまじで神。
素材によってしなり方が違うから射出速度も違うとか。
矢も色々改造して特性つけてみたり、まじで試行錯誤してて凄い。

368【神速で放たれる一般矢】
神は神なんだけど参考にして作った弓矢を使えるかって言うとさ……。
初心者向けであるはずのウサギの方が的が小さいしちょこまかと動く分、かえって難しいんだが？

369【神速で放たれる一般矢】
熟練度上がるまで訓練場とかで的当てするしかない。
熟練度さえ上がれば照準アシストが期待出来る筈。

373【神速で放たれる一般矢】

熟練度で思い出した。

他の配信者の配信みてて知ったんだけど、熟練度が高いとパッシブスキル解放されるらしい。

ちな、その人は 10,000 で解放だった。

ヴィオラちゃんの弓熟練度は相当高いからパッシブ持ってるはず。

どんな効果なんだろーなー。

各熟練度につき一個なのか、熟練度が一定数まであがるごとなのかを知りたい。

現状熟練度かなり高くて真偽が判断出来るのってヴィオラちゃんか蓮華くんだけだろ……。

374【神速で放たれる一般矢】
>>373　どんな熟練度でも良いなら、料理とか高い人多そう。
そっち系のスレ確認してみたら？

◇

387【神速で放たれる一般矢】
おっと……
Dランク昇格資格云々って、ヴィオラちゃん口滑らせたな。
蓮華くんは衝撃を受けすぎて気付いてないっぽいけど。

388【神速で放たれる一般矢】
今までも口滑らせてなかったっけ？
まあ蓮華くんは鈍いから大丈夫。

◇

399【神速で放たれる一般矢】
相方がプレイヤーになってるｗ

400【神速で放たれる一般矢】
結局配信続ける方向にしたんだな
全部垂れ流しだったって気付いたから怒ってやめるかと思ったけど

401【神速で放たれる一般矢】
今更配信やめたところでっていう開き直りからの自動配信継続……強い

【個スレ】名前も呼べないあの人2【UIどこぉ】

名前を呼びたくても呼べない、あの人に関する話題です。
名前は判明しましたが、諸々の事情で名前が呼べない為、タイトル継続しました。
万が一本人にばれたら困るからね！！！
※運営側も確認してあげてください。何だかおかしいです。

1【闇の魔術を防衛する一般視聴者】
ついに２スレッド目ですよ皆さん！
もう名前も判明したしスレッド名直そうと思ったけど、本人の目についても困るし継続したったわｗ

2【闇の魔術を防衛する一般視聴者】
スレ立て乙。
まあ下手にキャラ名でスレ立てるより無難かもな。

◇

10【闇の魔術を防衛する一般視聴者】
？？？？？？？？？？？？？？？？？？？？？

11【闇の魔術を防衛する一般視聴者】
ええええええええええええええ

12【闇の魔術を防衛する一般視聴者】
しれっとプレイヤーデビュー!?

13【闇の魔術を防衛する一般視聴者】
ついにコクーンが直ったか！
いやあ長かった。これでようやく蓮華くんも仲間外れにされずに済む……。

14【闇の魔術を防衛する一般視聴者】
タイミングばっちりだな。
仕事の用事って明日？とかでしょ。
ソーネ社も配信見て頑張ったとか？
偶然にしては出来すぎだよなw

15【闇の魔術を防衛する一般視聴者】
おめでとう！
とにかくこれでようやくまともな配信になるんだな……
良いか皆、本人が気付くまで投げ銭投げるんじゃねーぞ……

16【闇の魔術を防衛する一般視聴者】
あたぼーよ！何の為に今まで少額を投げてきたと思ってるんだ！
「これは何の金額だ？」と蓮華くんに思わせる為だ！

17【闇の魔術を防衛する一般視聴者】
>>16　まあ皆が同じことを考えた結果、ちりも積もれば……になってる訳ですが。

18【闇の魔術を防衛する一般視聴者】
コメントちゃんと拾ってんの偉いって言うか、初心者の筈なのにコメント拾うの妙に上手くて驚く。

19【闇の魔術を防衛する一般視聴者】
コメント欄の方も空気読んでる感ない？
有益な情報のあとは蓮華くんが拾うまでコメント止まるっていう
訓練されすぎててびびるw

20【闇の魔術を防衛する一般視聴者】
確かにそれはあるな。
もともと蓮華くんのファンは良い人多いからな！

21【闇の魔術を防衛する一般視聴者】
>>20　自画自賛か？ｗ
まあでも投げ銭しない限りコメント見もしない配信者よりずっと好感持てる。コメント多い配信だと見逃すから仕方ないって人も居ると思うし、あくまで個人的見解だけど。

◇

25【闇の魔術を防衛する一般視聴者】
前々から気になってたんだけど、同居人って彼女じゃないよね？

26【闇の魔術を防衛する一般視聴者】
おっと、ガチ恋勢終了のお知らせか……？
っていやいや、こんなにＧｏＷ漬け生活の彼氏とか嫌すぎるわｗ

◇

36【闇の魔術を防衛する一般視聴者】
ヴィオラちゃんどうしたんだろ……。
お腹がキツイとか、この世界じゃ絶対あり得ないじゃん。
そんな嘘ついてまで逃げ出したいなにかがあった？

37【闇の魔術を防衛する一般視聴者】
普通に考えたらデザートかハーブティーの二択だけどな。
やっぱ「エルフ」に対してなんか嫌な思い出でもあるんかね。
キャラクリはエルフっぽいけど種族はエルフじゃない辺り……。

38【闇の魔術を防衛する一般視聴者】
蓮華くんの配信目線だと凄い形相だよね。
パイが嫌いとかそういう？

39【闇の魔術を防衛する一般視聴者】
いや、結構普段からアップルパイとか食べてるぞ。
エルフかパイの具材か、はたまたリリーさんをうざいと思ったか。
なににせよ様子がおかしいのは確実だけど、蓮華くんさあ……。

40【闇の魔術を防衛する一般視聴者】

「お腹がきつい」って言葉を本当に信じてそうだよね。

純粋というか天然というか……。

後になって「あれ、この世界に満腹ってないよね？」と気付きそう。

漆．新たな依頼

篠原さんに会った翌々日——注文してから四日後——、ついに防具が出来上がった。現実世界での四日なので、ゲーム内時間に換算すると約二週間。まあまあな日数ではあるけれど、直垂なんて面倒臭いデザインを注文したにもかかわらず、反物を織るところから始めて完成まで二週間というのはとんでもない速度ではないだろうか。

ゲームだからか、それとも「普通の衣服と違って命を守る為の装備は急いで作る」というのがこの世界の常識だからなのかは分からないけれど、とにかく凄い。

装備後、視聴者さんからのアドバイスで鉢巻きは「町中非表示」設定にした。確かに町中でも鉢巻きが見えていたら、穏やかではないもんね。

篠原さんの後任の人とは、昨日の昼間に無事に顔合わせが完了。佐藤さんという、人好きのする好青年だった。

仕事以外の時間は、ジョンさんへの土産としてウサギ狩りをしたり、ギルド内の訓練場でかかし相手にアインと連携練習をしたり、シモンさんの所に通ったり。ちなみにアインと僕の武器を固定する為のベルトはデンハムさんが超特急で、注文した翌日には仕上げてくれていた。違和感を覚えたらすぐに店に来いと言ってくれたので、確認がてら訓練場に出入りしていたのだ。結果として僕のベルトには微調整が入った。ウサギしか相手にしていないので、アインの防具についての結論は保留中。

ヴィオラはあの日以来、夜の極わずかな時間しかログインしていないようで顔も合わせていない。もしかしたら現実の用事が忙しいのかもしれないけれど、単に避けられているのかも。

何故って、あのあと視聴者さん達に「満腹になりようがない」と指摘され、確かにそうだったと気が付いたから。つまり、彼女は意図的に嘘をついて逃げたのだ。

理由に心当たりがあるとすれば「エルフの七色パイ」か。「エルフ」という単語に過剰に反応したように見えたので、もしかしたら僕が三百年前の邂逅を思い出したと考えて、避けている……とか？

でもそもそもあの時どうしてあんな表情をしたのかが分からない。焦ったり誤魔化そうとしたりなら分かるけれど、あれは苦々しい、或いは忌々《いまいま》しいと感じている表情だった。自分の種族の名がついたパイが出たからといって、そんな態度をとるものだろうか？


シモンさんの所では、改めて魔法の基礎から学んでいる。前回は王都クエストの為に実技重視でお願いしたけれど、今回は本来の順番で基礎の座学から。

お陰で今知りたかった疑問は殆ど解消した。例えばMPの回復方法とか。

師匠はMPと言わず魔力と言っていたけれど、それが自然に回復する理由は空気中に存在している魔力を無意識に体内に少しずつ取り込んでいるからとの事。なので手っ取り早く回復するには食事をとれば良い。空気中に存在する魔力は、動植物も取り込んでいる。それを口にすれば当然僕達の魔力も回復する……、という理論だ。

ＭＰポーションはその応用で、魔力をふんだんに含んだ植物から抽出している。だけど残念ながらその植物はそこら辺に生えている訳ではなく、魔力が濃い地域だけらしい。魔力が濃いというのはすなわち危険地域という事でもあって、王都周辺にはないとの事。道理でプレイヤーがＭＰポーションを作れないはずだ。ヴィオラに教えてあげないと。

ちなみにＮＰＣのお店でも手に入らない理由がここにある。貴重な植物を使うから完全に受注生産なのだ。そして気軽に手が出せる金額でもないので、保険の為に一本用意するのがせいぜいといった状況で。

これもまた、魔術師が不人気の理由に拍車をかける要因かもしれないなあ……。「ＭＰがなくなったらなにも出来ません」ではさすがに辛いものがある。魔法以外の攻撃手段を学ぶにしても、現実世界で経験がない限りとてもじゃないけれど時間が足りないもんね。

常に食事から回復するのも非効率的なので、空気中の魔力を意図的に体内に取り込む事で自然回復よりも早く回復する方法を学んだ。こちらは瞑想が必要らしく、戦闘中に回復させるというのは難しいみたい。卓越した魔術師であればある程度は可能との事だけれど、そこに到達出来るのはいつになるのやら。

しばらくは、如何に魔力を節約しながら役割を果たせるかが魔術師プレイヤーの腕の見せ所になりそうだ。

その他にも興味深い事を聞いた。魔術師と言えば魔法で攻撃を行うイメージが強いけれど、中には自身の身体を魔力で強化する事で防御面や攻撃面での補助を行い、直接自身が武器を使って戦闘を行うスタイルの人も居るらしい。

僕はこれを積極的に学びたい旨を師匠に伝えた。やっぱり慣れ親しんだ刀で戦う事が多いだろうから、先日のようにアンデッドが相手でもない限り、魔法は補助的に使用する事になるはず。でもそれでは宝の持ち腐れに近い。強化であれば刀も魔法も両立出来る。なにより僕の弱点でもある防御面も底上げ出来るだろうから、戦闘の幅が大きく広がる。これは是非身につけたい！

上手くいけば、アインにも身体強化をかけられるかもしれない。そうなればアインは機動力を活かしつつも大盾で仲間を守るという、スーパーアイン君になるかもしれない訳で。きっと強い。

「さて……防具も出来上がった事だし、そろそろ遠出をしたいところだけど……なにか良い依頼はあるかな」

改めてギルドの依頼一覧を確認したところ、珍しく東の森の依頼が出ていた。それも二つ。一つは国からの依頼で「森の安全確認」。受託条件は冒険者ランクE以上なのでぎりぎり満たしている。それなりの人数を募集すると書いてあるし、審査落ちの可能性も低いはず。

街道のウサギ相手より防具の性能も動きやすさも確認が出来るし、今度こそエリュウを確保してエリュウの涙亭に納品したい……。この依頼を受ければ依頼達成報酬が貰える上に、エリュウの涙亭にも恩返しが出来る。まさしく一石二鳥だ。

もう一つは、「ペトラ・マカチュ子爵令嬢のご遺体回収」。依頼者はユリウス・マカチュ子爵で、報酬額は一金。これは事前に受諾する形式ではなく、事後報告型の依頼のようだ。森に行くなら見つけられる可能性はある。気に留めておこう。

ヴィオラと連絡が取れない今、僕一人（とアイン）で未知の場所《東の先》へ行き、防具の検証をするのは少々不安。森なら一度行った事があるし丁度良いのではないだろうか。と、僕なりにちゃんと考えた上で依頼を受諾、ひとまず僕一人で審査の申し込み。

ギルド側で依頼する冒険者の選考もあるので、今日の今日で行ける訳ではない。ふむ、じゃあ今日はなにをしよう？　ずっと仮想空間に引きこもっているのも不健康的だし、確か東京は朝から雨が降っていた。よし、買い物でも行こう！

捌．書店と喫茶店

天気予報では一日中雨らしいので安心して買い物が出来る。そう判断して瞳を黒く変えたりと、いそいそ準備をしていたら「仕事をキャンセルしてでも一緒に行く」と洋士が言い出したので、説得をするのに少々時間を消費してしまった。まあなんとか一人で出てこられたので良しとしよう。

しかし、とにかく外に出る事ばかりを考えていたせいで店を調べてくるのを失念していた。出来れば呉服屋で着物を何点か誂《あつら》えたかったけれど……仕方がない、今度にしよう。洋士に聞こうにも携帯なんて持っていないし、なによりばつが悪い。それにしても、少し前までは公衆電話というものがあったはずなのに……全く見当たらない事に驚いた。どうやらまた一つ、僕にとって不便な世の中になってしまったらしい。

せっかく出てきたのだからなにかしたい。まあ、適当に散策しながら店を探せば良いか。そうしてぶらぶらと歩いていると、大きな「本」の看板が視界に飛び込んできた。そうだ、本屋へ行こう。

「こんなに大きな書店で買い物が出来るなんて、東京に住んでいる人が羨ましいなあ……」

地下を含めたビル全体が全て書店らしい。す、凄い、選び放題だ！　ええと、どこを見ようかな。ああ、楽しみにしていた作家さんの新刊が出ているはずだから、まずは三階。それから『ＧｏＷ』の参考にもなるし、ゲーム小説も見てみよう。ライトノベルは……地下一階か。良い運動になるなあ。

会計は各階ではなく全てまとめて一階でする形式のようなので、書籍がいくつか入った買い物かごを手に三階から地下一階へ。本棚の雰囲気が一変したのが遠目でも分かる。一般文芸は比較的シンプルな色合いで背表紙が統一されていて、それはそれで気持ちが良いのだけどライトノベルはフォントも色もカラフルで、見ているだけで気分が上がるので違った意味で心地良い。

さてさて、今日はどんな物語と出会えるだろうか。棚差しされたタイトルを上からじっくりと確認する僕。そして……そんな僕を見つめる誰か。先ほどから顔に穴が開きそうなほどの熱視線に晒されて、全然集中が出来ない。不審者だと思われているのだろうか？　確かに出がけに『ＧｏＷ』をプレイしていた事もあって、結構な量の血液は飲んでいるけれど……一応、洋士が外出許可を出してくれた程度には人間らしいはずなんだけどな。

「あの、なにか……？」

意を決して視線の方を向き声をかけると――。おや、見覚えがある顔だ。

「……」

「……」

長い沈黙が空間を支配する。いやいや、じっと見つめてきたのは貴方ですよね、ヴィオラさん？

「ええと……元気？」

言ってから後悔した。少なくとも出かけられる程度には元気なのだろうし、むしろ僕に会った事で精神的には元気じゃなくなったようにも見える。

「え、ええ……元気よ」

無理な笑いを浮かべながら答えるヴィオラ。はい、僕が悪かったですごめんなさい。

鈍い僕でも、血液を大量摂取した今なら分かる。ヴィオラは人間ではない。そしてヴィオラも僕が吸血鬼だと分かっているからこそ硬い表情なのだろう……。

「……」

「……」

沈黙ばかりで話が進みません、どうすれば良いでしょうか。

「あ、えーと……良い天気だから買い物でもしようと思って」

良い天気ってなんだろうね……。「僕にとっては」が抜けたせいで感性がおかしい人になってしまった。

「そ、そうなのね？　確かに貴方にとっては良い天気……あ」

その「あ」はどういう「あ」なのだろう。まさかこの期に及んで失言さえしなければエルフだとばれないとでも思っていたのだろうか……？　僕ってもしかして馬鹿だと思われている？

「まあその通りだけれど、うん。ところで、僕達昔一度会ってるよね？」

このままでは埒が明かないので、核心に踏み込む質問をした。現実で会ってしまったのだから仕方がない、いっそ本人に直接、何故僕に近付いてきたのかこの際はっきり聞こうと思ったのだ。ゲーム内よりは現実世界の方が、まだ幾分プライバシーは保たれるはずだしね。

「え、ええ……そうね。会った事はあるわ」

どうもさっきからヴィオラの態度が不自然だ。なにかに……、いや僕に脅えているのか？　最初に見つめてきたのはヴィオラなのに、今は決して目を合わそうとしない。まさか目の色が戻ってるとか⁉

「あの……僕もしかしてどこか変？　瞳の色がおかしいとか……」

腹を割って話したいけれど、それ以前の状況。仕方がないので思い切って聞いてみた。正直な話、洋士ならともかく僕が脅えられるなんてちょっと解せない。なんだろうなあ、やっぱり血液摂取の影響とか？　人前デビューはまだ早かったのかな……。

「いえ、ちょっと想像以上に威圧感が……」

イアツカン……ってなんだろう。まさか威圧感じゃないよね。僕と一番縁遠い言葉なはず。僕は田舎に引き籠もっている、しがない作家ですよ？

「い、いあつかんってあの威圧感じゃないよね？　そんなまさか……参ったな。どうすれば引っ込むのかも全然分からない。本当はちょっと話が出来ればと思ったんだけど。難しそうだし……、僕はこれで失礼するよ」

そう言って階段の方へと足を向けた僕の背中に、「待って！」とヴィオラの声が投げかけられた。

「ふう……、良いわ、話をしましょう。ここで話すのは憚られるし、どこか適当なカフェとかで」

各々会計を済ませてから店を出る事に。念の為接客してくれた店員さんを観察してみたけれど、特に変な反応を見せる事はなかった。これはヴィオラだけが……いや、人間以外の種族だけが僕になにかを感じるという事なのかな。

僕が選んだ店では警戒されてしまうだろうし、そもそも全く土地勘がない。そういう訳で、店選びはヴィオラに任せる事にした。

案内されて入ったのは古き良き伝統的な喫茶店といったお店。路地裏、雨、平日の日中帯と三拍子揃ったお陰でひと気《け》はほとんどない。店内にはゆったりとしたジャズが流れていて、多少の会話であれば店員さんに聞かれる事もなさそうだ。

「……話って何かしら」

注文した商品が揃ったタイミングで警戒心も露わにヴィオラが言う。警戒しているのにこんなひと気のない喫茶店を選ぶとは変わっている。いや、混雑した店で出来る話ではないし、やむを得ずか。

「単刀直入に言う。ヴィオラ、君は僕の正体を知っていて『ＧｏＷ』内で接触してきたよね？　その理由が聞きたい」

「そう問うからには貴方も私の正体に気付いたという事よね？　初対面の時には気付いていなかったはず。どうして気付いたのか聞いても良いかしら」

「知っての通り僕は眠らない……いや、眠れない。でも先日たまたま気絶してね、その時に夢で君との出会いを見たんだ。元々『ＧｏＷ』内で初めて会った時からどこかで見た気はしてたから、君の弓術の腕前含め、一気に繋がったって感じかな」

　本当は洋士に言われただけだけど。ただでさえ馬鹿だと思われている節があるし、正直に説明する必要もないので黙っておく。

　でも残念、「先日たまたま気絶して」の辺りで一瞬呆れたような表情をされました。くう、僕の馬鹿……！

「そう。まあ隠すような事じゃないから答えるけど、その前にこれだけは言わせて。私は貴方を害する目的で近付いた訳じゃない。……信じてもらえるかは分からないけど」

　ヴィオラの言葉に頷いて、先を促す。害するつもりではないのだろうというのは、洋士とも共通の認識なので別に疑ってはいない。けれど「では何故近付いたのか」という疑問だけが残ったのだ。

「貴方と出会って道を聞かれたあの日……、私は仲間に見捨てられた。貴方が近付いているという情報を入手して、集落を捨てて居なくなっていたのよ、私に知らせる事もせずに。……そして二度と戻らなかったわ。貴方に道を聞かれた時、私は未だその事実を知らなかった。ただ貴方に対して『私が誰なのか知らずに道を聞いてくるなんて随分鈍いのね』と思った程度だった。でも貴方と別れて集落に戻ったあと、現実を目の当たりにして……正直貴方を恨んだわ。『貴方さえ来なければ、私は仲間に見捨てられなかったのに』と」

自嘲するような笑みを浮かべながらヴィオラは淡々と語っている。けれど僕は、その内容に血の気が引く思いを感じた。僕が彼女の人生を壊してしまったという事か。

「そんな顔をしないで、今は貴方に感謝してる。……私の見た目は、イメージとかけ離れているでしょう？　そのせいで元々仲間に嫌われていたのよ。それに、私は魔法が使えない。こんな出来損ないはエルフ《仲間》じゃないと言われ、家族にも見限られていた。だからどうせ、あの時貴方に会わなくても別の機会に確実に捨てられていたのよ、きっと」

紅茶を一口飲み、ヴィオラは一呼吸置いた。

「そのあと集落を離れて人里で暮らしてみて……、わざわざ同族に媚び諂《へつら》わなくとも、一人で生きていけるのだと学んだわ。見た目がこんなだからこそ、むしろ人間社会に溶け込めたしね。そしてまあ、色々あって今はこうやって日本で生活をしている訳だけど。そんな時に、たまたま『GoW』の公式配信サイトで貴方のアーカイブを見て、道を聞いてきた《あの時の》吸血鬼《人》だとすぐに気がついた」

ヴィオラは再び紅茶を一口飲んだ。緊張を誤魔化す為に飲んでいるのだろうけれど、カップを持つ手がひどく震えていてソーサーへ戻すのに難儀している。その様子が直接言葉にするよりも、かえって僕達吸血鬼という存在への反応を雄弁に物語っていて、僕はそっと下を向いた。

「色々理由をつけてパーティを組んでもらったけど、本当のところは貴方に対する好奇心よ。どうして貴方は私達を捜していたのか。どうしてゲーム内で日光浴を楽しんでいて、料理を作るのが上手いのか。その全てに興味が湧いたの。スウェーデンには貴方の同族も多い。私が生まれてからはほとんど聞かなくなったけど、あそこに住む吸血鬼《貴方の同族》は、私達を食料として誘拐する。だから私達は元々吸血鬼《貴方達》を警戒していて、……そしてあの日、他の同族は逃げた。……でも動画の中の貴方は、彼らと同じ種族だとは思えないほど人間臭かった。それで興味が湧いたの」

ヴィオラは窓の外、相変わらず降り続ける雨をぼんやりと見ながら続けた。

「『もしかして、この人も私と同じで同族と上手くいっていないのかしら』。『不老不死だと聞くけれど、もしかして死にたがっているのかしら』。普段から日本で色んな創作物に触れていた影響もあって、貴方がスウェーデンまで訪ねてきた理由を改めて色々考えたのよ。答えが知りたくて貴方に近付いた。あと、単純に貴方と仲良くなれればゲーム攻略が捗ると思って。貴方の人気にあやかって、私の配信視聴者数も増えれば良いなって下心もあったしね。……私の話はこれでおしまいよ」

「まず、僕は君に謝らなければならない」

ヴィオラは信じてもらえないかもしれないと言ったけれど、僕は、全て事実だと思った。僕は彼女に対してきっちりと謝罪をしなければならない。知らなかった事とはいえ、彼女の日常を壊した張本人なのだから。今彼女が僕に感謝をしていようが、そんなのは所詮結果論でしかない。

「申し訳ありませんでした……貴方の人生を歪めてしまった。貴方がいずれ集落を出る選択をしたとしても、それは貴方が自分の意思で決める事だった。決して他の人達から見捨てられるなんて、そんな事は絶対あってはいけなかった」

僕は立ち上がり、頭を下げた。幸いにも他に客はいない。ヴィオラが周りの目を気にする必要もない。

「頭を上げて、座って。言ったはずよ、貴方が来ようが来まいが、遅かれ早かれ私はあの集落から追い出されていたわ」

「いや。ヴィオラならきっと近い将来、同族に対して見切りをつけて自分から出て行ったと思う。弓の腕は超一流、魔法が使えなくたってその腕があれば十分身を守れる。出来損ないなんて言われる筋合いはどこにもない。むしろ……ヴィオラの魅力に気付かなかった同族の方が出来損ないだと僕は思う」

　僕の言葉に、ヴィオラは半分泣きそうな笑みを浮かべた。僕の言葉に涙を浮かべるほど、ヴィオラは自己肯定感が低い。今思えば、『GoW』内で何気なく魔法の話をした時もヴィオラの表情は硬かった。それに先日のエルフの七色パイについてもだ。きっと多分、彼女は今も「エルフ」という種族に囚われ続け、自分自身を認める事が出来ないのだと思う。あれから三百年ほど経っているにもかかわらずだ。

「謝罪は受け入れる。だからもう貴方は謝らないで」

「分かった。……それで、僕とパーティを組んでみて、なにか分かった？」

「貴方は……変よ」

　おっと、突然貶されたぞ。一体僕のどこが変だと言うのだ。……いや、自覚はあるな。

「これは推測でしかないけど、吸血鬼《同族》の中で貴方だけが日光に弱い、そんな気がした。それに料理に関してもやけに手慣れている。今でこそ男女関係なく料理は出来るに越した事はないけど、そういう風に変わったのはそんなに遠い昔の話ではない……はずよね。貴方が今何歳か分からないけど、あれだけの剣術の腕前を考えたら、かなり昔の生まれだと思う。そう考えると、そもそも料理に興味を持つ方が珍しいんじゃないかしら。少なくとも、スウェーデンのやつらは料理に微塵も興味はなかった」

「なかなか名推理だね」

そう言って僕は頼んでいたケーキを掬い上げ、口にした。うん、甘酸っぱくってとても美味しい。

「食べても平気なの？」

心底驚いたようにヴィオラが聞いてくる。いや、吸血鬼になってから料理を身につけたと思うのなら、食べられないと考える方がおかしくないかい？

「支障はあるから毎日とはいかないけどね。時々誘惑に負けて食べちゃうんだ」

ケーキ作りはそれ用の道具や機械が必要な事が多くて、自分で作るのはちょっと難しいので外食時は好んで食べている。まあ、排泄出来ないからそのうち後悔する時が来るかもしれないけれど……。

「僕は同族に迫害された過去はない。ただ、そう。ヴィオラの指摘通り、他の仲間とは色々ずれているから僕が勝手に疎外感を感じているだけなんだ。あの日スウェーデンにいたのも、他の長命種族に会いたいという、ただのわがままだった。一時期、僕は同族が呆れるくらい熱心に他の種族を探して全世界中を旅していた。まあ、一人も見つからなかった訳だけど」

「それに関しては会っていたのに気付いていなかっただけじゃないかしら？　少なくとも私は初対面で貴方の正体に気付いたもの。大体、集落を訪ねるなら普通日中じゃない？　あんな真夜中に訪ねてくるなんて、不審者以外の何者でもないわよ」

「いやあ……あの頃にはもう太陽が駄目だったから日中は動けなくて」

「元々は大丈夫だったたって事？」

「うん、そう。まあ太陽が駄目になった理由は恥ずかしいから言わないけどね」

「恥ずかしい……あ、そう……」

ちょっと呆れた様子を見せるヴィオラ。うんうん、脅えられるよりも呆れられる方が何百倍もましだ。

「ねえ、日本に居る貴方の同族って……私達を食料として捕まえたりするかしら」

意を決したような表情でヴィオラが突然切り出した。ようやく彼女の方も本題に入るだけの余裕が出てきたようだ。僕の馬鹿話が役に立ったのならば良かった。

「いや……少なくとも僕が把握している中では居ない。どんな種族相手でも関係なく、拉致監禁して食料扱いするようなやつは僕達が許さない。……もしかして心当たりがあるの？」

「いえ、別に監禁されそうになったとかそういう訳じゃないんだけど……今日貴方と会った書店で、この間終始睨まれていたのよね……場所を移動してもついてくるし、怖くて。幸い、誰かに買い物を頼まれていたみたいで、電話に出て追加の買い物がどうとか言いながらどこかへ行ったんだけど……」

あー……確実に洋士の事ですね。『ＧｏＷ』内と瓜二つの容姿だから気付いたんだろうな。僕に接触してきている事を知っていたから警戒して睨んでたのだろうけれど……。

「ごめん、心当たりがある……誓って言うけれど、食料目当てでもなければ拉致監禁するつもりで睨んでいた訳でもなくて……。ヴィオラの事を警戒してただけだと思う。本当、許してやってください」

「……まさか貴方が一緒に暮らしてる人だったりする？」

「……はい」

「そう。まあ、食料にするつもりじゃないなら良いのよ。最近全然外を出歩けなくて大変だっただけだから」

洋士がヴィオラを睨んでいたのは僕のせいだろうから結局僕一人の責任とはいえ、親子二代に亘って迷惑をかけてしまって本当に申し訳ない……。

「まあそれはそれとして、実はもう一つ伝えておきたい事があって」

「うん、なに？」

「実は……『ＧｏＷ』の開発者の中に、私の同族が居るんじゃないかと思って」

「え⁉　……どうしてそう思ったの？」

「私がポーション生産でトップを張れているのは、現実での知識を基に作っているからよ。でもどうしてそんな事が出来ると思う？　勿論ゲームだから、ある程度鑑定でアイテムの名前や説明が分かる。でもその材料をどうやって使うのかは試行錯誤してみるしかない、本来はね。……似てるのよ、作り方が。それに魔法の修行の方法も。私が知ってる方法に酷似してる。あと、この間の七色パイも……」

「あの時、逃げるように出て行ったよね？　一体あのパイになにが……」

「エルフは節目節目にあのパイを作る習慣があるのよ。エルフには守るべき七つの信念があって、中の具材がそれらを表しているの。赤は愛、オレンジは勇気、黄色は希望、緑は調和、青は知恵、紺は友情、紫は誠実。たまたま人間の世界に同じようなレシピがあったのかもしれない、それは分からない。でも私は……、あのタイミングでこれ見よがしに『エルフの』七色パイなんて名前で出てきた事は偶然じゃないと思ってる。私のプレイを見て揺さぶりをかけてきたとか……そういう事じゃないかなって」

さっきの話を聞いて、てっきり名前に『エルフ』がついてるから昔を思い出して不愉快になったのかと思った。まさかパイ自体に意味があったとは。それにしても七つの信念……こう言ったら悪いけれど、ヴィオラを見捨てた段階で調和、友情、誠実さに欠けているのではないだろうか。

「確かにパイの話だけでもほぼ確定……。とはいえ、日本に来て働いてる事自体は不思議ではないよね？」

「不思議じゃないわ。でも閉鎖的な種族だから、都会に出てくる事自体が珍しいと思う。本当に純粋にゲームが作りたくて日本に居るのか、なにか目的があって日本に居るのか。もし後者なら、貴方は目立つから目を付けられている可能性はある。だから今後も、たとえ配信を切っていたとしても迂闊な事は言わない方が良いわ」

「分かった。気を付けるよ。でも今後もし君とこういう話をしたくなったらどうすれば良い？」

「連絡先を交換しましょう」

そう言ってヴィオラが腕輪に触れると、半透明な四角い枠が腕輪のすぐ上に出現した。……もしかしてあれが携帯電話だったりするのかな……。もはや僕の知っている形の端末ですらない。

「えーと……携帯は持ってないんだ」

僕の言葉にヴィオラは目を剥いて驚いた。

「ちょっと、今時携帯を持ってない人なんて居るの⁉　携帯がなくて玄関をどうやって開けるのよ？」

「うん……？　普通に鍵を回せば良いだけだよね？」

「鍵ですって？　未だに使ってる人が……いえ、対応している玄関扉があるって言うの⁉」

なんだか散々な言われよう。でも待って、今時の家の玄関は鍵穴がない……？　そういえば洋士の家はどうなっていただろうか。鍵もなにも預かって来なかったけど……入れるのかな？

「うん……でも、ちょっと考えてみようかなあ。さっきも公衆電話が全然見当たらなくて困っちゃって。ただ、盗聴される可能性もあるし、こういう話は携帯でしないで、待ち合わせする程度に留めておこうね。まだしばらくは東京に居るつもりだから会おうと思えば会えるし」

「携帯を持っていない人の口から盗聴なんて単語が出てくるとはね……まあなににせよ、携帯がないんじゃ交換のしようがないわね。私の電話番号を教えるから、貴方からかけてちょうだい。私から貴方に連絡を取りたい事もあるかもしれないし、なるべく早く連絡先を教えてね」

曲のリクエストカードと筆記用具を手に取り、さらさらと電話番号を記入するヴィオラ。洋士に頼んで早急に携帯電話を入手しないとなあ。使い方も頑張って覚えないと……。

残った紅茶とケーキを味わったあと、十六時に再度『ＧｏＷ』内で待ち合わせる約束をして表通りで解散。

帰る道中、歩きながらヴィオラの言葉を反芻した。ソーネ社にエルフが居る可能性がある。ただ、ヴィオラは僕がコクーンの改造をした事、その際、僕の正体をソーネ社に伝えている事を知らない。もしもヴィオラの言う通り、そのエルフがなにかを目論んでいるのだとしたら。コクーン改造チームは極秘扱いのようだけれど、僕達のような種族の存在はとっくにバレていてもおかしくはないと思う。

どちらにせよ、運営側はゲーム内の全ての情報にアクセス出来るだろうし、迂闊な発言を控えるのは今に始まった事ではない。ただ、気が緩んだ際や焦った時こそ細心の注意を払わないとな。

ふう……ずっと雨が降り続けてくれていて本当に良かった。天気予報では終日雨だったけれど、ヴィオラと会って想定外に時間がかかったから、晴れてしまわないかとひやひやしていたのだ。

マンション常駐のコンシェルジュとガードマンへと挨拶をしてから六十階へ。インターホンを鳴らそう……と思った時には既に扉は開いていた。まあ洋士の耳なら早い段階で気付いていただろうし当然か。

「ただいま」

「ああ」

なにか言いたげな表情でこちらを見ている洋士。

「……なにかあったのかと思った」

「ごめん、本屋でヴィオラに会っちゃって。少し話してた」

「はあ……詳しい話は中で聞く」

心配していたのだろうし、ヴィオラに会った段階で喫茶店の電話を借りて洋士に連絡すべきだったただろうか？

脱いだ靴を揃えてからリビングへ。向かい合ってソファへと腰掛ける。

「それで？　どんな話をしたんだ」

「会った事に驚かないし怒りもしない……洋士、もしかしてあとをつけてた？」

すんなり外出を許可した辺り、ついてくるんじゃないかとそれなりに警戒していたつもりだったけれど。全然気付かなかったなあ……。

「俺は行ってない」

「……あー、はいはい、そういう事ね。それで？　部下か誰かから既に報告を受けてたなら聞く必要ないんじゃないの？」

「誓って言うが、話の内容は一切知らないぞ。ただ父さんが迷子になったり万が一雨が止んだ時を想定して一人つけていただけで……。女性と一緒に喫茶店に入っていったという報告を受けただけだ。父さんが隠すなら問題だが、素直に話してくれると言うんだ、なにも言う必要はないだろう？」

「なるほどね。そうだなあ、まず……、本屋で会ったのは多分偶然。最初、ヴィオラは僕を見てひどく脅えていた。威圧感が凄いって言ってたな。他のエルフを呼んで僕を襲うとか、そんな事を考

えているようには見えなかった。あと……三百年前に僕が彼女の集落を訪れたせいで、彼女は仲間に見捨てられたって

「ああ……だったら相当恨まれてるんじゃないのか？」

「本人曰く、最初は恨んだって。でもそれはきっかけに過ぎなくて、もし僕が行かなかったとしてもそのうち捨てられてたから良いんだって言ってた。勿論僕は謝ったけど。あと洋士、本屋で会った時にずっと睨んでたって？　監禁されて食料にされるんじゃないかって怯えてたよ。相手が誰であろうと、初対面の人を怖がらせるような真似をして良いなんて、僕はそんな子に育てた覚えはないよ。いつからそんな非常識な人物になったの？　自分の身を守る為だと言うのなら、無駄に喧嘩を売るような行動こそ控えるべきだと僕は思う」

洋士の言う通り、急襲される事を考慮して他種族を警戒するのは良い。けれど、洋士の行動は要らぬ火種をまき散らしている。これでは相手にその気がなかったとしても対立する原因になりかねない。

「まあ、分かった。気を付けるよ。で、話はそれだけだったのか？」

「ううん。えっと……なんでパーティを組もうって言ったのか聞いたんだ。で、まあ僕の正体は知っていて、あの時どうしてエルフの集落を探していたのか気になって、もしかしたら自分みたいに同族に嫌われたりしてるのかなって興味を持ったって言ってた。あと、色々行動がおかしいからとも言われたかな……ははは。ああ、あとこういう話を『GoW』内でするのには問題があるから、連絡先を交換しようって話になって。僕は携帯を持ってないから、ヴィオラの番号だけ教えてもら

った。それと、少し気になる話も聞いたよ」

「気になる話？」

「うん。ソーネ社の開発陣の中に、エルフが居る可能性があるって」

「ふむ……閉鎖的で古い考え方に囚われているイメージがあるエルフが、最先端技術の仕事にね……にわかには信じがたいが、事実だとしたら変わり者か、はたまた何かを狙ってやっているのか。それで、あの女はどうしてそう考えたんだ？」

「僕の配信ってどこまで見た？　ヴィオラと一緒に食事をして、『エルフの七色パイ』を食べたところって……」

「ああ、見た。急に様子がおかしくなって逃げたよな」

説明の手間が省けるから助かるけれど、これだけ忙しそうに働いているのに一体いつ配信を見る時間をひねり出しているのやら……気になって仕方がない。

「そう。実はあのパイが、エルフにとって馴染み深いものらしくって……他にも魔法の修行方法とかポーションの作り方とか、エルフの知識がふんだんに使われているみたい」

「なるほどな……ひとまず二人分の携帯は用意する。あとは、ソーネ社の内部情報も少し探ってみるか……出来るかは分からんが」

「話が早くて助かるよ。あ、あと、前に他の仲間も『ＧｏＷ』をやっていると言っていたよね。僕ほど迂闊な人は居ないと思うけれど、念の為忠告はしておいて。ところで、携帯は二台必要なの？　どうして？」

「一台はあの女に渡す分だ。盗聴防止の特殊機能は片方の携帯にだけ入れても効果は低いからな」

「なるほど、ありがとう。ねえ、もしエルフが居るとして……そのエルフは『ＧｏＷ』を利用してなにをしようとしているんだろう」

「さあ。……日本は島国で、独自の発展を遂げてきた。元々あちらほど多種多様な種族は存在していないし、海に囲まれているから俺達吸血鬼が存在しないと踏んでいるのかもしれない。もしかしたら日本にエルフの拠点を作るつもりかもな。エルフだけが分かる設定を使ってエルフ捜しをしている……見方によってはそう受け取れる」

そういえば、古い伝説には吸血鬼は水を怖がるなんてものもあったなあ。それを信じているとすれば、一番の天敵であろう僕達吸血鬼が日本に居ないと考えていても不思議ではない。

「もしそうなら、僕らの存在を知った瞬間排除しようと考えるだろうね。ヴィオラ曰く、吸血鬼は食料としてエルフを誘拐する事があったみたい。彼女の生まれ故郷であるスウェーデン以外はどうか知らないけれど……」

「まあどこも似たり寄ったりなんじゃないのか。エルフも長命……どれだけ生きるのかは知らないが、食料にするなら人間より都合が良いって事か……全く反吐が出る。道理で俺達の敵が多い訳だ」

洋士の言葉に僕は頷いた。僕達日本の吸血鬼には、決して食事の為に人型種族を殺めない、無理強いしないという規則がある。まあ、規則を作ったのは僕と洋士な訳だけど。そういった規則に同意が出来ない者は、残念ながらご退場いただいた過去もある。他種族を尊重するという意味合いもあるけれど、なによりそんな手段で食事をすればいずれ自分達の存在が公になり、自分で自分の首を絞める事に繋がるからだ。

もしエルフが日本に拠点を作ろうとしているのであれば、エルフから命を狙われるのは元より、エルフの噂を聞きつけた他国の吸血鬼がやってくる可能性も考慮しなければならないという事。エルフだけの問題ではない、僕達にかかわる問題となるのだ。

「とにかく言いたい事は分かった。それから、直接話したいから携帯は俺から渡しておく。父さんが騙されている可能性もあるしな」

そう言うと洋士は自室へと戻っていった。これでひとまず僕が話すべき事、やるべき事はなくなったはず。あとはとにかく……、今まで通り『ＧｏＷ』内で過ごして、少しでも戦闘の勘を取り戻した方が良さそうかな。

玖　末期症状、再び

「やあヴィオラ。一緒に夕飯でもどう？」

現実で会った事を微塵も悟らせない、完璧な演技ではないでしょうか。なかなかやるな、僕。

「ええ、勿論。ちょっと仕事が続いちゃって全然会えなくてごめんなさい。随分素敵な服を着てるのね。もしかしてそれがオーダーメイドした防具？　ベルトやブーツは西洋風なのに、良い感じに馴染んでいるわね」

丁度店は空いている時間帯だったので、僕達はゆっくりと話が出来るテーブル席に座って料理の注文をした。仕事をしてたのか……。正直な話、睡眠時間を除いてほぼぶっ通しでプレイしている印象だったので、無職なのかな？　と思っていた。

「そう。上の細い方が鍛冶屋で注文した、太刀を吊るす為のベルトなんだけど。こっちを先に注文していたから、防具を注文する時にどうにか馴染むように頑張ったんだ。太刀が簡単に取り外せて凄く便利だし、注文して大正解だった。あ、そうだ。防具の性能確認の為に、少しレベルの高い所に行きたくてギルドの依頼掲示板を見てたら、東の森についての募集を見つけて……」

森の調査についての募集依頼の紙をヴィオラに渡し、既に僕とアインの名前で登録している事を説明。

「その依頼ならさっき私もギルドで見たわ。受付の人に『蓮華さんは申し込み済みですよ』って言われたから、私もその場で応募しておいた。あと、私達の参加は確定だとも言われたわね。報告期日以内であれば日程は自由みたいだけど、いつ行く？　私はいつでもオーケーよ」

僕の方も特に用事がある訳でもないのでいつでも良い。

「うーん……森に行く準備も考えて、明日にする？」

「そうね、そうしましょう」

「あれ……そういえばヴィオラも装備を新調するって言ってなかった？　見た感じ全然変わってないように見えるんだけど、これから揃えるの？　間に合う？」

僕の場合は四日かかったし、明日出発するなら間に合わないのではないだろうか。

「ああ、本当は防具を新調するつもりだったんだけどやめたのよ。ロストテクノロジーにすっごく良い矢筒があったから、奮発してそっちを買ったの」

「へえ……、防具より優先するなんて、一体どんな機能がついてたの？」

「ふっふっふ……インベントリから自動で矢を補充してくれる機能！　普通の矢筒にはそんな機能はないのよ。お陰でインベントリの逼迫《ひっぱく》が解消したわ」

ええと、つまり……？　いまいちヴィオラがなにを喜んでいるのか分からない。説明を求めたいところだけど、水を差すのもなあ。

「分かってなさそうな顔ね。矢の一スタックは千本が上限。でも戦闘中に直接インベントリから取り出す為に、今までは四本単位で格納していたの。お陰でインベントリが矢で埋まってて……今回買った矢筒はインベントリから自動で矢を補充してくれるから、一気にインベントリの枠が空いたって事よ」

「なるほど。それは確かに高くても手に入れて正解だね。これから先敵もどんどん強くなるだろうし」

雑談を交えつつ平和的に食事を食べ終え、明日の準備の為に解散。さて、なにを持って行くべきか。

インベントリが使えるようになったし、重量や容量を気にせずに準備が出来るのは良いとして。まずは……そうだ、ネックレスの修理はそろそろ終わっているかな？　デンハムさんを訪ねてみよう。

工房からは鎚を振り下ろす音が聞こえない。チャンスだ。

「お邪魔しまーす。ネックレスの修理は終わってますかー？」

店から工房へと声をかけると、デンハムさんの返答が聞こえてきた。

「おお、出来上がってるぞ」

そう言ってネックレスを持って来てくれるデンハムさん。

「なんだ、えらく雰囲気が変わったな。金属糸か？」

「ええ。防具は大事だと連れに言われたので……一番動きやすい形で頼んだんです。まあ再現するのは難しそうだったので、色々アレンジをしましたが。これで森へ行っても安全です」

「そりゃこの国でそんな異国衣装を作るのは難しいだろうさ。まあ、これでようやく武器が馴染んだな。……さて、ネックレスの修理代、三十銀を貰おうか」

「えっ？　どう見てもほぼ新たに作り直してますよね？　材料費だけでも三十銀は超えませんか？」

デンハムさんが提示した金額の安さに驚いて、思わず声を上げてしまった。ロケットの表面には細かい意匠が彫られているし、そもそも宝飾店に断られたから持ち込んだ物だ、もっと足元を見られてもおかしくないと思ったのに。

「俺の個人的感傷でちぃとばかり材料を奮発しちまったんだ。だから三十銀で良い。出た分は俺が持つ。これを持って別れの挨拶でもしてきてくれ」

「この写真の人物をご存じだったんですね？」

「ああ、夫人の方をな。……時々この店に来ては、嬉しそうに武器を見ていたよ。男爵令嬢でありながら冒険者としても活躍していた。結婚を機に引退したようだったがな。正直、母親を知っている俺でも嬢ちゃんのしでかした事に関しては擁護のしようがないと思ってな……、あの時、森に行く事もしなかった。その罪滅ぼしも兼ねてるんだ、受け取ってくれ」

「…………分かりました。では、ひい、ふう、みい、……三十銀です。森から戻って来たらまた顔を出しますね」


土曜日朝十一時。アルディ公国では公都クエスト真っ最中だろうか。とはいえ王国民の僕は、直接関係ある訳でもない。

ヴィオラとは特に待ち合わせ場所と時間を決めた訳ではないんだよな……どうしよう。

『おはよう、蓮華くん、アインくん。準備は出来たかしら？』

突然どこからか声が聞こえて、僕はびっくりして文字通り飛び上がってしまった。けれど辺りを見回してもヴィオラは見当たらない。

「えっ……どこから聞こえてるの、この声⁉」

僕の慌てっぷりに状況を察したのか、視聴者さんが律儀に教えてくれた。なるほど、パーティ機能の一つ、音声チャットですか……。突然すぎてびっくりしたよ。

視聴者さんにやり方を教わって、どうにかこうにかヴィオラに返答する。

「おはようヴィオラ。うん、野営道具は引き続きジョンさんが貸してくれる事になったし、インベントリが使えるようになった嬉しさから色々買い込んじゃった」

調理材料とか調味料とか……まあそれなりに。大きな鍋を苦もなく持ち運べるなんて、インベントリ様様だ。

『移動は徒歩で良いのよね？　それとも馬でも借りる？』

「森をくまなく探索するって考えたら徒歩のが良さそうかも？　馬を守りながら歩くのも面倒だし、乗って移動したら見落としもありそうだし」

『了解。それじゃあ東門で会いましょう』


「おや、蓮華くんにヴィオラちゃん。どこかへ行くのかい？」

ヴィオラと合流したところで英国紳士のような服装の人物に後ろから声をかけられた。確か王都クエストで一緒だった……えーと、えーと、危ない感じの名前なのに礼儀正しい人だ。

「あら……久しぶりねマッキーさん。私達はこれから森へ行くところよ。貴方は？」

マッキー……？　そうか、末期症状さんだ。皆あだ名をつけるのが上手いなあ。そのセンス、見習いたいです。

「いや、僕は東に行こうかなと。森は依頼ランクが高くて断念したんだ。良ければ途中まで一緒に行っても？」

「問題ないわよ。良いわよね、蓮華くん？」

「勿論。僕達は徒歩ですけど、大丈夫ですか？」

「僕も徒歩なんだ。馬に乗れないからね……馬をテイムすれば熟練度に関係なく乗れるみたいだけど、その為にテイム枠を消費してしまって良いものかと」

移動一つとっても熟練度か……。僕は乗れるけれど、ヴィオラはどうなのだろう。ああ、馬を借りる提案をしたくらいだし、乗れるのか。

「東で運命の出会いをする可能性を考慮すれば悩むのも無理はないわね。……さて、じゃあ行きましょうか」

東門での検問を終え、三人＋アインはのどかな草原地帯を突き進む。

「道中は危険性が少ないだろうし、アルディ公国の配信を見ながら行かない？　公都クエストが気になるのよ」

「おお、良いね！　人の配信を見るのは初めてだ」

「トリガーは見つかったけれど、肝心の原因がなかなか掴めなくて苦労してた国か。そのあとの情報を追えてないんだけど、原因は突き止められたのかな？」

「確か掲示板の方に書いてあった気がするけど……」

突然目の前に文字の羅列が現れて僕は驚いた。これは……ブラウザの画面かな？　そう言えば公式掲示板に僕に関する話題を書き込む場所があるとか言っていたっけ……。そこの、別の話題のページという事かな。

「これは公式が提供している掲示板の、アルディ公国の公都クエストについてのスレッド《板》よ。で、確かこの板に原因についての記載が……あったわ」


【公都クエスト】アルディ公国2【ネタバレあり】

アルディ公国の公都クエスト用の専用スレです。
荒らし、暴言禁止です。
※運営側も時々確認しています。発言には気を付けましょう。

17【アルディ公国に忠誠を誓う一般市民】
速報：イルミュ王国側では、プサル公爵の呪いじゃないかと言われてる。
どうやらアルディ公国の初代公王、エーリヒ・フォン・アルディとは犬猿の仲だったらしい。

18【アルディ公国に忠誠を誓う一般市民】
\>\>17　何その有益な情報。どっから出てきたん？
イルミュ王国とやらには行けない？　よな？

19【アルディ公国に忠誠を誓う一般市民】
\>\>18　いや、来れるよ。
アンデッドがそれなりに居るから見つかったらヤバいけどな。
俺はひっそり現地調査中。
イルミュ王国から逃げだそうとしてる人達に聞いた感じだと、国王が替わって税金とか法律が
ヤバくなったから逃げるらしい。どうせ逃げるならと金目の物を盗んだ連中が居て、王都にあ

ったプサル公爵の銅像も持ち運びしやすくばらばらに壊されたんだと。
多分疫病（死んでアンデッド化）はそっから流行りだしたから呪いじゃないかって。

20【アルディ公国に忠誠を誓う一般市民】
＞＞19　その話は俺も聞いた。そもそもその銅像は、プサル公爵の怨霊を鎮めるために昔に建てられたものらしい。今はもう昔のこと知ってる人が全然居ないみたいで、それ以上は掴めなかったけど。

21【アルディ公国に忠誠を誓う一般市民】
イルミユ王国はともかくアルディ公国の直接的原因は魚だろ？
川だか魚だかの汚染もプサル公爵の仕業？
元々イルミユ王国の属国だから話が繋がってるのか？

22【アルディ公国に忠誠を誓う一般市民】
＞＞21　そこまでは分からん。
が、シヴェフ王国を参考にするなら怨霊の気が済むようにやらせるのが早そうだろ？
プサル公爵がなにに恨みを持ってるのかを探ってみようかと。

「そうか、公国だから原因は大元のイルミュ王国にある可能性があるのか……。ややこしいね」

「まあ、この情報も踏まえて配信を見ましょう。視聴者さんには申し訳ないけど、配信内で見てる配信画面については映像も音声も入らないの。私達の会話だけで満足してちょうだい」

ほう、そんな仕様が……。そうか、別の配信者の配信を映してしまうと著作権に引っかかったりするのかな。

『おい、街の中にも気を付けろ！　あれだけ言ったのに魚を食べた住人が居たらしい、ゾンビがこっちに来てやがる！』

突然目の前にゾンビの集団が映し出された。へえ、これが配信画面か。臨場感があってまるで映画みたいだ。

「さっきの掲示板の書き込みにもあった通り、アルディ公国の異変は魚から始まったらしいわ。あの国は肉より魚を好むみたい。それを口にしたＮＰＣが徐々に体調を崩して亡くなって……アンデッドになって蘇った、というのが事の始まりね」

「ああ、だから街の中からゾンビが大量に出てきているのか。これ、外にも敵が居るって事だよね？　囲まれてるなら僕らの時よりも厳しいんじゃない？」

「でしょうね。でも、うちの時よりは魔術師プレイヤーが多いみたい」

じっと画面を見ていると、配信画面の左下辺りで、大量の文字が凄い速度で流れていく。中には赤や黄色など、カラフルな文字もあって、「三十銀」「五銀」などと金額も書かれている。

「ねえ、横の文字は視聴者さんからのコメント……なんだろうけれど、この金額は何？」

「ああ、それは配信を見ている人からの投げ銭ね。配信って、趣味でやっている人もいるけどこうやって視聴者からの投げ銭で生計を立てている人も居るのよ。トッププレイヤーとかね」

「えっ！　だってこの投げ銭って、ゲーム内通貨だよね？　それが現実世界でのお金になるって事？」

「そうよ。えーと、ややこしいけど、ゲーム内で稼いだお金と配信で稼いだお金は別々に管理されているのよ。で、配信で稼いだ方のお金は換金申請をすれば現金に出来る。その逆に、ゲーム内で稼いだお金とまとめてしまって、ゲーム内で使用する人も居る。ちなみに、換金する場合は手数料がかかるから目減りするわね」

「へー、未知の世界だ。プロじゃなくてもゲームで稼げるとは……でも人気者じゃないと難しそうだね」

プロゲーマーという職業の存在を知った時にも衝撃を受けたけれど、今の衝撃はその時の比じゃない。

僕の言葉に、ヴィオラは軽く笑いながら首を振った。

「贅沢をしなければ週一、二日程度のバイトに、配信の投げ銭だけで十分やっていけるわよ。私みたいに」

「ああ……ヴィオラも配信してたもんね。稼いでるのかー、凄いなあ」

ヴィオラ本人はなんて事ないように言っているけれど、週一、二のバイトだけで生活出来るくらい稼いでいるのは凄い事なのではないだろうか？

「無理しない範囲で頑張って。それにしてもこの配信、コメントの勢いがあるね。それだけ見てる人が多いって事か。凄いなあ」

さっきから凄いしか言っていない気がするけれど、衝撃が強すぎてとにかくそれしか言葉が出てこない。……本当に作家なのだろうか。語彙力がなさ過ぎる。

「今見ているこの人の配信は……視聴者数が五百人ってところね。今日は配信自体いつもより多いだろうし票割れしているはずなのにこの人数……人気な証拠ね」

「五百人かあ……そんなにたくさんの人に見られてるって思ったら緊張したりしないのかな？」

「それを貴方が言うの？」

呆れたような表情のヴィオラ。……つまり僕の視聴者さんはそれ以上居るって事ですか？　確認するのが怖いな……。

「配信の隅で石像？　を作ってる人達が居るみたいだけど、彼らはなにをしているんだろうね？」

マッキーさんの疑問はもっともだ。ついつい配信そのものについてばかり聞いてしまったけれど、目的はアルディ公国の公都クエストだった。

「多分これじゃないかしら」と、ヴィオラはまた別の情報を共有してきた。


【公都クエスト】アルディ公国2【ネタバレあり】

アルディ公国の公都クエスト用の専用スレです。
荒らし、暴言禁止です。
※運営側も時々確認しています。発言には気を付けましょう。

89【アルディ公国に忠誠を誓う一般市民】
細かいことはわからないけど、とりあえずわかったことを時系列順に書く。
・エーリヒ・フォン・アルディ公爵とバイロン・フォン・プサル公爵は、今から五百年近く前の人物。
・あるとき、なにかの犯罪を犯したとしてプサル公爵投獄。
・ろくに調査もせずに有罪になって一族全員処刑、プサル公爵家は取り潰し。
・処刑の直前までプサル公爵は「濡れ衣を着せられた」と叫んでいた。
・公爵一族が亡くなった後から立て続けに悪い事が起こり「プサル公爵の呪いじゃないか」と噂になった。
・公爵が亡くなった二年後に銅像を立てた。
・それ以来特に不幸はなく、よけいにその噂は信憑性を増した。

◇

115【アルディ公国に忠誠を誓う一般市民】

とりあえず、ばらばらにされて売られたなら元の銅像を捜してどうこうは正直厳しい気がする。

まあ一応追ってる人もいるし、続報求む。

それとは別に、石像を製作してみるのも手じゃないかと俺は思ってる。

銅像は見つかってないけど、銅像のスケッチは見つかったから、それを基に再現は出来ると思う。

ただ、材料がなあ……銅のが良いんだろうけど、それを加工する熟練度が足りん気がする。

とりあえず、彫刻とか彫像系の熟練度持ちで一緒に作りたいやつ求む。でかい石材は調達済み。

◇

143【アルディ公国に忠誠を誓う一般市民】
悲報：銅像は既にインゴットになって売り払われてる模様。
さすがに買い戻す金はない！
万が一その銅像自体に何か怨霊を鎮めるような何かがあったとしたらお手上げだ。

「五百年かあ……僕達の時はまだペトラ嬢についての情報が集まったから良いけれど、時間が経ちすぎると情報が集まりにくいもんね」

銅像がもうこの世にないなら、プサル公爵像の製作自体は正しそうな気がするけれど、問題は素材かなあ？　前よりグレードダウンしてて許してくれるかどうか。

「まあ、駄目でも多分ここの国の魔術師の数ならぎりぎり力押しでいけそうな気もするけど……。そもそも時間内に完成するかよね。今のところ人の像なんだなって事しか分からないし」

「もしプサル公爵が元凶で確定、魚の汚染も彼の仕業だとすると、彼はアルディ公爵家ではなく、アルディ公国そのものに恨みを抱いているって事かな？」

マッキーさんの言葉に僕とヴィオラは頷いた。たとえエーリヒ・フォン・アルディ公爵その人にだけ恨みがあったのだとしても、五百年という月日で本国よりも大きく発展したアルディ公国領を見れば恨みの矛先が変わってもおかしくないのかも。いや、ペトラ嬢の時の事もあるし、個人に対する恨みだったとしても軍勢を率いて来てしまうのはネクロマンサーによる介入故だろうか？

ああでもない、こうでもないと配信動画を見ながら考察を重ねる僕達。とはいえ画面上では粛々とアンデッドが葬り去られているだけで、特に大きな進展がある訳ではない。そう、石像もまだプサル公爵だと見て分かるほどの出来にはなっていない。

時刻は十二時を指す直前。シヴェフ王国と同じ条件であれば、残り時間はあとわずかなはず。果たしてこの大軍を一掃出来るのか？　そもそもプサル公爵本人は現れないのだろうか。アルディ公国のプレイヤー達の見立てが間違っていたのかな？　そう話していると、突然大音声が配信画面から聞こえてきた。

『――この地はアルディなぞではない、プサル公国となるはずだったのだ！　それをあの若造が……ただ自分の物とするだけでは飽き足らず、罪を着せて我らを排した……！』

『――王国法では全ての罪は個人が責を負うと定められているのに、あいつは私を苦しめる為に一族全員を罰するべきだと王に進言をした！　私の可愛い娘！　愛しい妻！　大事な兄弟！　皆私の目の前で殺されたのだ』

『――イルミュ王もアルディの若造も、呪い殺してやったわ……だからと言って私の家族が生き返る事はないのだ！　憎い、憎い、憎い憎い憎い憎い憎い！』

配信画面越しでも耳を塞ぎたくなるほど悲痛な叫び声と共に、画面内に姿を現したのは齢五十は超えているであろう男性……の透き通った姿だった。プサル公爵がなおも叫び続けているのを聞き、僕はとある有名人を頭に思い浮かべた。

「なんだか、話を聞いていると菅原道真のようだね」

「菅原道真？　って確か学問の神様として有名な方だったかしら」とヴィオラ。

「うん、平安時代前期頃の人なのだけど、天皇に次ぐ最高権力者、右大臣に上り詰めたんだ。でも、左大臣や他の人に妬まれて、無実の罪で左遷……流刑にされた。結局流刑後二年で亡くなったんだけど、そのあとから次々に左大臣、天皇、皇太子と関係者が皆亡くなったんだ。それで、道真の祟りだと恐れた人々が、既に亡くなっている道真に色々な位を与えてみた。だけどどれも効果がなかったから、最終的に北野天満宮が建てられたんだ」

「そんな背景があったのね、知らなかったわ。そうなると今のプサル公爵は北野天満宮が壊された状態の菅原道真みたいなものよね。石像でどうにかなるかしら……というより、これは確実に間に合わないわよね」

「日本には他にも平将門や崇徳天皇といった怨霊として有名な方々が居るけれど、やっぱり皆神として祀られているね。正直、プサル公爵に関しては、ただ銅像を立てられていただけで、神として祀られていた訳でもない。それに国民はもはやプサル公爵の事を殆ど知らない……となると、仮に間に合っても、怒りが収まるかどうか……」

日本で有名な三人の怨霊は皆僕が生まれる前に亡くなっているけれど、鎌倉時代と呼ばれる頃になっても噂が絶える事はなかった。いや、将門公に関しては鎌倉時代にも色々あった結果祀られるようになったのだったかな。それほど恐れられた三人は、今でもそれぞれ神として祀られている。

日本で彼らの為に建てられた建物は壊されていない。より正確に言えば、壊そうとした時にも災いが起こって取りやめになったはず。

今回のように銅像を完全に壊してしまったのであれば、壊した者に対しても思う事があるだろうし、恨みは亡くなった当時よりも更に強いものになっているのではないだろうか。

「自分だけなら政敵に負けただけだと考えればまだ納得がいく。でも家族も巻き込んだのは許せない。そう言っているように聞こえるね。彼の怒りを静める事が出来るとしたらそっち方向かもしれないね……」

「正式に神として祀ってみるか、家族の供養もちゃんとするか、ってところでしょうか。どちらにせよプレイヤーだけで判断出来る事ではない気がしますね。今のアルディ公王はプサル公爵についてどう思っているのか……」

配信を見る限り、総隊長はアルディ公国公都のギルドマスター。となるとプサル公爵もろともアンデッドを打ち破る方法以外、彼らだけで判断を下すのは難しいだろう。

不幸中の幸いなのは、イルミュ王国の治安悪化でアルディ公国側で許可さえ取れればどうにかなるという事か。さすがにイルミュ王国にお伺いを立てていたら、完全に力押しで頑張るしかなくなる。残りわずかな時間では間違いなく無理だ。

『プサル公爵様は、どうしてほしいのでしょうか？　確かに貴方の話が正しいのであれば、無実の罪で陥れられ、挙げ句の果てには王にも裏切られ、家族もろとも処刑された。それは許せない事ですし、今も許す必要はないと私も思います。けれど、残念な事にあれから五百年も経っています。貴方の事を知らない人々も多いのが現状です。そんな人々からしてみれば、貴方は突然現れて突然迷惑行為を行う困った人、というイメージしか抱けません。このままそんな不本意なイメージで人々の記憶に残って良いのですか？　なにかしてほしい事があるのであれば、極力協力するので仰ってください』

映像の中で、誰かがプサル公爵に直接話しかけている。確かに直接本人に尋ねるのは良い手だと思う。けれど言い方が良くない。なにせ、言葉を変えているだけで「今は五百年経ってるんだからお前の恨みとかこっちからしてみればどうでも良いわ、はた迷惑だ」と言っているに等しい。夜明けが近付いている事もあって、プレイヤー側にも焦りが出ているのかな。

配信者含め、周囲の人は固唾を呑んで見守っている。相変わらずアンデッドは襲い掛かってくるので戦闘そのものは中断していないものの、話し声は一切聞こえない。皆プサル公爵の返答を待っているようだった。

『――うむ……無礼な……と言いたいところだが、お前が言う事にも一理ある。私はただ、罪のない者を殺した者共の国がまだ存在し、私達の名前が人々の記憶から忘れ去られている事、おざなりとはいえ我らの為に立てられていた像が壊されたのに、誰も見向きもしない事が悔しくて堪らん』

『――はて？　悔しいとは思っていたが、いつの間にここまで憎いと思ったのか……。とうの昔に本人達には復讐を果たした。私も公国の主を夢見たほどだ、民を傷つけてまで大ごとにしようとは思わなかったはずだが……』

プサル公爵は不思議な顔をしている。

『――まあ良い。本当に私の望む事を叶えると言うのであれば、私と私の家族、全員分の像を一カ所に立ててほしい。もう二度と会えぬのならば、せめて像だけは幸せだった頃を再現してほしい。それが出来るのか、確認する為の時間が必要だろう。私も今のアルディ公王とやらがどのような判断を下すのか気になるからな、結果が出るまでここで待つとしよう』

そう言うと、プサル公爵は手にしていた大剣を地面に突き刺し、仁王立ちをしたままピクリとも動かなくなった。けれど周りのスケルトンが動きを止める様子はない。

「ペトラ令嬢の時と一緒で、プサル公爵自身はアンデッドに細かく指示出来ない感じかな」

「あくまでもアンデッドの本当の主は正体不明のネクロマンサー、って事かしらね？　でも、プサル公爵はネクロマンサーを知らないように見えるけど」

「今のところ共通しているのは『怨霊が指揮を執っている』、『話しかけると態度が軟化する』、『なにかしらの打開策がある』『アンデッドの制御具合』かな。国民全員殺さない限りは絶対に昇天しない！　というスタンスの怨霊や、完全にアンデッドを制御出来ている怨霊が居ないのが救いか」

「憎い！　って感情に『会話』という水を差されて我に返る感じなのか……いずれにせよ、これだけ共通しているなら、今回もネクロマンサーが背後に居る事は間違いなさそうですよね」

「うん。……それにしても打開策を自ら教えてくれるなんて随分と親切な怨霊だ」

そう言って笑うマッキーさん。

僕達が話している間にも、配信画面内の人々は慌ただしく動いている。アンデッドを相手にする者、アルディ公王と渡りをつける為に走り回る者。石像を作っている人達は、プサル公爵となにやら話し合っている。時折漏れ聞こえる会話的に、家族の容姿についてを聞き出しているのかな。

プサル公爵を強制的に倒そうとする人は居ないように見える。ペトラ令嬢の時もだけど、これだけの人数が集まっているのだから正直誰か一人二人は力押しでプサル公爵を倒せば良いと考える人も居ると思うのだけれど。単純に場の空気を読んでいるのか、皆公爵の話に同情しているのか。

まあ確かに、配信なんてされていたら場の空気は読まざるを得ないか。無理に突撃してクエストが失敗なんかしたら、あとでなにを言われるか分からないもんね。多分僕の視聴者さん達もこんな感じだったんだろうなあ……。

「友人がレガート帝国に居るから、アドバイスしておこうかな」

レガート帝国はこの後イベントが開催される国か。確かに一つでも多くの情報がほしい時期だろう。

「そうね。レガート帝国は今どんな状況だったかしら？」

「うーん、あそこは独裁政治で有名だから、過去の反乱軍達がアンデッドを従えて進軍中って言ってたかな？　正直、反乱軍相手じゃ説得とか難しそうだよね」と困ったように笑いながら言うマッキーさん。

確かに説得程度じゃ難しそう。レガート帝国そのものを解体して元の小国郡に戻すとか、全領土で差別的意識をなくすとかしない限り……どちらにせよイベント中に出来る事でもなさそうだなあ。

「もしかしたら」と続けてマッキーさんが口を開く。

「イベントのトリガー発見に時間がかかればかかるほど、難易度が上がるシステムなのかな？　僕らの時よりも今配信してるアルディ公国のが状況が厳しそうだし、レガート帝国の話を聞いているともっと一筋縄ではいかなさそうだよね」

「時間が経てば経つほどプレイヤーも強くなっているでしょうし、難易度が上がるというのは確かにあり得るかもしれないですね」

「掲示板や配信で情報を得る人も多いし、難易度の調整は入っていそうよね。カラヌイ帝国の方は大丈夫かしら……」

ヴィオラの言葉に、僕は曖昧に頷いた。そもそもレガート帝国とカラヌイ帝国のどちらが進んでいるのかも分かっていないのだけれど。情報って大事だなあ。僕もどうにかして掲示板くらいは見られるようにしたい……。

「確か一部のプレイヤーが、最初のイベントにしては難易度が高すぎると文句を言っていたね。完膚なきまでに倒せるほど強くなるか、背景を調べて説得に成功するか。一歩でも間違えれば国家滅亡待ったなしじゃないか、と」

「難易度上昇説が事実なら、残り二国は滅亡してもおかしくないわね」

「僕は本腰を入れてゲームをするのが初めてだから聞きたいんだけど……『サービス終了』という言葉を口にする人達も居るけど、国家が滅亡したからといってサ終するのかい？　別に他国に拠点を移すなり、それこそ国家を再建するとか、自分達で新たに国を興したって良いだろう？」

「うーん、そうね……ストーリーが一本調子のゲームなら、国家が滅亡した段階でゲームオーバー、最初からやり直しって事もあるから。そういうゲームに慣れている人なら、滅亡したあとの事は一切考えられないんじゃないかしら？　何年か前までVRゲームといえば、そういうシングルゲームばかりだったのよ。マルチシナリオやMMOは負荷が高すぎてVRで実現するのが厳しかったみたいで」

「ふうん……」

話の半分くらいしか理解出来なかったけれど、クエスト難易度が高すぎて文句を言っている人が居るという事だけは分かった。そうかあ、国家が滅亡したらもう駄目って思っちゃうのかあ……。頂天の首が頻繁に変わるのが当たり前の時代で生きてきた僕からしてみれば、近年の日本のように平和を享受している方が珍しいと感じるのだけれど。

結局、イベント時間中にアルディ公王は答えを出さなかったようだ。日が昇り始めた事もあり、アンデッド軍団は一時的に退却、プサル公爵だけが本人の発言通りその場に残り続けた。「幽霊は日に弱い」という定説は公爵には関係ないらしい。僕らが見ていた配信も、このタイミングで一旦終了となった。

その後は他愛もない話をしつつ、のんびりと森を目指していく。

「マッキーさんのその服は布装備ですか？」

「いいや、これは課金アバターだよ。装備はまだ全然……別のものにばかりお金を使ってたからほとんど揃ってないんだ」

「別のものって？」興味津々の様子でヴィオラが尋ねる。

「ロストテクノロジーとか、それらを作っていた古代文明について興味があって。研究の為の文献とかをね。あ、でも唯一武器だけは買ったよ……これ」

そう言って指し示したのはステッキ。てっきり英国紳士コスチュームの一部だと思っていたけれど、まさかこれが武器だったとは……。

「棒術？　それとも仕込み杖？」

「いや、僕は武闘派じゃないから魔法を極めようと思って。さしづめ、魔法の杖ってところかな？ちょっと長すぎるけど」

それにしても遠すぎる。毎回毎回どこかへ行く度にこの距離をただ歩き続けるのは骨が折れそうだ。

「やっぱり馬とか……移動手段は確保しておかないときついかな。森へ行くだけで四時間かかるし、この先どこかに行こうという気力が湧かなくなりそう」

「金額が高かったり、条件があったりするだけで移動手段は色々あるわよ？」

「え、そうなの⁉」

「一番利用されているのが移動魔法《テレポート》のスクロール。一度行った事がある場所ならある程度自由に行けるけど、その分値段が張るわ。一人用で五十銀、五人用で一金よ」

「ご……いっ⁉」

思わず声にならない叫び声を上げた僕。五万円と十万円相当って事でしょ⁉　いやいや……さすがに気軽に使える金額ではない。でも低価格で手に入ったらいくらでも悪用出来ちゃうし──特に戦争とか──、相場としてはおかしくないのか……。

「もう一つは冒険者ギルドに設置してあるゲートね。でもこっちはそれ相応の理由がないと使用許可が出ないし、ゲート同士でしか使えないから森には使えない。テレポスクロールはテイム対象も一人とカウントするから、私達だと五人用を使う必要がある。安全確認依頼の報酬額を差し引いても赤字だったから提案しなかったけど……そっちのが良かった？」

「ヴィオラ様の判断が正しいと思います。……でもじゃあ、どうして誰ともすれ違わないの？　東に向かう人が全然見当たらないけれど」

「ああ、それはねえ……マッキーさんが変わり者なだけよ」

「ん、悪口かい？　まあ普通はちゃんと村とか町を経由して行くんだろうね……僕はクエストそっちのけで目的地を決めたけど」

えっと？　どういう事だろう？　僕の表情から理解出来ていない事を察したらしく、ヴィオラが補足してくれた。

「つまり、私達みたいに森に行くならこの道が一番早い。けど、東へ行くなら本来クエストをこなしながら色々な村や町を経由してぐるっと迂回する道を行くのよ。そっちのルートなら乗合馬車も走ってるしね」

「あー、そういう事」

「ちなみにだけど、オルカから王都のルートも同様よ？　蓮華くんは護衛の仕事を引き受けたから街道をそのまま突っ切ったけど、他の人は色々な村や町を経由しながら進んだの」

道理でほとんど誰とも遭遇しなかった訳だ。そうか、その時点で文字通り皆とは違う道を歩んでいたのか……。

「街道は極力魔獣を寄せ付けないように、道路に魔法が施されているらしいわよ？　だから最も安全、でも裏を返せばプレイヤー的には手持ち無沙汰で暇なのよ」

ああ……肉も素材もクエストもない道を進んだってなんのメリットもないもんね。なるほど、ようやく色々謎が解けたぞ。

その後も黙々と歩きながら、時折ヴィオラがアルディ公国について掲示板での議論をかいつまんで教えてくれた。

今回の失敗に関して、運営を批判する声もちらほら上がっているらしい。確かに公王の判断が早ければイベント期間中に決着がついたという見方も間違ってはいないので、ＮＰＣの思考、ひいては運営を批判する気持ちも分からなくはない。

とはいえ、それも一部のプレイヤー。公王へのコネがなくて手間取った事や、説得に失敗した自分達の話力のなさを反省する人も居る。

アルディ公爵の登場タイミングはアンデッドの討伐数によるのではないかと推測し、自分達の力量不足を疑う者も居るようだ。

そんな中で、今一番話題に上っているのが公王を交替させた方が良いのではないかという事。

どうやら公王の判断は遅かったのではなく、「五百年も前の話であり、自分達とは関係がない、聞くに値しない戯れ言だ」と既に否定的な答えを出している状態だと分かったらしい。ただしそうなれば全面衝突になる為、プレイヤーとしても受け入れがたい。

反対に王子は「自分達の祖先が罪を犯したのであれば自分達の代で正すべきであり、事の次第を明らかにし、プサル公爵一族の罪を取り消した上で立派な像を作り直すべきだ」との意志を示し、公王に進言している。だからプサル公爵には正式に返答をせず、公王が説得されるのを待っている状態らしい。

それを待っていられないプレイヤー達の間で、いっその事王子を公王にしてしまった方が早いのでは？　という意見がしきりに交わされているのが現状。

「随分と大ごとになってきたね……息子といえども平和的譲位じゃなければクーデターと言われてもおかしくないけれど、本当に皆王子に公王交替をお願いするつもりかな」

「既に何人かのプレイヤーが王子にお願いをしに行ってるみたいだけど、さすがに断られているみたいね。でも咎める様子もないみたいだし、案外可能性はあるのかも？」

ああでもないこうでもないと他国の行く末を議論していると、あっと言う間に目的地である森へと到着。このまま東にある都市、シルヴァティィエーレへと向かうというマッキーさんとは別れ、僕達は森へと足を踏み入れたのだった。

【個スレ】名前も呼べないあの人2【ＵＩどこぉ】

名前を呼びたくても呼べない、あの人に関する話題です。
名前は判明しましたが、諸々の事情で名前が呼べない為、タイトル継続しました。
万が一本人にばれたら困るからね！！！
※運営側も確認してあげてください。何だかおかしいです。

55【闇の魔術を防衛する一般視聴者】
蓮華君の待ち合わせ相手美人さんだったなあ……

56【闇の魔術を防衛する一般視聴者】
そういう詮索は無粋だぞ

57【闇の魔術を防衛する一般視聴者】
ってか社会通念上よろしくないよね。

58【闇の魔術を防衛する一般視聴者】
「芸能人が今○○に居る！」って情報聞いたら飛び出しちゃう奴一定数居るし、情報が本人の口から出ちゃった段階で予測出来ていたといえば出来ていた。

59【闇の魔術を防衛する一般視聴者】
まあでも動画撮影とかはどうせ出来ないから。

60【闇の魔術を防衛する一般視聴者】
>>59　どゆこと？

61【闇の魔術を防衛する一般視聴者】
企業アカウントの人は問答無用で現実の容姿でクリエイトされるから、保護の為にＧｏＷ内での配信には映らない。映らないって言うと語弊があるか……モザイク処理っぽいものがかかる。

あと、蓮華君は待ち合わせの段階で配信止めたけど、オフィス街全体が配信不許可エリアだからゲートくぐった段階で勝手に止まる。ちなみに各物件内で個別に許可設定されてる場合は、配信出来る。
ただ仕事は情報が命だし、基本的にはどこも不許可設定のままじゃないかな、ＢｔｏＣ以外。

62【闇の魔術を防衛する一般視聴者】
>>61　ほう、理解
企業アカウントにそんな仕様があったとは
それにしてもこれからは仕事中は配信止まる訳か
蓮華くんの配信ペースが一般人並に減る……、嬉しいような寂しいような

63【闇の魔術を防衛する一般視聴者】
今のペースだとアーカイブ追っかけてる間もずっと配信中だからまじで追いつくの大変だしな。
少し減るくらいで丁度良いんだよ……。

◇

75【闇の魔術を防衛する一般視聴者】
弟子入りしてる薬屋のばーちゃんにＭＰポーションについて聞いても「まだ早い」しか言わないからずっと気になってたんだけど、そもそも必要な素材がやっぱ今は採れないんか。納得。
魔力が濃い地域……一生行ける気がしない。

76【闇の魔術を防衛する一般視聴者】
身体強化って近接とかタンクとかも必要では？
他人に付与できるか分からんけど、無理と仮定するなら各自、魔法も頑張る方向？

77【闇の魔術を防衛する一般視聴者】
メイン武器の熟練度上げすら無理なのに、えげつないと評判の魔法も練習するとか……。
魔術師が身体強化を他人にもかけられるようになると信じて、俺は剣一本

で頑張るわ。

80【闇の魔術を防衛する一般視聴者】
ＭＰポーション入手困難な現段階では、とりあえず料理食っとけって話か。
だから満腹度存在しない仕様なのかな、納得。

◇

97【闇の魔術を防衛する一般視聴者】
えっやば！装備やば！めっちゃかっこいい！
そしてシヴェフ王国だとめっちゃ目立つｗｗｗｗ

98【闇の魔術を防衛する一般視聴者】
スケルトン引き連れてる段階で目立つどころの騒ぎじゃないのよ
今に始まったことではない……

99【闇の魔術を防衛する一般視聴者】
めちゃくちゃ渋いけど良い感じにファンタジーでかっけえな。
蓮華くんセンス悪そう（失礼）に見えて思ったより良いのか。

100【闇の魔術を防衛する一般視聴者】
これ、金属糸の割合とかどこを防御してるのかとか配信で全部筒抜けなんだけど良いのかな……。ＰｖＰ勢にモロバレなんだけど。

101【闇の魔術を防衛する一般視聴者】
蓮華くんが素人に負けるとは思えないけど、不用心といえば不用心だな。
まあ、オーダーした時はまだプレイヤーじゃなかったんだし仕方がない……。

◇

112【闇の魔術を防衛する一般視聴者】
結局森に行くのか！
まあ今東の混雑具合やばいし正解か。
安全確認依頼のランクＥとか、俺等は完全に無理だもんなあ。

是非とも探索していただきたい。

113【闇の魔術を防衛する一般視聴者】
蓮華君なんだかんだ森ばっかり行ってるなあ。
前回の遭遇はトラウマだっただろうにｗ

◇

124【闇の魔術を防衛する一般視聴者】
お、ネックレス修理終わったか。

125【闇の魔術を防衛する一般視聴者】
おっちゃんと子爵夫人の繋がりに驚けば良いのか、子爵夫人が冒険者だった事に驚けば良いのか。

126【闇の魔術を防衛する一般視聴者】
どっちにも驚いた上で運命の残酷さを嘆いておけば良いんだよ。
この感じからするともう亡くなってる気がするし、生きてたら令嬢の人生も違ってたのかなって思うとちょっと可哀想だなって思えてきたわ。

127【闇の魔術を防衛する一般視聴者】
おっちゃんも同情してるしな。
無理心中の話が出た当初はきっと「あの母にしてどうしてこんな子が……」とか思ってたんだろうけど、子爵を殺しにきたと知って「……苦しみに気付いてあげられたら」とか思ったのかもしれないし。装飾の豪華さ具合から色々心中が透けて見えるよな。

128【闇の魔術を防衛する一般視聴者】
できあがった状態で鑑定してほしいなあ……ステ上昇とかついてるのか気になる（´・ω・｀）

◇

145【闇の魔術を防衛する一般視聴者】
投げ銭の存在すら知らなかったんかｗ

人気者じゃないと～とか言ってるけど貴方も稼いでるんですよ……。

146【闇の魔術を防衛する一般視聴者】
あれ、配信の事は気付いてるのに投げ銭まだ気付いてない系？
ＮＰＣバグのせいで投げ銭どっか消えたとかじゃないよね？

147【闇の魔術を防衛する一般視聴者】
リュックの中身移動してる時にインベントリ見えたけど、配信収益はあったね。何故か本人は微塵も疑問に思ってないみたいだけど。いつ気付くんだろうか……。

148【闇の魔術を防衛する一般視聴者】
配信についてよく分かってないんだけど、投げ銭をゲーム内通貨として普通に使えるってことは、配信者は投げ銭使って俺ＴＵＥＥＥＥし放題？

149【闇の魔術を防衛する一般視聴者】
>>148　やろうと思えばめちゃくちゃ良い装備揃える事は可能。
ただ熟練度低いやつはまともに武器を使えないから、宝の持ち腐れ。
相手からの攻撃も回避が出来ないだろうし、死に戻りまでの時間が延びるだけじゃないか？

150【闇の魔術を防衛する一般視聴者】
金があっても熟練度が低いと俺ＴＵＥＥＥＥ出来ない仕様だと思われる。
お洒落目的で衣装とか、家を買って自慢するくらいか？

151【闇の魔術を防衛する一般視聴者】
>>149　>>150　さんくす。
俺ＴＵＥＥＥＥが出来るのは配信で稼げて熟練度高い人物……。
やっぱ蓮華君くんとヴィオラちゃんだけか……。

152【闇の魔術を防衛する一般視聴者】
>>151　その通りだけど、熟練度だけで俺ＴＵＥＥＥＥが既に完成してるんよ。

4 April 2024
—ニューアイテムラインナップ—
New Item Lineup
TOブックス
じゃがバター
ILL. 塩部縁
ドラマCD
Ver.3.0
CAST
ホムラ:置鮎龍太郎
お茶漬:寺島拓篤
ペテロ:石川界人
シン:武内駿輔
菊姫:佐倉綾音
レオ:藤原夏海
白:岡村明美
カル:小野大輔
一心:高木 渉
段蔵:関 智一
比佐世:渡辺明乃
司会者:越後屋コースケ
助六:鳩岡大輔
女の子:坂東明香里
運営A:高橋伸也
運営B:遠藤広之
運営C:財満健太
新しいゲーム始めました。
WE'VE STARTED A NEW GAME.
《～使命もないのに最強です?～》
新しいゲーム始めました。
ティーバッグセット
紅茶派の主張
イングリッシュブレックファスト
We've Started a New Game.
雑貨屋のある日のお茶
マスカットワインティー
4/20
発売!
商品のご購入はTOブックスオンラインストアへ!

穏やか貴族の休暇のすすめ。
A MILD NOBLE'S VACATION SUGGESTION
ドラマCD 5
穏やか貴族の休暇のすすめ。
ドラマCD 5
【キャスト】
リゼル：斉藤壮馬
ジル：梅原裕一郎
イレヴン：柿原徹也
スタッド：福山 潤
ジャッジ：山下大輝
レイ：鳥海浩輔
シャドウ：安元洋貴
ヒスイ：小林千晃
ナハス：増田俊樹
宿主：KENN
ヴァーミリオン=ピケ：井上麻里奈
オリバー：遠藤広之
アメリア：稲垣 好
ケビン：河西健吾
穏やか貴族の休暇のすすめ。
迷宮品テディベア レプリカ（リゼルver.）
4/15 発売！
穏やか貴族の休暇のすすめ。
ドリップコーヒーセット
穏やか貴族の休暇のすすめ。
陛下即位記念マグカップ
穏やか貴族の休暇のすすめ。
POP UP SHOP @SHIBUYA TSUTAYA
2024.4.25［thu］START!
詳細はこちら！
SHIBUYA TSUTAYA POP UP SHOP
2024.4.25［thu］START!
TSUTAYA POP UP SHOP
先行販売グッズ続々！
詳細はこちら！
4/20 発売！
●水属性の魔法使い
ポストカードセット
Audio Book 配信中!!
TOブックス Audio Book
朗読 志田有彩 内匠靖明 引坂理絵 呉よしたか
第1巻
NEW! 4/15 配信！
TOブックス Audio Book
朗読 平川 嵐 成塚衣和美 熊谷貴弘
第3巻
NEW! 4/25 配信！
TOブックス Audio Book
朗読 志田有彩 水島大宙
第5巻
NEW! 4/25 配信！
TOブックス Audio Book
朗読 山口勝平 羽飼まり
第10巻
好評配信中！
※諸般の都合により、配信日時が変更になる場合がございます。

◇

165【闇の魔術を防衛する一般視聴者】
いつの間にか解説配信になっててめっちゃありがたいｗｗｗ
アルディ公国民としては見逃せない。
しかし感謝の印の投げ銭したらバレるから出来ない……。

166【闇の魔術を防衛する一般視聴者】
>>165　アルディ公国民がここに居て大丈夫か？
イベント中だろ？ｗ

167【闇の魔術を防衛する一般視聴者】
>>166　生産職だったから事前納品で貢献してる。
あとはもう戦闘部隊の人達頑張ってって感じ。

168【闇の魔術を防衛する一般視聴者】
俺らのときに比べてめっちゃ難易度高くない？
魔術師プレイヤー多いから戦力はあるけど、プサル公爵との落とし所が……。

169【闇の魔術を防衛する一般視聴者】
いっその事前回の時みたいに「アルディ公王を道連れにする」って言われた方がプレイヤー的には早いんだよな。

170【闇の魔術を防衛する一般視聴者】
石像作ったらワンチャンって思ってたけど、蓮華くんの話聞いてたら絶望的に思えてきたわ……。
銅像→石像
この段階で許してもらえる気がしないよね。

171【闇の魔術を防衛する一般視聴者】
マッキーさん説まじでありそう。発生時期遅い方が難易度上がる可能性微レ存。

となるとレガート帝国とカラヌイ帝国は、もはや国家滅亡フラグでは？

◇

180【闇の魔術を防衛する一般視聴者】
たっけて；x；
最近妖怪が出て住人喰ってくんだけど……

181【闇の魔術を防衛する一般視聴者】
>>180　アンデッドでいいのかそれは？
確かに死ぬイメージはないが……。

182【闇の魔術を防衛する一般視聴者】
>>181　説明不足すまぬ
アンデッドは既に存在してて、食料難が進みすぎて餓死する住民が続出
んで最近になって、なんかでかい骸骨みたいなのが夜に出て来ては住民を
喰らうみたいな……
アンデッドと妖怪、どっちも対処しないといけないの？
>>171　の言うとおりまじで難易度高くて国家滅亡フラグ立ってる

183【闇の魔術を防衛する一般視聴者】
>>182　それ多分、がしゃどくろってやつじゃない？
がしゃどくろは戦死者とか野垂れ死にした人の恨みが集まって出来た妖怪
だった筈。今回の場合は餓死した住民が関係してそう。それも一種の野垂
れ死にでしょ。

184【闇の魔術を防衛する一般視聴者】
>>183　がしゃどくろで調べてみたわ
イベント終了してちゃんと供養できればいいのかなって気がするけど、
イベントは夜だしアンデッドとがしゃどくろに挟み撃ちにされそうで辛い
ど、どうかカラヌイ帝国の解説配信もしてくだせえ、蓮華様……

拾．森の調査

「うーん……思ったより広いわね。しかもどこも似たような風景だから、マップを見ながら歩いてるとはいえ方向感覚が麻痺してくる……。踏破率もまだ二十％ですって。六時間で二十％……単純計算だとあと二十四時間はかかるって事ね」

十五時に森に到着し、ただひたすら白紙のマップを埋め続ける事ほぼ六時間。そろそろ強制排出時間というところでヴィオラがそう結論付けた。

「まあ一応他の冒険者も確認しているし、令嬢のご遺体さえ見つかれば無理に回らなくても……？」

「それでも良いけど……、他の冒険者はＮＰＣじゃない？　プレイヤーだからこそ発見出来るイベント類がありそうで、なるべく踏破したいのよね私は」

なるほど、防具の性能確認をしながらお金が貰えて一石二鳥！　程度の認識でいた僕からすれば、ヴィオラの観点は新鮮で面白い。

「それじゃあ踏破の方向で進めよう、別に急ぐものでもないしね。今日はどうする？　解散する？」

「うーん、そうね。ちょっと早いけど……今日は一日中遊んじゃったし少しは家の事もしないと。明日は……朝六時でどうかしら？」

「了解。お休みヴィオラ」

「お休みなさい、蓮華くん、アインくん」

ヴィオラの姿が消えるのを見届けたあと、明日の朝ご飯の下拵えをするべく周辺を散策をする事にした。

前回森に来た時に採取したきのこは、ジョンさん曰く全て問題ないとの事だったので今回も採用。その他、オルカで教わった山菜と、ここに来てから調達したエリュウの肉を使って簡単なスープを作るつもり。

「質素だけど……なにもないよりはね」

食材ついでになるべく乾いた木の枝と落ち葉を集め、周辺に燃え広がらないように石で囲って焚火を作った。着火の手間もかからないし、本当に魔法は便利だなあ。現実世界でも使えたら良いのに。

持参した鍋を水魔法で生成した水で満たし、沸騰しきる前に切った材料と調味料を投入。弱火に調整した炎でぐつぐつ煮込んでいく。エリュウの肉はまだ入れない。臭みを取る為にしっかり血抜きをし、牛乳につけた状態でインベントリに格納しているので、明日軽く焼いてから最後の仕上げとして投入するつもり。良い香りが辺りに漂い始めたところで焚火から外し、水魔法で満たしたたらいで一気に冷やしてからインベントリへ収納した。うん、ばっちり。

タイミング良く強制排出警告音が鳴ったので、アインに別れを告げてからログアウト。そのままコクーンから出て、リビングへと顔を出す。

案の定、洋士はリビングの窓から外の風景を見ていた。日頃から洋士は、自室ではなくリビングで過ごす事が多いようだ。

僕の気配に気づいて、こちらへ振り向いた洋士が口を開く。

「どうした、今日のゲームは終わりか」

「うん、ヴィオラがログアウトしたからね。今はちょっと特殊な場所に居るから、彼女がログアウトした地点から離れたくなくて出てきたんだ」

「上手くいってるなら良いが……あまり信用しすぎるなよ」

「分かってるよ」

「どうだか……父さんは警戒心が薄すぎる」

呆れたように呟く洋士の肩を叩き、図書室へ行く旨を伝えてから玄関を出た。いつ家に帰るか分からないし、ここに居る間は最大限特典を堪能しないとね。建物から出ずに調べ物が出来るなんて、本当に僕にとって夢のような空間だもの。

◇

「おはよう、ヴィオラ」

「おはよう、蓮華くん、アインくん」

「そうだ、昨日のうちに朝ごはんを作っておいたんだ。良かったらどう？　簡単なもので申し訳ないけれど」

無事だった焚き火跡の横に更に焚き火を追加し、火魔法で着火。片方はフライパンで肉を焼き、もう片方には昨日の鍋を設置、オートミールを投入した。現実ではそれなりに煮込まなければならないこれも、ゲーム内であれば短時間で済むのでありがたい。

オートミールが柔らかくなった頃を見計らって焼き上げた肉を投入すれば、あっと言う間にオートミールスープの完成。

ヴィオラへと手渡す際、視聴者さんのコメントがなにやら盛り上がっていたけれど……ただのスープになにをそこまで興奮する要素があったのだろうか。

ちなみに、アインは食事が出来ないので自主的に周辺の警戒に当たってくれている。ごめんね、急いで食べ終わるからそれまで頼んだよ。

「今日も手前から虱《しらみ》潰しに進む？」

「そうねぇ……、今日は左奥を攻めてみない？　なにかあるとしたら森の奥だと思うのよね」

森の奥が気になるという意見には賛成なので、僕は頷いた。

手早く水魔法で道具を軽く洗い、左奥をめざして出発。奥へ向かう道は誰も寄り付かないのか獣道一つ見当たらず、昨日よりも足元に集中しなければまともに歩けないほど。でもさすがに変わらぬ景色の中を歩き続けるだけの配信をし続ける訳にもいかないので、どうにか視聴者さんのコメントを拾って質問に答えていく事にした。僕も暇つぶしになるから良いけれど、もはやゲーム配信と呼べるのだろうか？

《恋人は居ますか？》

「えっ、恋人⁉　いや、居ないよ……」

突拍子もない質問に僕は思わず大声を上げてしまった。いけない、いくらアンデッド問題で生物の数が減ったと言っても、森の中で大声を出すなんて襲ってくださいと言っているようなものだ。
《意外》
《絶対？》
《ヴィオラちゃんなんてどうですか？》
「ちょっと誰、変な質問投げてる人⁉　私も蓮華くんの配信を見てる事忘れないでよ⁉　っていうか、私にも選ぶ権利はあるし私に恋人が居ない前提なのは何故なの⁉」
「待って、僕の関係ないところで僕が振られてるみたいで悲しいんだけど！　ヴィオラはほら……ログイン累計時間的に恋人が居ないと思われてるんじゃないかな、真偽はともかく」
「貴方それ、ブーメランだって気付いてる？　貴方のログイン時間の方がおかしいっていう自覚を持った方が良いわよ」
そんな調子で騒いでいるものだから、それなりの数の獣に遭遇してしまう。片っ端から倒せるなら楽だけど、実はそうもいかない。事前に今回の依頼に関する条件として、食料用に現地調達する以外では極力獣を狩らないようにとのお達しが出ているのだ。
なるべくヴィオラお手製の野生動物が苦手とする香りを振り撒きながら逃げる事にしているけれど、こうも騒いでいては埒が明かない。ちなみに、エリュウの涙亭に持ち帰る為の一頭分だけは追加で許可を得ているので当初の計画に支障はない。
「あら……なんだか急に雰囲気が変わったわね」

ヴィオラの言う通り周囲が突然薄暗くなり、なんとなくじめじめとした雰囲気を醸し出し始めた。森の中なのでどこもある程度は暗いとはいえ、ここまで陰鬱な雰囲気を感じる場所は今までになく、強烈な違和感を覚える。

「なにか居るのかな」

ヴィオラ、アインと目を合わせて頷き合い、四方を警戒しながら前へと進む。

「あれは……？」

僕の呟きにヴィオラも視線を前方に向けて口を開いた。

「なにかの魔法陣かしら？」

いつでも抜けるように太刀の鯉口を切りつつ、魔法陣と思しきものを目指して歩を進める。

「人骨のようね」

「もしかして……これがペトラ嬢の遺体かな？　なんとなくドレスっぽい雰囲気の布片も残ってるし」

「いかにもネクロマンサーが遺体を使ってなにかをしましたって雰囲気よね」

「うん……もうこの魔法陣自体には効力はないのかな？　連れて帰りたいけれど、遺体を触って良いものか……」

残念ながら魔法陣についてはまだシモンさんから教わっていない。現実世界でも魔法とは無縁だったのでそちらの知識でも分かりそうにはない。

《蓮華くんが分からんなら俺達が分かるはずもなく……》

視聴者さんもお手上げのようだ。

「どうしましょうか……この魔法陣で子爵令嬢の憎悪の念を引き出したりアンデッドの操作権限を付与したのなら、既に効力は失ってるでしょうけど……」

ふと、背後から人の気配が近付いてくるのを感じた。別の冒険者パーティのようだ。丁度良い、魔法陣に詳しい者が居るかもしれない。そう考えて僕は手を振って呼び止めた。

「なにかあったのか？」

近付いてきたのは、先日のイベントで右翼部隊の分隊長だったＮＰＣ冒険者。がたいの良さが一際目立っていたので、なんとなく覚えていたのだ。

「魔法陣らしきものがあったんですが、もう無力化しているのかの判断がつかなくて……」

僕の言葉に反応し、分隊長の後ろから顔を出したのは対照的にほっそりとした男性。体型的にも装備的にも、恐らく魔術師なのだろう。

じっくりと魔法陣を確認し、頷く。

「うん、これはもう効力を失ってるね。この人骨に対してかけられた術のようだ」

「じゃあもう、この遺体は動かしても大丈夫ですか？」

「そうだね、うん。念の為魔法陣には極力触れないようにした方が良い。ギルドに報告する必要もあるし、不測の事態も考えられるから」

魔術師の言葉に僕は頷いてから黙祷を捧げた。

さて……人骨はそのままインベントリに入るのだろうか。とりあえず試してみようと「インベントリへ」と念じた瞬間、突然僕の腰から光が漏れ出した。すわ何事かと思って下を見れば、ベルトにつけていた子爵令嬢のネックレスが発光しているではないか。

「えっ……」

驚いているうちに人骨からなにかがネックレスへと飛び込み、そのまま人骨はぼろぼろと崩れ去っていく。一瞬の出来事に、ただただなにも出来ずに呆ける事しか出来なかった僕。

「なに……今の……?」

皆の方を振り向いてみたけれど、なにが起こったのか誰も分からなかったらしく、首を横に振るばかり。

《ネックレスの鑑定してみようず》

「あ……そうか。鑑定……どうやるの?」とヴィオラに聞くと、「念じるだけよ」と教えてくれた。

教わった通りネックレスを手の平に載せて「鑑定」と念じると、システムメニュー同様の透き通った画面が視界に浮かび上がってきた。

「ええと、『ペトラ・マカチュの魂の残滓が宿った思い出のロケットペンダント』、『状態：美品』。あと、『このアイテムにはまだ隠された性能があるようだ』って記載が……」

「ああ、鑑定熟練度が低いのね。私にも確認させてくれる?」

そうヴィオラが言うので、ベルトから外してネックレスを手渡す。

同席していた冒険者達も難しい顔をして唸いている。まあ「魂の残滓が宿った」ってなんですか、って感じだよね……よりにもよってあのペトラ嬢の魂だし。しかもこの時点で頭が痛いのにまだなにかあるなんて……。

「『効果：死霊魔術＋５　対アンデッド耐性＋５』ですって。多分、ペトラさんの魂が宿ったからだと思うけど……」

「……」

「……」

「……」

全員が沈黙する中、視聴者さんのコメントだけがやけに騒がしい。そうか、確かまだステータス上昇系のアクセサリーは出回っていないとかナナが言ってたね……。

「ま、まあ身体能力が向上するのは良い事だよな。黙祷に対する恩返しだろう、ははは……。あー、悪い事は言わん、それの存在は秘匿した方が良い。皆も、今見た事は口外するな。ここには最初から魔法陣しかなかった。……分かったな？」

え？　凄く含みのある言い方で気になるんですけど……。

「そ、そんなにまずい代物なんですか？　これは……」

「いやいや、性能的には申し分ないから持っていた方が良い。ただ、むしろ性能が良すぎる。効果が複数ついているアクセサリーなんて、俺は聞いた事がない」

分隊長の言葉に、パーティメンバー全員が激しく肯定している。その激しさが、かえってこのネックレスの特殊さを顕著に物語っていた。ええ……怖い。捨てて帰る訳にはいかないですか？　いかないですよね。

「そうですか。……まあ、性能云々はさておき、ペトラさんが最期に託してきたものですから大事にしますよ」

本当はそっと置いて帰りたい心境をひた隠して、僕は努めて冷静に返答をした。

僕の言葉に分隊長は頷き、くれぐれも気を付けるように、と念を押してからパーティメンバーと共に去って行った。心なしか歩く速度が速い。触らぬ神に祟りなし、とでも言いたげな後ろ姿だ……。

「口外しないと言ってもね……今の流れもばっちり配信されちゃってるしなあ」

「まあ、NPCにばれなきゃ良いんじゃない？　盗もうとしたり、金で解決しようとする輩とかが居そうじゃない。主に貴族に」

「確かに……。貴族なんて元子爵くらいしか知らないけれど、あれを基準にして考えたら容易に想像出来るね」

マカチュ家への遺体引き渡し依頼が永遠に達成出来なくなってしまった事も地味に堪える。本当の事を言う訳にもいかないし……、いっその事このネックレスを遺族に返却する？　いやいや、現子爵がヘルムート・マカチュ元子爵みたいな人だったら、窃盗だと騒ぎ立てられそうだ。触らぬ神に祟りなし、うん。

「他人事とは言え、なんだかどっと疲れたわね。丁度六時間経ちそうだし、一旦休憩しましょう」

ヴィオラの提案に賛成し、また一時間後に集合する事にしてログアウト。……本当に疲れたなあ。

暇つぶしがてら、リビングで洋士と軽い世間話。ようやく洋士と気負いなく話す事が出来るようになってきた気がする。

◇

「お待たせ、ヴィオラ、アイン」

「私も丁度今ログインしたところよ。マップの踏破率は四十%……やっぱり六時間に二十%程度のペースね」

完全踏破までにはあと十八時間くらいか。まあ、魔法陣という報告対象は見つかった事だし、ここから先は気楽に探索が出来そうだ。

「どうする？　このまま森の左側を制覇するのか、街道の向こう、右側に行ってしまうか」

「そうね……、もうこっち側にイベントがあるとは思えないけど、戻ってくるのも面倒だし制覇してから右側に行きましょうか」


さくっと左側を制覇し、右側へ抜ける為に一度街道へ出ると、休憩している冒険者達や商人がたくさん居て驚いてしまった。なんでも、森の中を突っ切る街道は、他の部分よりも強めの魔法が施されているので安心して休憩出来るらしい。それでも百%安全な訳ではないので商人は足早に抜けるのが普通だけど、今日は冒険者がたくさん居るので休憩しているのだとか。感謝の意を込めて、とお茶と甘味までいただいてしまった。ただ通りかかっただけなのになんだか申し訳ない。

商人達と別れ、いざ右側へ。整備されていない森は歩きづらくて、なんでもないと言わんばかりにすいすい歩いているヴィオラからは少し遅れがちだ。

そうやって慎重に歩いていたのが良かったのか。その一歩を踏み出した瞬間、僕は全身に違和感を覚えた。

「あれ、なんか……気持ち悪いな」

僕の言葉にヴィオラは「どうしたの？」という表情でこちらを振り向いている。どうやら彼女はなにも感じていないようだ。

僕はなにも言わずに一歩後ろに下がってみた。途端に不快感がきれいさっぱり消え去る。やっぱり、ここが境目みたい。

地面をじっと見つめてみても、特に怪しい点は見当たらない。少し範囲を広げ、木なども調べてみたけれど、やはりなにも見つからない。気のせいなのだろうか？

「うーん……ここを境になにかがあると思うんだけどなあ……」

僕の感覚をヴィオラに共有出来ない以上、なにかあると断言出来るだけの根拠がない。それでもヴィオラは信じてくれたようで、警戒をしながらゆっくり進む事にした。

「あら……、私達、なんだか変な動きをしているわ」

少し進んだところでヴィオラが口を開いた。

「どういう事？」

「うーん……ちゃんとマップを見て、じぐざぐに綺麗に空白を埋めているつもりなのに、実際には街道の方へ戻り始めてるのよ。蓮華くんが感じた違和感も併せて考えると、誰かに方向感覚を狂わされているみたい」

「……近付かせたくないって事は、森の奥になにかがあるって事だよね。範囲が広すぎるけど……マップと睨めっこしながら進行方向を微調整して、無理に進んでみる？」

これもきっとイベントの一つなんだろうなあ。これだけの規模の森、ネックレスの件で終わりではなかったようだ……。

「じゃあ、今居る地点から奥に向かって歩いて、ずれたら適宜修正していく方向でいくわね。……早速ずれた。えーと、左……九時の方向が正しい方角よ。……またずれた。今度は一時の方向。……三十歩に一回はずれてるんじゃない？」

頻繁に方角感覚がずれるせいでなかなか思うように進めず、苛立ったような声を上げるヴィオラ。

「方向感覚を麻痺させる大元の原因さえ解除出来ればなあ……、なにが原因かも皆目見当がつかないんじゃどうしようもないけど」

「ひとまず地道に行くしかなさそうね。そもそも解除方法も目的地にある可能性が高いし……」

マップを常に見ているので足下はほとんど見ていないはずなのに、ヴィオラは見事な足さばきで木の根や土の盛り上がりなどを避けている。さっきも思ったけど、森で生活をしていたから慣れているのかな？　……もしもの時は、足場の悪い所で相手をするのだけはやめておこう……。

不幸中の幸いと言えば良いのか、境界は僕達以外にも影響しているようで、動物とも一切遭遇しなくなった。こんな所で遭遇したらまた変な方向に進む羽目になっていただろうから、その点はありがたい。

「野生動物にも影響するって事は、彼らから身を守る為にこの仕掛けがあるのかな？」

「妖精なんかが居てもおかしくない雰囲気よね」

「確かに、勝手なイメージだけど妖精ならこういう仕掛けもお手の物って感じ」

「だとしたら、蓮華くんだけが違和感を感じたのも魔法熟練度が高いからかもしれないわね。……さて、そろそろ六時間経つけど……進捗としては十五％。ま、嫌なギミックの割には想定より進めたかしら」

「自衛の為だけにしては、随分と範囲が広い仕掛けだよね、誰にも近付かれたくない感じがひしひしと伝わってくるというか。一体なにがあるんだろうなあ……」


「再開しましょう！」

再開後、ヴィオラは随分と興奮した様子で先陣を切り始めた。休憩のお陰か、それとも単純に「なにかがある」という事実に胸が躍っているのか。マップを見ながら躓く事なく歩き、ついには視聴者さんとの雑談まで再開してしまった。全く、凄い適応能力だ。

「『カラオケで歌う曲はなんですか？』ですって。……私は基本的にアニメの主題歌をよく歌うわね。蓮華くんは……そもそもカラオケに行った事がなさそうよね」

「よっと……。そうだね、行った事ないや。完全に未知の世界だ」

ヴィオラが代わりに質問を読み上げてくれるのを良い事に、僕は足元に集中する事にした。

「やっぱり。それじゃあ普段口ずさんだりする曲は？　私はその時放送されてるアニメの主題歌を練習がてら口ずさむわね」

「うーん……、そもそも曲自体全然知らないからなあ……。あー、歌と言って良いかは分からないけれど、敦盛《あつもり》なら時々口ずさむよ」

《敦盛って人間五十年～ってやつ？》

「ああ、そうそう。幸若舞の敦盛。別に好きではなかったんだけど、友人がよくうたっているのを聞いているうちにいつの間にかね」

かろうじて拾えたコメントに同意をしながら、折れた木の枝を持ち上げるようにして下をくぐった。

「他人の影響って結構あるわよね。私も、フォローしてた人の影響で興味のなかった漫画にどハマりしちゃった事があったわ。……それじゃあ次の質問、『ゲームを始めたきっかけはなんですか？』

……なんだったかしら？」

「僕は仕事の為に。このゲームが初めてだからね」

「私はどうだったかしら。確か好きな漫画がゲーム化したのがきっかけだったと思うけど……、忘れちゃったわね」

長く生きてるあるあるだなあ……。

《その割に蓮華くんってめちゃくちゃ上手いよね》

「ええ？　僕なんか全然……ヴィオラこそ雲の上の存在だよ。動体視力の高さとか決断の速さとか……情報収集能力も凄いよね。なんでも知ってるイメージ」

「ブーメランよね、本当。貴方に雲の上の存在とか言われても煽りにしか聞こえないのよ……」

「それは多分このゲームがＶＲだからだよ。ちょっと前まで主流だった、モニター越しにキーボードとかで操作するタイプのゲーム？　だと手も足も出なかったよ。なんならチャットが打てなくてコミュニケーションがとれないと思う」

「今の発言に対して『そもそもなんでそんなに強いの？　どこで身につけたの？』って質問が来てるけど……」

ちらっとヴィオラは僕を見て躊躇いがちに質問を読み上げた。こういう気遣いを見ると、やっぱり彼女は僕に害を為そうとしている訳じゃないと思うんだよなあ。

「お家柄的に家でずっと修練をしていたから、かな。ほら、どんな武術にも『なんとか流』みたいな流派があるでしょう？　そういう連綿《れんめん》と受け継がれてきた歴史的価値のあるものを、失いたくないっていう考えの家でね」

もともと僕の生家は武家だったので、家系的に刀を握ったというのは嘘ではない。ただ単純に、人より長い期間刀を握っているという事実を口にしていないだけ。まあ今の時代のどこにそんな家があるんだという突っ込みは来そうだけども。

「あら、今の質問は私にも向けてだったの？　私の場合は……そもそもこの国の生まれじゃないのよ。で、我が家は山奥で自給自足の生活をしていて、銃器を買うお金もなかった。そうなると残された道は罠もしくは弓でどうにかするしかなかったのよね。日常的に弓を使っていたからどんどん上達していった感じよ」

ヴィオラの方も絶妙にそれっぽい説明を披露している。確かに海外ならそんなサバイバル一家はどこかに居そう。僕もいっそ海外暮らしの振りをしてみるべきだった……？　いや、どこかでぼろが出るから却下だな。

「――げくん？　ちょっと蓮華くん、聞いてる？」

「えっ、ごめん全く聞いてなかった」

「……素直なのは良い事だけど、もう少し取り繕ってくれても良いのよ？　方向が狂う頻度が上がっている気がするんだけど、蓮華くんはなにか感じない？　って聞いたのよ」

「ああ、そう言われれば確かに……気持ち悪さがひどくなっている、って言えば良いのかな？　そんな感じはあるね」

「そう。いよいよ目的地が近いのかしらね？　注意して進みましょう」

質問タイムは一時中断。全神経を集中させて、ヴィオラはマップ読みに、僕は違和感探しに没頭する。

「あの木が気になるな」

「確かに気になるわね。マップ上でも、あの木から離れるように誘導されている感じがするわ。ちょっと調べてみましょうか」

二人の見解が一致したのでこの木になにかがあるのは間違いなさそう。とはいえ見た目はいたって普通の木で、これと言って他の木と変わったところは見られない。

「……うーん、ただの木だねえ。これといって怪しい点はないような……」

適当に幹を触りながらぐるっと一周でもしてみようか。

「あっ」

「えっ⁉」

なにが起こったのかも良く分からぬまま木の中へ引っ張り込まれてしまった。ああ、迂闊すぎるとヴィオラに怒られそうだなあ……。

【個スレ】名前も呼べないあの人２【ＵＩどこぉ】

名前を呼びたくても呼べない、あの人に関する話題です。
名前は判明しましたが、諸々の事情で名前が呼べない為、タイトル継続しました。
万が一本人にばれたら困るからね！！！
※運営側も確認してあげてください。何だかおかしいです。

200【闇の魔術を防衛する一般視聴者】
「恋人居ますか？」は草。
これ絶対ガチ恋勢やん。
同居人が彼女なのか気になってるんだなｗ

201【闇の魔術を防衛する一般視聴者】
「ヴィオラちゃんなんてどうですか？」
ペア推し勢、本人の意志を無視していくスタイルｗ

202【闇の魔術を防衛する一般視聴者】
どう考えても二人のプレイ時間的に恋人居ないだろうに。
何故コメント欄は疑心暗鬼のやつらで溢れているのか……。

◇

209【闇の魔術を防衛する一般視聴者】
魔法陣！
これがアンデッド襲撃の元凶か？

210【闇の魔術を防衛する一般視聴者】
なんとまあ禍々しい雰囲気出しちゃって……後処理大変そう。

211【闇の魔術を防衛する一般視聴者】
ＮＰＣ冒険者に魔術師居て良かったな。
いかにも魔術師！って感じのテンプレ装備ｗ

212【闇の魔術を防衛する一般視聴者】
身体鍛えてないと防具が重くて動けなさそうだし。
ローブも金属糸製ならある程度強いやろ。

215【闇の魔術を防衛する一般視聴者】
ええええええええええええええええええええええええ

216【闇の魔術を防衛する一般視聴者】
なに、なにいまの

217【闇の魔術を防衛する一般視聴者】
配信コメントも大混乱ｗｗｗｗ

218【闇の魔術を防衛する一般視聴者】
ＮＰＣめっちゃ目逸らしてるけどｗｗｗ

219【闇の魔術を防衛する一般視聴者】
嫌な現場に居合わせちゃったなあ感が凄いよ

220【闇の魔術を防衛する一般視聴者】
俺達は今何を見せられているの？？？？

221【闇の魔術を防衛する一般視聴者】
あ、あー……ワールド初のステータス上昇装備かつ、超レア度の高いアクセサリー……？

222【闇の魔術を防衛する一般視聴者】
普通は一個だけつくのかー……

223【闇の魔術を防衛する一般視聴者】
『魂の残滓が宿った』って嫌な名前だなあｗｗｗ

224【闇の魔術を防衛する一般視聴者】
マークくんの次は蓮華くん狙いなのか、ペトラ嬢？

225【闇の魔術を防衛する一般視聴者】
混乱の中、配信が終了した……w
考察班、情報求む。

◇

238【闇の魔術を防衛する一般視聴者】
ステータス上昇装備があることが分かったのは大収穫。
ただ、死霊術を使わない人には無意味だし、対アンデッド耐性はかなり使用する場所が限られてて使いにくそう。

239【闇の魔術を防衛する一般視聴者】
確かになー。
前回みたいな事がない限りまず使うタイミングはないよな。

240【闇の魔術を防衛する一般視聴者】
いやいや、冷静に考えてみろよ。
今後の展開的にどっかしらのボスとしてネクロマンサー出てくるじゃん？
＋５がその頃にゴミ装備扱いじゃない限り強いだろ。

241【闇の魔術を防衛する一般視聴者】
何にせよ判断基準は欲しいな。
＋１から始まるなら現時点で＋５はかなりレア度高い気がするけど。
熟練度との棲み分けが気になるなあ。

242【闇の魔術を防衛する一般視聴者】
これってペトラ嬢からネックレスを受け取ってたから発生したんだよね多分。つまり、これが前回の王都クエストの背景調査報酬的な……？

243【闇の魔術を防衛する一般視聴者】
「貰ったネックレスを持って森に行って本人の遺体を発見する」

（事前の修理も必須だった？）
↑の追加アクションが必要って、報酬としては難易度高過ぎないかー？
前提条件ありの隠しクエストって考えた方がしっくり来る。

◇

259【闇の魔術を防衛する一般視聴者】
すごく気持ち悪いそうです

260【闇の魔術を防衛する一般視聴者】
彼の感覚はどうなっているのだろうか

261【闇の魔術を防衛する一般視聴者】
魔法熟練度高ければ分かるとかじゃない？
さすがに野生の勘とかではないだろ……多分

262【闇の魔術を防衛する一般視聴者】
魔法陣で終わりかと思ったけど、あれが蓮華くん専用イベントって考えたらこっちが本命か。

263【闇の魔術を防衛する一般視聴者】
なにがあるんだろねー、妖精の里的な？

264【闇の魔術を防衛する一般視聴者】
そろそろダンジョン的なものがあってもおかしくない気はするけど

270【闇の魔術を防衛する一般視聴者】
マップ凝視しながら進まないと辿り着かないダンジョンとか辛すぎるw

◇

281【闇の魔術を防衛する一般視聴者】
カラオケ行ったこと無いとかもはや絶滅危惧種。。。

282【闇の魔術を防衛する一般視聴者】
予想してたとはいえ、この人本当にどんな生活してんのw

283【闇の魔術を防衛する一般視聴者】
敦盛……これは歌なのか？

284【闇の魔術を防衛する一般視聴者】
まあ幸若舞だから……どちらかと言うと舞？

285【闇の魔術を防衛する一般視聴者】
あれずっと能だと思ってたわ。

286【闇の魔術を防衛する一般視聴者】
友人が信長のことだと思ったやつ挙手ノ

287【闇の魔術を防衛する一般視聴者】
ノ

288【闇の魔術を防衛する一般視聴者】
」

289【闇の魔術を防衛する一般視聴者】
∩

290【闇の魔術を防衛する一般視聴者】
挙げ方に個性出さなくて良いんだよw

◇

311【闇の魔術を防衛する一般視聴者】
お家柄ねえ……いや、どこの旧家だよ

312【闇の魔術を防衛する一般視聴者】
良いとこのお坊ちゃんか？

こんだけ長い時間仕事もせずにＧｏＷやってる辺りお坊ちゃん説納得できるけど。

313【闇の魔術を防衛する一般視聴者】
旧家なのか、ヤのつくおうちの方なのか……。

314【闇の魔術を防衛する一般視聴者】
信長とお友達だったんならタイムトラベラーか不老不死のどっちかだよ
ヤのつくおうちでこんなぶっ通しでＧｏＷやってたら、ソーネ社カチコミ受けそう

【個スレ】ヴィオラ【神弓】

超絶弓使いのヴィオラさんの個スレです。
荒らし、暴言・動画の無断転載は禁止です。
※運営側も時々確認しています。発言には気を付けましょう。

417【神速で放たれる一般矢】
「ヴィオラちゃんなんてどうですか？」
私にも選ぶ権利はある→言いたいことは分かる
私に恋人が居ない前提なのは何故なの!? →何言ってるか分からない

418【神速で放たれる一般矢】
これだけのログイン頻度で恋人居る可能性があると思う方が……

419【神速で放たれる一般矢】
ワンチャンあるのは恋人もＧｏＷ廃プレイヤー説

420【神速で放たれる一般矢】
>>419　だとしても蓮華くんの配信にいっつもヴィオラちゃん居るんよ
他の人と付き合ってると誰が思うのか

421【神速で放たれる一般矢】
二人付き合ってるけど照れ隠しで内緒にしてるという妄想でニヨニヨしてる俺氏
六時間日光浴をし続ける配信者と、六時間矢を製作し続ける配信者だぞ？
お似合いだろ

422【神速で放たれる一般矢】
俺等が思ってることを代弁してくれた蓮華君ＧＪ
だけど完全にブーメランで草
ヴィオラちゃんからも突っ込まれてるやんけ……
スレチかもしれんが、同居人が彼女だったとしてもあのログイン頻度なら

破局まっしぐらだよな

423【神速で放たれる一般矢】
>>422　大丈夫、二人で行動してる限りどうしたってお互いの話題に触れざるを得ない。
まあ、二人とも恋人居ないでファイナルアンサーだな。

◇

436【神速で放たれる一般矢】
また二人がやらかしてるじゃないっすか。

437【神速で放たれる一般矢】
>>436　発言に気を付けろ、やらかしてるのはあっちだ。
ヴィオラちゃんじゃない。

438【神速で放たれる一般矢】
>>437　そっちこそ発言に気を付けろ、やらかしてるとか言うな。
世紀の大発見をしたと言え。

439【神速で放たれる一般矢】
どうでも良いけどあのＮＰＣたち、本当に言わないかな？

440【神速で放たれる一般矢】
あの分隊長は大丈夫だろうけど、メンバーも口が堅いかは、ねえ？

441【神速で放たれる一般矢】
人の口に戸は立てられぬって言うから……

442【神速で放たれる一般矢】
面倒臭い貴族とかに目を付けられなきゃ良いけど。

443【神速で放たれる一般矢】
なお、視聴者の口に戸は……

444【神速で放たれる一般矢】
貴族へのコネがないことを祈る（　ˇＡˇ人　）

◇

451【神速で放たれる一般矢】
ずっと思ってたんだけどさあ……森に入ってからヴィオラちゃんテンション高めだよね。

452【神速で放たれる一般矢】
>>451　それは俺も思っていたけどあえて触れていなかったのに！！！

453【神速で放たれる一般矢】
普段からソロ活動してたから、誰かと行動するのが楽しいんだろ。
>>451　>>452　そこに他意は無い。無いんだ、良いか？

454【神速で放たれる一般矢】
俺たちがどんなにそう思い込もうとしてもなあ……
配信のコメントの方は割とペア推し勢多いから質問が悪ノリしがち

455【神速で放たれる一般矢】
くそおおおおお！！！！

◇

461【神速で放たれる一般矢】
カラオケ行った事無い人ってマジで居るんだな

462【神速で放たれる一般矢】
それよかヴィオラちゃんがアニオタなの親近感湧くんだけどどどど

463【神速で放たれる一般矢】
でも十八番があるわけじゃ無い、と。一回歌ったら満足する感じかな。
そんだけ頻繁にカラオケ行くって事はリア充なのでは？？

464【神速で放たれる一般矢】
リア充がアニソン歌うかー？

465【神速で放たれる一般矢】
>>464　いや、絶賛放送中のアニメならリア充だってノレるだろうし良い選択なのでは？

466【神速で放たれる一般矢】
リア充は爆発しろと言いたいがヴィオラちゃんが爆発したら困る……くっ

◇

482【神速で放たれる一般矢】
ヴィオラちゃん……リアルアマゾネスじゃないか……。

483【神速で放たれる一般矢】
キャラメイクがリアルな西洋っぽいって思ってたけど、もしかして自分の顔ベースだったりするんだろうか。

484【神速で放たれる一般矢】
このサーバでゲームしてる段階で日本在住確定だし、もし本当に顔ベースなら身バレ気をつけないとだよ、ヴィオラちゃん……

485【神速で放たれる一般矢】
配信者は顔ベースでキャラ作ったらあかんって！！！

486【神速で放たれる一般矢】
「キャラメイク……面倒臭いわね？　私は一刻も早くプレイしたいのよ。あ、自分の顔も選べるのね？　これで良いじゃない」ポチッ
みたいな？

拾壱．独り彷徨う

ここは一体どこだろう？　よく分からないけれど、木の幹に触れたら吸い込まれたような……。

という事はここは木の中？　いやでも、木の内部が空洞というのは変か。

「ヴィオラ？　アイン？」

二人に呼びかけてみても返答はない。念の為音声チャットにしてみたけれど、ヴィオラには聞こえていないようだ。完全な一人か……。配信も中断したという表示が出ていたし、なんだか『GoW』を始めた直後に戻ったみたいで少し寂しいな。

とはいえここで立っていても仕方がない。ヴィオラ達と合流出来るにせよ出来ないにせよ、脱出への糸口は見つける必要がある。

そう思って改めて辺りを見回してみたら、今居る広い空間からは三百六十度、どの方向にも通路が伸びていた。……一筋縄ではいかないようだ。

それに、一部の通路の先にはなにか居る。

「やっぱり誰かの住居だったのか」

無理やり暴いて不法侵入をしたのだから、敵意むき出しの可能性は高いよね……。

「突然お邪魔してすみません。ここはどこでしょうか？　元の場所に戻りたいのですが……」

気配を感じる方向へと声を張り上げてみたけれど、答える声はない。聞こえていないのかな。

「うーん、やっぱり情報収集の為に動くのが正解、かあ」

ヴィオラ達と合流するのが難しくなるかもしれないけれど、方向感覚麻痺の境界に僕だけが反応した事を考えると、ここも僕しか来られない可能性は十分ある。

「ええと、今からあちこち見て回りますが、元の場所に戻る為の手がかりを探すだけで敵意はありませんので、出来れば見逃してもらえると助かりますー……」

念の為そう宣言してから、なにかが居る方向とは逆側の通路を順に見ていく事にした。住民をなるべく刺激したくないからね。

「どの通路もどんどん下に向かってる……それにあちこち枝分かれもしているし、段々狭くなっている……理論的な話はさておき、雰囲気的には木の中とみて間違いなさそう」

ところどころで生活臭を感じる物をいくつか見かけたけれど、どれも長らく使われていないように見える。

「うーん……昔はこの空間に人が住んでいて、今はもう住んでいない……。この空間を作ったのがその人、とか？」

そうすると先ほど別の通路から感じた気配は何者だろうか。あとからこの空間を見つけて住み始めた人？　それとも正統な継承者？　どちらにせよ、僕が不法侵入者である事には変わりはないか。

「ここは行き止まり……。あっちは水が溜まってて進めなかったし……」

こちら半分の通路を全て調べ終わっても、脱出に繋がる収穫は得られなかった。となるとやはり……残り半分の通路に出口があるのか。

観念して元来た道を戻り、反対側、なにかの気配を感じる方の通路を虱潰しに当たる事にした。

住民が居る道が出口に繋がっているような気はするものの、通路が入り組んでいるせいで気配だけでは正解の道が分からない。ひとまず直感で一番幅が広い通路を選んで進んでみる。

「んー……さっき通った場所にあった木と形がそっくりな気が……もしかしてまた方向感覚を狂わされてたりする？　でもマップが真っ白って事は初めて通る道だよね……」

さすがにマップが信用出来ないのは困るので、確認の為に脇差で木の幹に矢印の傷をつけてみた。

脇差を懐に仕舞い、再び歩き始めた瞬間背後に膨れ上がった殺気。振り向いている暇はない！と判断し、勘で左に大きく回避しつつやや意識して右上に向かって太刀を抜刀、振り切った勢いで振り返る。恐らく振り下ろされるはずだったのだろう太い枝が、制御を失い宙を舞っているのが見えた。

咄嗟の判断にしては上々な結果に満足すると同時に、己の迂闊さを猛省した。遠方から感じる気配にばかり集中していたけれど、ここは僕の常識で考えてはいけない世界……木が動いても不思議ではないという事に気付くべきだった。動物特有の気配を一切感じず油断していたけれど、よくよく考えてみれば木の中だと思われる空間に木がある段階でおかしい。

先ほどから感じていた既視感はマップの問題ではなく、僕の移動に合わせて彼らも回り込んでいたからか。

怒り狂った木からの猛攻を回避しつつ、落ちた枝を注視。根付いて成長する可能性は低そうなのでまずは一安心。

とはいえ、木であって人ではない。枝を一本切り落としたところで新たな枝が腕代わりになるだけ。増殖せずとも、やりにくい相手である事に変わりはなく。

「あー……えっと、木の妖精さん、ですか？　体を傷つけたから怒ってるんですよね……ごめんなさい！」

謝罪は当然の如く無視され、更なる追撃が襲ってきた。

「許せる訳ないですよね……。っと、こっちに向かっている複数の殺気は貴方のお仲間……ですか？」

囲まれたら確実に面倒な事になるよなあ……でも元々は僕が悪いのだし……。少しだけ逡巡し、結論を下した。背に腹はかえられない。

「よし、もう言い訳はしません！　僕は自分の為に貴方達の命を奪います！」

今まで観察した結果、相手は図体が大きく足らしい器官もないので移動速度が少し遅い。枝を使った攻撃速度は速いけれど、叩き付けるか横に薙ぐかのほぼ二択なので、避けられないほどでもない。総じて一対一なら問題なさそうな相手、という印象。

そしていよいよ仲間が合流してきた訳だけど……、正面の叩き付け攻撃を転がる事で避け、背後の木の薙ぎ攻撃はしゃがむ事で回避。けれどそもそも叩き付けに対して薙ぎ払いが激突してしまったので、しゃがむ必要はなかったようだ。うーん……連携が微塵も感じられないのはこちらとしても好都合だけど、動きが読めなくてある意味厄介とも言える。それになにより、倒し方が分からない。

「骸骨さんといい、木の妖精？　さんといい、どうしてこうも色々な意味で相性が悪い相手ばかりなんだろうなあ……。いっそ魔法で燃やす……？　でもここに敵がどれだけ居るのか分からないしなあ」

僕の感覚が間違っていなければこの空間に漂う魔力は、先日シモンさんに教わった「人の体内にあるなど、既に所有者がいるので自然に吸収出来ない魔力」なのだと思う。だからこの空間で休憩を取っても意味はなく、魔力を回復させる為には「故意に取り込み、自分の魔力に馴染ませる」必要がある。けれどその方法は失敗すれば命に関わるし、いくらでも悪用出来てしまうらしく残念ながら僕は教わっていない。つまり魔力を回復するには料理を食べるしかない訳で……、助けが来ないと仮定するなら、魔力はなるべく温存しておきたい。

この騒動が理由なのか、この空間に入り込んだ当初から感じていた気配が近付いてきているのも感じる。丁度良い、一か八か、その人物と話が通じる可能性に賭けてみよう。

「ほらほら、美男子さんが困ってるじゃない。そこまでにしてあげて？」

そんな第一声を発したのは、緑の髪をした美しい女性。特に命令口調でもないのに、その一言でツリーマンは嘘のように大人しくなった。どうやら僕は賭けに勝ったようだ。

「助かりました……。道に迷ってしまって出口を探してたんです。似たような風景が続いていたので、目印を……と幹に傷をつけたら、ご覧の通り怒らせてしまいました。お仲間を傷つけてしまって申し訳ありません。図々しいのは承知ですが、どうか出口を教えていただけないでしょうか？」

「可哀想に……見知らぬ場所に一人で迷い込んで怖かったでしょう？　木の振りをしている方が悪いんだから、気にしないで？　私が出口まで案内してあげるわ。でもその前にお茶でも飲みましょう、ね？　久々の来客だからお話を聞きたいの」

「それでも傷つけたのは僕ですから……。お茶ですか？　お招きはありがたいのですが連れが待っているのであまりゆっくりは出来ないんです……」

「あらそうなの。それは残念……、せめて一杯だけ付き合ってくれないかしら？　寂しいのよ、ツリーマンはあの通り喋らないし」

歩きながら彼女が指さした先の部屋には、ぽつんと用意されたティーテーブルとチェアのセット。片方だけ座面に弾力が失われているように見えるのは、常に一人で座っているからか……そう思うと少しだけ罪悪感を感じた。一杯くらいなら……良いだろうか？

「そうですね……ではお言葉に甘えて」

出されたお茶は想像と違ってよく冷えていて、ツリーマンとの戦闘によって身体が火照っていた僕は勢い良く飲み干した。

「あらあら、ふふ。美味しい……？」

女性の問いかけに我に返る僕。これでは今すぐにでも立ち去りたいと言っているようなものではないか。せっかく親切にしてくれた人に対してこの無礼な行いは最低だぞ！　……と思った直後、コップを持っていた手が震え始めた。

パリン、と音を立てて割れるコップ。持つも降ろすも自分の意志では叶わず、手放した直後にテーブルから転がり落ちてしまったのだ。慌てて席を立とうとしたけれど、既に全身が麻痺していたらしく無様に椅子から転げ落ち、床に這いつくばる事しか出来なかった。つまり彼女も最初から話が通じない側の人だった、と……。

「ぼ……くを殺す……んですか……？」

口も思うように動かない。無詠唱では上手く魔法を発動出来ないし、これでは魔法を封じられたも同然だ。

「それは貴方の返答次第ねえ。私の夫になる栄誉を選ぶか、さもなくば主様の養分となって朽ち果てるか、ふふ♪　実質一択でしょお？」

先ほどまでとはまるで違う雰囲気でにやにやと笑う女性。どちらの選択肢もお断りだけど身体が痺れている今、馬鹿正直にそんな事を言っては殺されてしまう。……適当に話をして時間を稼ごう。

「そ……れは困……りま……ね。死ぬのは……嫌……すが、見……知らぬ……人と結婚も……ちょっと……」

「大丈夫、私は貴方を知ってるから！　貴方が最初に森に足を踏み入れた時から、ずっと見ていたもの。むやみやたらと木を傷つけないし、変なのが湧いたのも、なんとかしてくれたでしょお？今だって、森が正常な状態に戻っているか調査に来ているのよね？　これだけ森を気にかけてくれているんだもの、私の夫になるべきよお。それに加えて私達の住処の入り口まで見つけた、これっ

てもう間違いなく絶対運命でしょお？　それで迎えに行ったらツリーマンと戦ってるし……。はあ、あいつらってほんっとうに邪魔者よね。あ、でも貴方の強さが改めて分かったから、そこは良くやったって感じ？　やっぱり男は強くなくちゃ♪」

「僕が……貴方を知ら……な……い。名……前、好き……な食……べ物……。夫婦……知……るべ……き……でしょう？」

「まあ確かにそう言われればそうね、お互いの事を知ってからの方が…………なんて言うと思った？　あははははは、馬鹿ねえ、時間を稼いだって無駄よお、その薬は私特製だから丸一日は切れないの、ごしゅーしょーさま♪　ね、ほら、私と結婚しましょお？　そしたら死なずに済むわよお」

まあそうですよね。僕もデバフアイコンの表示的に無理だとは思っていました。でも残念、そもそも時間を稼いだ理由が違ったんですよ。

「――っ！　なによこれえ⁉　私の美しい顔に傷……誰ええええええ⁉」

誰も触れていないにもかかわらず突如女性の額に現れた穴。そして怒り狂って部屋を出て行く女性。一体なにが起こったんだ……？　ツリーマンのエリアに居るヴィオラ達の仕業ではないはず……。

「ちょっと、なにをやってるの蓮華くん！！！　ようやくダンジョンに入れたと思ったら変な女に捕まってるしびっくりしたじゃない！」

全力で走ってきたであろうヴィオラに、怒られてしまった。

「油……断した……結果？　……えへ」

「全くもう！　麻痺治しのポーションあげるから早く飲んで！」

ズボッと僕の口に無理やりガラス瓶をつっこむヴィオラさん。すみません、もう少しお手柔らかにお願いします。

「お、おお？　……身体が動く！　ちゃんと喋れる！　効き目が凄い！」

「それは良かった。じゃ、行くわよ。アインくんに加勢しなきゃ」

「えーと、全然状況が読めないんだけど……彼女はどうして突然傷を負ったの？」

「あの女と本体は別なのよ。本体の方を攻撃しないと傷一つつけられないの！　詳しい事はあとでゆっくり説明してあげるから、今はとにかくついてきて！」

　ヴィオラに急かされるまま先ほどツリーマンと戦っていた通路へと戻ると、アインがツリーマン集団と例の女性相手に大立ち回りを演じているところだった。

「ぱっとしない女も白骨死体も、入り口を隠したのにどうして追って来られたのよ⁉」

「ああ、あれ貴方の仕業だったの……道理で蓮華くんが消えた辺りを重点的に調べても入れないはずだわ。まあ木を切り倒そうとしたら大人しく入れてくれたけど」

「なんて野蛮なのかしら……！　まあ良いわ、森の秩序を乱した元凶と、夫に馴れ馴れしくしてた女だもの。ここで殺してあげる♡」

「夫ねえ……承諾したの、蓮華くん？」

「いや。……色々と話してみて分かりましたが、やっぱり貴方とは相容れないようです。申し訳ありませんが、僕達はそろそろお暇させていただきますね。あ、それから、私は貴方の言うような人格者ではありませんよ？　貴方の部下のツリーマンを傷つけてしまった事で、今の状況を生み出してしまったのは知っているじゃないですか」

「別にツリーマンは私の愛する森の一部じゃないからどうでも良い。でも、私の提案を断るのは許せないのよねえ……、ああもう面倒臭い！　私の物にならないならあんたもここで死になさいっ！」

女性の髪の毛が突然蔦へと変わり、鞭のように鋭く飛んできた。それを太刀で切り裂きつつ、最後に一言だけ付け加えた。

「おっと……余計なお世話だとは思いますが、振られたからって逆上する方はモテないと思いますよ？」

怒らせる事は分かっていたけれど、それでもあえて煽るような発言を止めなかった。自分の部下を役立たずと冷たく言い捨てたり、仲間を殺すと宣言されたらねえ？　そもそもあの甘ったるい喋り方がぞわぞわしてちょっと限界だったんです。

二人と合流出来たとはいえ、相手の数に比べれば多勢に無勢。その上いくら切り飛ばしても減らない枝と、生え続ける蔦相手に勝ち筋が見えてこない。

「蓮華くん、このままじゃ埒が明かない。まとめて燃やした方が良いわ。私は役に立てないけど……MPポーションなら持ってるから安心してどーんとやっちゃって」

「了解。……といっても龍炎舞はこんな通路で使うには不向きだし消費魔力が大きすぎる。もっと指定した範囲内をじっくり燃やす感じ……そうだ、イメージとしてはこれがぴったりだな、等活地獄！」

ご覧の通り輪廻の輪から外れてしまった僕は、別に仏教徒ではない。でも時代が時代で周りには信者もいたので、特に八熱地獄の名前や程度についてはそれなりに知識がある。八熱地獄は文字通り熱で罰する地獄で、全部が全部火が使われている訳ではない。それでも一層から順に罰の度合が高くなる地獄というのは最もイメージを調整させやすかったので、魔法の起動ワードとして採用してみる事にしたのだ。

逃げられないように炎で壁を作ってから、その中を一面炎の草原に。あとはひたすら燃えるのを待つだけという、我ながら恐ろしい魔法だ。いかにも地獄って感じでしょう？

「あああ‼　あついいいいい‼　早く消してよお……死んじゃうじゃない……！」

炎の壁の向こう側から女性の叫び声が聞こえてくる。

「『死んじゃうじゃない』と言われましても……、人を殺すなら、自分が殺られる覚悟もしておかないと」

「くそっ……くそ野郎があああああああああああああ！！！」

絶叫と共に炎の壁を突き破るように木がこちらに向かって飛び込んできた。ただの木なのに彼女の声で喋っている。なるほど、これがさっきの女性の本体……。ようやく意味が分かった気がする。中に居るよりは壁を抜ける一瞬の方がマシだと考えたのだろうけれど残念、地獄と言うのはおいそれと罪人を逃がしてはくれないんですよ。

中へ連れ戻そうと迫り来る炎の壁に飲み込まれ——……やがて彼女の怒声は聞こえなくなった。

そろそろ良いだろうか？

「さて……終わったかな？　消滅！　ツリーマンに関しては僕が刺激してしまったのが悪いし……黙祷はしておこう」

黒焦げになったツリーマンに対してしばし黙祷を捧げる。そのあとは素材を剥ぎ取らせてもらいますけどね……。

「お疲れ様。……まずは状況を整理しましょうか。蓮華くんが木の中に吸い込まれた直後、『ワールド初のダンジョンが発見されました』と『シヴェフ王国初のダンジョンが発見されました』の二つの告知が出たの。まあ十中八九ここがそうだろうと思って、慌てて入り口を探した……けど見つからなかったのよ、全然。それで来るのが遅くなっちゃって」

どこも怪我をしていないか、と身体の隅々まで確認してくるアインを宥めつつ、僕はヴィオラとの会話を続ける。

「丁度ダンジョンに入ったタイミングだったからかな、その告知は見逃したみたい。まあ、配信が中断したから特殊な場所なんだろうなとは思ってたけど……。それでええと、僕はミニマップ上にヴィオラ達のアイコンが表示されたのを見て、状況を伝えようとパーティ用の音声チャットをオンにした」

「麻痺状態に陥ってる上に、途切れ途切れの言葉の中に結婚って単語が出てくるし……厄介事に巻き込まれたのは一目瞭然だったわよ。あとは簡単……蓮華くんのアイコンを追いかけてここまで来たら大量のツリーマンに襲われて、その中にドライアドの本体が混じってたから恐らく犯人だろうと当たりを付けた。その後は知っての通りよ、アインくんに囮になってもらって……麻痺治しが効いて本当に良かったわ」

「ドライアド……どっかで聞いた事がある。確か木の精霊？　だよね」

「ギリシャ神話やファンタジーものに度々登場する木の精霊ね。……大体共通しているのが、一目惚れした男性は手段を問わず自分のものにする事と、本体である木を攻撃すると分身である人型にダメージが行く事」

「それで犯人だと思ったのか、納得したよ。……本当に助かったああ」

「蓮華くんは常に鑑定する癖をつけた方が良いわね。さっきの女性も、鑑定をしていれば人じゃない事には気付けたから多少は警戒出来たでしょう。まあ人だったとしても毒を盛られたら同じ事だけど……」

「ああ、鑑定……そうだね、次から気を付ける」

どうもここがゲーム世界だという事に慣れず、鑑定のようなゲーム特有の行動を忘れがち。熟練度が低いと見られない情報が多いみたいだし、常日頃から発動する癖をつけておかないと……。

「そろそろ冷めたでしょう、先に進む前に素材の剥ぎ取りをしちゃいましょうか」

「そうだねー……といってもなにが素材なのかもさっぱり。そもそも黒焦げだし。ああ、でも魔核とやらはありそうだなあ……数が多いツリーマンで試してみよう」

ヴィオラから斧を借りて――インベントリが使えるんだから僕も買っておくべきだった――、ひとまず中心を縦割りにしてみた結果、あっさりと茶色く光る宝石のような物を発見した。これが魔核だろうと当たりを付け、他の個体分も同様に確保していく。二、四、六、八……十体居るから五個ずつかな。

「あ、私は要らないわよ？　なにもしなかったし」

この人はなにを言っているのかな？　ヴィオラの助けがなかったら僕は今頃食料になってたと言うのに……。

「言っておくけど、助けてもらわなかったら僕は今頃ここに居ないからね？」

「そうは言っても魔核を使う予定もないし……あ、じゃあ代わりに木材を貰って良いかしら？　色んな材質の木材で弓とか矢を作ってみたいのよね」

「勿論！　僕は使い道が全く思い浮かばないし」

二つ返事で了承し、木材はヴィオラに譲る事に。ファンタジー世界特有の素材で武器か……、刀といえば玉鋼ってイメージだったけど、もしかして色んな鉱石で試してみるべきなのかな。今度デンハムさんに聞いてみるのも良いかもしれない。

「でもそうかあ、そういう事を考えると丸焼き戦法はまずかったね」

「追々学んでいけば良いのよ。初見ダンジョンの目標はクリアだもの」

「なるほど。……あ、ねえ、ダンジョンってワールド初発見なんだね？　もっと前に誰かが見つけてるのかと思った」

「チュートリアルでは行ったけど……きっと練習用ダンジョンだったからノーカンだったんでしょうね。この感じからいくと今後もクエストでダンジョンに行く事はなくて、探索して自力で見つけるしかないのかも」

「ふむふむ……。初心者丸出しで悪いんだけど、ダンジョンってお宝があったりボスが居たりする場所で認識合ってる？」

「合ってるわよ。そうねえ……このダンジョンには罠やカラクリがないと信じましょう」

「……さっきのお茶が罠の一つだったのかも」

「んふっ……、そうね、蓮華くんにとっては罠だったわね」

真剣に言ったのに笑われてしまった。確かにヴィオラが想像する罠とは違うのかもしれないけど！　僕にとってはとんでもない罠だったのに！

「おや……ドライアドの魔核が木の方に見当たらない……？　ダメージを受けるのが本体だから、木にあると思ったんだけどな」

「あら、じゃあ人型の方にあるのかしら？」

「人型を解剖するのってちょっと寝覚めが悪いよねー……。んー、心臓にはないなあ。というか心臓そのものがない。魔核が心臓と考えれば当然か。じゃあ頭かな？　脳味噌……はなくて、お、あったあった。ツリーマンのとは違って水色だ……、それに見た目もこっちのが綺麗な気がする」

「寝覚めが悪いと言う割にあっさり解体したわね……。ダメージが入るのは本体の方だけど、とどめを刺すためには人型の頭を狙うしかないって事かしら。厄介ねえ、ドライアドって。……確か、魔核には種類があるのよね？　色的にツリーマンは土属性、ドライアドは水属性？　そう考えればドライアドの方が生焼けなのも納得がいくけど。見た目の違いも含めて、王都に帰ったら調べましよう」

「うん、そうだね」

ヴィオラの方も素材の回収も無事に終わったところで、僕ら三人は先に進む事にした。

「今度は植物かあ……木みたいに襲って来ないかなあ」

がらりと雰囲気が変わった周囲を見回しながら呟く。ツリーマンの一件を考えると、視界に入る全てのものを警戒した方が良さそうだ。

「多分自主的には襲って来ないと思うけど、迂闊に抜いたら死ぬ植物ばかりよ……」

「え、なにその物騒な植物」

「こっちがマンドラゴラ、そっちはアルラウネね。どっちも抜いた瞬間に悲鳴を上げて、それを聞いた者は死に至ると言われているの」

「そういえば聞いた事があるかも。でも見ただけでよく分かるね？　……あ、鑑定か」

「ええ。蓮華くんも常に鑑定をする癖をつけた方が良いわね。……ところで、長いロープを持ってたりするかしら？」

「ん、あるけどなにに使うの？」

「マンドラゴラは調合材料の一つなのよ。だから一本くらいは持って帰りたいんだけど……葉の根元にロープを巻き付けて、声が届かないほど遠くから引っ張ってみればなんとかなるかなって」

「なるほど。でもさすがに声が聞こえないほど遠くまでとなると……、手持ちのロープじゃ足りないかなあ……。それよりも、マンドラゴラの周囲に真空状態を作り上げて、声が聞こえないようにする方が良くない？　やった事がないからちょっと練習は必要だけど」

「真空……その発想はなかったわね。でも、私のわがままの為に魔力を使ってもらうのは申し訳ないわ」

「これくらいなら大丈夫だよ、多分。それに今のうちに練習しておけば、万が一ボスが咆哮する相手でも対策出来る……かも？」

「ならお言葉に甘えようかしら……？」

「おっけー。それじゃ……アイン、ちょっと協力してもらって良い？　その辺りでわざと音を立ててほしいんだ」

僕がお願いした通りにアインは跳んだりはねたり、ガチャガチャ音を立ててくれた。盾と槍を背負っている骨だから、それはもう相乗効果で騒がしい。

確かいつぞや読んだ参考書に、真空は、通常より低い圧力の気体で満たされた状態の事で、低い圧力というのは気体分子の数が少ない状態の事と書いてあった……。具体的な計算式とかは全く分からないけれど、ざっくりとしたイメージだけでもなんとかなるはず。ついでに、山頂のような、空気が薄い場所もイメージしてみようかな。

「それじゃあ、アインの周りに真空をイメージした空間を生み出してみるね。……真空！」

既にある状態を再現するだけなので魔法名はそのまま。無事に長方形の真空空間を生み出す事に成功し、アイン本人は相変わらず必死に跳びはねているけれど、音はこちらに一切聞こえなくなった。

「嘘、成功した⁉」

まさか一発で成功するとは思わず、大きな声をあげてしまった。『GoW』側の意図の汲み取り精度が凄い。

「アイン、苦しくない？　……良かった。普通の相手に使ったら窒息や膨張で死んでしまうだろうけれど、アインならその心配もなさそう。……って事はもしかして、隠密行動にも向いてる？　これは思ったより大収穫だなあ……魔力の消費はまあ、そこそこだけど……。あ、ついでだからそのままマンドラゴラを抜いてもらえる？」

任せろとばかりにマンドラゴラを引き抜きにかかるアインと、真空空間がずれないように微調整をする僕。真空の範囲を少し広げてマンドラゴラも入るようにして……これで良し。三本抜いてもらう頃には、移動に合わせて発動し続ける事にも慣れたので練習は終了。

龍炎舞を使用した時はまだNPCだったので具体的な数値は分からないけれど、僕の予想だと等活地獄＞真空＞龍炎舞の順で消費魔力が大きい。といっても等活地獄や龍炎舞は発動タイミングでMPが消費されるけれど、真空魔法はアインの移動に合わせて操作しているので、じわじわと吸い取られていくイメージ。使い方によっては一番消費魔力が大きくなりそう。

「あ、もしかして……」

葉の根元にロープを結んでからマンドラゴラの周囲に設置型の真空魔法を発動し、ロープを引っ張ってみた。

「やっぱり設置型の方が消費量が少ない……」

念の為アインに使ったのと同程度の大きさで発動、こちらの方法でも同様に三本抜いてみたけれど、ＭＰの減り方が違う。

「つまり同じ魔法でも色々工夫すれば魔力消費が抑えられるって事か。これは頭を使うなぁ……」

面白い結果だけど、状況に応じて最も節約出来る魔法を的確に選べる自信はまるでない。自慢じゃないけど計算はそんなに得意ではないのだ。まあ目当てのマンドラゴラは手に入ったし、ひとまずは良しとしよう。

「こんなにたくさん……ありがとう、助かるわ」

六本のマンドラゴラを見つめながらヴィオラが言う。

「アルラウネとやらの方は要らないの？」

「うーん、私が知らないだけかもしれないけど、アルラウネは調合には必要ないのよ。だから要らないわ、今のところ」

「ふうん？　了解、それじゃあ先に進もうか。まあ必要になったらまた来れば良いしね。きっとマンドラゴラもまた取りに来るだろうし」

「……ええ、そうね」

拾弐．全てを喰らう者

「ドライアドには度肝を抜かれたけど、それ以降はツリーマンばっかり……。案外平和だね？」

「私達にとってはそうかもしれないけれど、他のプレイヤーにはどうかしらね？　魔法を使えるプレイヤーはまだ少ないし、一対一ならともかくこれだけの数相手に、攻撃を避けて一刀両断出来る人はそうそう居ないと思うけど」

「なるほど……いやでも、威力は強いけど動きは単調だから、慣れてしまえば皆もそんなに苦戦しないよ、きっと」

なにを言っているのか分からないと言いたげな表情でこちらを見つめてくるヴィオラ。何故だ……と思いつつ歩を進めていると、今までになかった巨大な扉が目の前に現れた。

「見るからにボス部屋って感じね？」

「準備は大丈夫？」

「ＨＰも装備も問題ないわ。……あ、一応これを渡しておくわね」

青い液体の入った小瓶を鑑定してみれば、「蒼天の秘密・ＭＰポーション」と書いてある。

「本当に良いの？　ＭＰポーションって凄く高いんでしょう？」

そもそも、魔法を使わないヴィオラが何故持っているのかも気になるけれど。

「良いのよ、たまたま安く手に入っただけだから。どうせ私は使わないし放置してたら質が下がるだけだもの。蓮華くんに使ってもらった方が助かるわ」

「そうは言っても……オークションに流せば高く売れるだろうに」

「それはそうだけど、蓮華くんの事だから絶対必要になると思って渡そうと決めてたのよ。まさかダンジョンを見つけるとは思ってなかったけど」

僕がトラブルに巻き込まれるのを確信したかのような口ぶり……ひどい決めつけだとは思うけれど事実なので否定が出来ない！

「じゃあせめて買い取るよ……いくら？」

「駄目、お金は貰えないわ。イベント前から色々迷惑かけたし、さっきだってマンドラゴラの為に魔力を使わせちゃったじゃない。迷惑料だと思って受け取って」

「でも……」

「この扉先のボスが凄く強くて魔法を使わない限りどうにもならなかったらどうするの？　結果的に私を助ける事にもなるんだから、気にせず使ってくれれば良いのよ」

う、うーん……それでも結局僕が貰う事に変わりはないんだけど。でもヴィオラを死なせない為に使うと考えれば、まあ？

「分かった。それじゃあ預かっておくよ。ヴィオラがピンチになったら使う。それでおーけー？」

僕の言葉にヴィオラは笑顔で頷いた。滅多に笑わない彼女の笑顔が見れたし、良いんだけどね。どうもヴィオラになにかをお願いされると、断れない節があるんだよなあ。この先が不安。しっかりしろ、僕。

「それじゃあ、行くわよ」

重厚そうな見た目に反して軽く触れただけで扉は勝手に開き始め、一歩中に入った瞬間、静かに閉じた。閉じ込められた事に慌てる僕に、逃げられないように扉がロックされたのだろうとヴィオラが説明してくれた。ボスモンスターも、こちらが近寄らない限りは襲ってこないと言うので、まずはその場でじっくり観察。

「……凄い腐臭だ」

「まさかアンデッド……ではないわね。『全てを喰らう者ヤテカル』ですって」

じっと目を凝らせば、ツリーマンを巨大化したようなモンスターが中央に鎮座しているのが見える。僕達にとってはそこそこ広い空間も、ヤテカルと比べるとまるで六畳一間のように見える。

「喰らう……じゃああれがドライアドの言ってた主様？　腐った臭いは食べ残しか……」

よくよく見れば鎧や武器などの道具がそこかしこに落ちている。ヤテカルの餌食になってしまった人は星の数ほど居そうだ。

「食事くらい綺麗にしてほしいわね、全く」

そういう事ではないと思うけれど……、いや、食べ残しのせいでひどい臭いを放っているのだから合っているのかな？　うん？

「あの大きさじゃ一刀両断とはいかないし、最初のツリーマンみたいに燃やすのが手っ取り早いのかなあ。迂闊に近付くと食べられかねないし」

「でもフィールドが狭すぎる。一瞬でけりがつくなら良いけど、そうじゃないなら私達まで火だるまになっちゃうわよ？」

「じゃあ……内側から燃やすのはどう？　対アンデッド戦の時みたいに僕がヴィオラの矢にエンチャントする感じで」

「それなら矢の数さえ調整すれば、そこまで周囲に影響はないかも？　試してみましょうか」

差し出された矢の全てに手早くエンチャントを実施。アインもやる気満々のようだけど……今はひとまず待機してもらう事に。そんな悲しそうな表情で見つめるのはやめて！

いつも通りヴィオラが四本の矢を命中させたのを確認し、僕自身の魔力を辿って着火。今回の的はかなり大きいので強めの火魔法をイメージしてみた。効果は抜群……だけど少し威力が強すぎたらしい、枝の表面まで燃えてしまったので接近注意だ。うーん、魔法の調整って難しいなあ……。

「まだじわじわ減ってるとはいえ、これでダメージ五％……ＨＰは相当あるようね」

「長丁場を覚悟しないと駄目って事か。……戦闘途中で六時間経ったらどうなるんだろうね？」

「そう言われれば……状態が保存された上で強制排出か、はたまた決着がつくまで排出保留か。扉の前でログアウトしておくべきだったかしらね？　さすがに再ログインしたらダンジョンの入り口でした……なんて事はないと信じたいけど」

「まあ今更気にしても仕方がないか。で、どうする？　そろそろ火が消えそうだけれど……僕とアインで突撃するか、このまま遠距離作戦を続けるか」

「残念だけど、選ばせてはくれないみたいよ？」

ヴィオラの言う通り、僕達の存在に気付いたらしいヤテカルがこちらに突進してきている。先ほどまで黒かった目が真っ赤になっており、相当お怒りのようだ。

「僕とアインが引きつけるから、ヴィオラはここに居て！」

「了解」

待ってました！　と言わんばかりに盾と槍を構えてついてくるアイン。

ヤテカルの敵意をこちらに向ける為に僕はヤテカルへ火球をぶつけながら、アインは槍の石突で盾をガンガン叩いて猛アピールしながら今居た場所の反対側へ向かって走る。

目論見通りヴィオラの事は忘れてこちらを追いかけてくるヤテカル。まずは作戦成功だけど、足の遅さは図体の大きさで相殺されているし、枝一つとっても巨人の腕もかくやといった具合で攻撃を避けるのも一苦労。なんとか僕は反対側へと辿り着いたけれど……。

「っ！　危ない！」

ヤテカルは視線を僕に向けたまま、遅れてきたアインに向かって枝を振り下ろしている。

――ガンッ！

慌てる僕とは対照的に、冷静に盾を上にかざして攻撃を受けきるアイン。鳴り響いた音からして尋常ではない威力だったはずだけれど、足が地面にめり込んでいるだけで骨が折れた様子は見受けられない。

ほっとしたのもつかの間、ヤテカルの枝から盾に炎が燃え移ってしまっているではないか。

「ア、アイン！　盾が燃えてる！」

慌てる僕とは対照的に、アインは実に落ち着いた様子で盾の表面を地面へと擦り付けて鎮火させた。

「あ、うん……。僕が口を出す必要はなさそうだね」

どうもアインは生前の記憶こそないものの、戦闘能力に関してはそのまま引き継いでいる様子。

鍛冶屋でも悩む事なく盾と槍を選んだし、場数は相当踏んでいるみたい。……保護者面して要らない心配をしてごめんよ。

しかしヤテカル、ただの大きなツリーマンと侮ってはいけない相手のようだ。同じ枝攻撃でも攻撃範囲がツリーマンとは比較にならないし、そもそも人の腕とは違って枝は三百六十度全方向に伸びているのでどの体勢からでも攻撃を繰り出せる。その上、目視で確認せずとも正確な位置を把握して攻撃してくるので、筋肉の動きから動作を読んでいた僕からしてみると想像以上に厄介な相手だ。

「そうは言っても倒さないと帰れないみたいだし……！」

やりにくいというだけで、方法がない訳ではない。例えばこちらの気配を察知されないように動く……とか。

ヤテカルの視線がアインの方を向いているのを良い事に、僕は明鏡止水の如く気配を絶ち、静かにアインから離れた。ヴィオラとアイン、丁度二人の中間の位置取りを意識した感じだ。

——金剛止水流抜刀術、構太刀《かまいたち》

ぎりぎりまで接近し、抜刀の速度を活かした鋭い一閃。続けて袈裟切りの要領で更に一閃。二撃一対の技を受け、ツリーマンとは比較にならないほど大きな音で枝が落下した。

突然攻撃を受けたヤテカルはアインから視線を外し、こちらをぎろりと睨みつけてくる。さすがにアインを狙い続けるほど知能は低くはないようだ。だけど枝で攻撃をすれば切られる……という頭はなかったらしく、こちらに向かって次々と枝を叩き付けてきたのでご希望通り片っ端から切り捨てていく。

そうして僕が奮闘をしている間にアインはヤテカルの懐に侵入し、防御から攻撃に転じたらしい。

槍を何度も差し込んでいる姿が確認出来た。アインにやられた傷からは樹液のような橙色の液体が滴っていて、枝よりも本体を攻撃した方が効率は良さそうに見える。

本体はヴィオラとアインに任せて、僕はヤテカルの攻撃手段である枝を全て切り落とす事に集中すべきかもしれない。

「ヴィオラ！　僕が枝を切り落とすから、アインと一緒に本体への攻撃をよろしく！　あとごめん、余裕があったら僕のＨＰも気にかけてくれる……？　戦いに集中しちゃうと多分見忘れるから」

これが現実なら致命傷とかは肌感覚で分かるんだけどね……。

「分かったわ。あと、ボスはＨＰが一定量を割ると形態や動きが変わったりするから注意して」

ヴィオラの言葉に返答しながら改めてヤテカルを観察する。残ＨＰ九十％では特に動きに変化はないみたい。

僕がヴィオラと話しつつ攻撃を受け流している最中も、アインはずっと猛攻を仕掛けていたらしい。脇からちくりちくりと刺され続けるのがストレスだったヤテカルは、再びアインへと敵愾《てきがい》心を向けていた。

せっかく視線を合わせずとも攻撃出来る能力があるのに、ヤテカルは一度に一人に集中する癖があるようで今はアイン以外の動きを一切気にかけていない。アインはというと、器用にヤテカルの攻撃を捌いているものの、反撃頻度は先ほどよりも格段に落ちている。

ふむ……。今回アインには防御よりも攻撃を優先してもらった方が良さそうだ。先程は様子見も兼ねて速さを追求した抜刀術を用いたけれど、次は攻めを重視した攻撃にしよう。そうすればヤテカルの意識をこちらへ戻せるはず。

――吽形弐の型、獅子奮迅
八相の構えから始まるこの技は、人相手であれば大抵は一刀両断、まさに一撃必殺だけれどヤテカル相手ではそうもいかない。枝の動きに合わせて文字通り獅子のように荒々しく、防御を最小限に留めた状態で何度も切り込んでいく。

ヤテカルの目がぎょろりとこちらを睨んでいる。そろそろ本格的な反撃が来ると判断した僕は、最後に袈裟切りを繰り出してから軽く後方に離脱、そのまま脇構えの体勢を取った。

予想通り、こちらに向かって連続で枝の振り下ろし攻撃を仕掛けてくるヤテカル。地面がへこむほどの強さは脅威ではあるけれど、当たらなければそれまで。ヤテカルに比べて小さい僕達は、枝と枝の隙間にすっぽり収まるので案外避けやすいのだ。

当たらない苛立ちから攻撃が大ぶりになったタイミングを見計らい、迫り来る枝を横に跳んで回避、そのまま太刀を振り下ろす。すぱっと小気味良い感触と共にまた一つ、太い枝がヤテカルの身体から離れて宙を舞った。切れ味の良さはさすがファンタジー、現実ではさすがにこんな事は無理だ。

「残り八十%よ」

ヴィオラは僕に声をかけながら弓を引き絞っている。四本まとめての攻撃ではなく、例の鉄製の矢で貫通に特化させる方向にしたようだ。彼女の位置だとぎりぎり枝が届かないようなので、ヤテカルの敵愾心が完全に自分に向かない限りは安全と考えたのだろう。調整しながらも容赦ない攻撃の嵐に、ヤテカルの身体からは止めどなく樹液があふれ出ている。

「残り五十%を切るわよ！　そろそろパターンが変わるかもしれないから気を付けて！」

「分かった！」

ヴィオラの声に僕は叫び返した。いけない、パターンが変わる可能性をすっかり忘れていた。

彼女の忠告通り、何度目かの攻撃のあとからヤテカルの動きは突如として変わった。枝の叩き付けと横薙ぎという単調な動きに加え、地面から根が飛び出してきてこちらの足に巻き付いてくるようになったのだ。当たればただでは済まない高威力の攻撃に、こちらの動きを妨害する根が加わればまさに鬼に金棒。更に根は、直接こちらを狙うだけではなく地震のような揺れを引き起こしてくるから堪ったものではない。実にいやらしい変化だ。

「足下と枝、どちらも気を付けなきゃいけないとは参ったなあ」

枝攻撃はヤテカルに攻撃をしない限りは敵愾心が向けられた相手にしか飛んでこない。けれど地震のような揺れは全員に影響するし、足に絡み付いてくる根は完全にランダム。ヴィオラも地面の揺れに苦戦しているらしく、矢を射るまでにかかる時間が明らかに延びている。

「ふむ……いっそ出てきた根を燃やしてみる……？　いや、すぐに地面に潜って消されるか……魔力の無駄遣いだよね」

でも何度も繰り返せば、燃やされる事を嫌ってそのうち狙ってこなくなるかな？　僕とアインは足を掴まれれば枝の攻撃をまともに喰らってしまうから、このままでは接近戦を続けられない。うん、試してみる価値はあるかも。

ヤテカルに向かって突進。妨害されれば根を燃やし、妨害されなければ太刀で攻撃すれば良い。目論見通り足下に現れた根に左手で火球をぶつけると、生木の割にあっと言う間に燃え上がり、すぐに土中へと潜ってしまった。ここまでは想定通り。

避けるより燃やしてしまった方が早く決着がつくし、根に対する打開策は見えたかな。根を燃やしつつ、枝を切り落としていく。燃やされるのが嫌な割に妨害がしつこいヤテカル。むう、あまり魔力を使いたくないのだけれど。

十回ほど燃やし、ようやくヤテカルは僕に対して根を使う事を諦めたようだ。だけどその分アインとヴィオラの方に集中している。特にアインは、出会った当初より速くなったとはいえ、未だに移動速度は遅め。避けきれずに何度も躓いている。今にも転んでヤテカルの枝の犠牲になってしまいそうだ。どうにかしてあげたいけれど、僕の魔法は致命的なまでに精度が悪い……。下手をしたらアインの方を燃やしてしまい大惨事になる未来しか見えない。近付いて燃やすとなると今度はアインの邪魔をしてしまいかねない。それでは本末転倒だ。

王都に戻ったらもっともっと魔法の練習をしないと……。正直、「太刀も作ったし魔法は二の次で大丈夫」なんて甘い考えでいたのだけれど、つい先日のようなスケルトンやゾンビといった物理攻撃ではどうにもならない敵、そしてヤテカルのように近寄るのが難しい敵。多種多様な敵が出てくる以上、いつまでも人間相手と同様の感覚でいては駄目なようだ。ファンタジー世界にはファンタジー世界にあった戦い方というものがある。郷に入っては郷に従え、刀と魔法を融合させた新しい戦い方を考えなければ。

ヴィオラの方を観察してみると、基本的にその場から動かないので足元の根は気にしていないようだ。揺れについても、もう慣れたみたいで平時と変わらぬ速度で射ている。さすがヴィオラ……、そうだ彼女に頼もう。

「ヴィオラ、エンチャントした矢ってまだ残ってるよね？　アインの足下に出てきた根を燃やしたいんだけど」

「オーケー、任せて」

飛び出してくる根を華麗に避けながら僕の場所へと素早く移動してきたヴィオラと共に、アインの足元の根を燃やし尽くす。アインも意図を察したようで、根に抵抗せず、狙いやすくしてくれている。

三度、四度と繰り返すうちに、明らかにヤテカルはアインに対しても根で妨害を仕掛ける事を躊躇い始めた。そこからはアインの独擅場、先ほどまでの遅れを取り戻すかのように怒濤《どとう》の反撃を繰り出している。かっこいいよ、アイン！

「四十％を切るわよ！」

また攻撃パターンに変化が現れるだろうかと警戒してみたものの、特に変化はない。怒濤の刺突ラッシュのお陰でヤテカルの視線は完全にアインに集中しているし、パターンが変わる前に僕も攻めてみようか。

――叶形伍の型、一髪千鈞

再びヤテカルへと接近し、隙が多い分攻撃に特化した上段の構えからの振り下ろし攻撃をここぞとばかりに何度も何度も仕掛けていく。ヤテカルの右半身へ太刀が吸い込まれる度に、身体から樹液がじわりと滲み出る。

そろそろヤテカルの敵愾心がこちらへ向く頃合いか。警戒態勢をとった直後に枝が発する風切り音が聞こえ、難なく躱せた事に笑みを浮かべる。段々と、ヤテカルが意識を切り替えるタイミングが読めるようになってきたらしい。

「残り三十％！」

僕へ注意を向ければアインの猛攻に遭い、アインへ矛先を向ければ僕に切り刻まれる。よく出来た連携に不満を感じたのかヤテカルは鋭い咆哮を上げ始めた。

「蓮華くん……ごめんなさい、矢があと五十本くらいしかないの」

ヴィオラの申し訳なさそうな声が響く。いやまあ、むしろ未だに尽きていない事に僕は驚いているけれどね。どれだけストックがあったのだろう。五十本で深刻そうって事は優に千本はあったのかもしれない。……全部手作りで？　本当に？

「了解。……もう一度開戦時みたいに内部からヤテカルを燃やしてみる？　あと一応、根っ子対策の為に十本程度は残しておいてほしいかも」

ヴィオラの了承の声が聞こえたので、再び敵愾心がアインに戻ったタイミングを見計らって素早くヴィオラの元へ。新たに差し出された矢全てにエンチャントを施した。

「エンチャント完了、っと。ヤテカルとアインが近いから、開戦時よりも大人しめの火力にしたいけど……上手く調整出来るか不安」

「それじゃあいっぺんに当てずに一本ずつにしましょう。……低威力で高ダメージを叩き出す為には、なるべく急所を狙いたいところだけど、木の内部構造なんて分からないから難しいわね。ツリーマンの魔核があった場所を狙えば良いかしら」

弦から放たれた矢は、ほぼ直線を描いてヤテカルの背中やや上部よりに刺さり、矢羽根の半ばほどまで埋まった。開戦時も思ったけれど、木製の矢がここまで突き刺さるってどういう事なの……？

燃やしすぎないように、燃やしすぎないように……頭の中で念じながら、今度は鏃《やじり》近辺だけに強い着火を念じてみた。うん、外側からはよく分からないけれど、ＨＰが凄い勢いで減っているのを見る限り、ちゃんと燃えているみたい。

「……さっきよりもハイペースで減ってるわね。これなら矢も足りるかも」

「火の勢いって意味では開戦時の方が強かったのに……どうしてだろう？」

「ぱっと思いつく可能性は二つね。攻撃パターンが変わる時に弱点も変わったか、あの樹液に秘密があるのか」

なるほど、弱点が変わるという事があるのか。大の酒好きだったのに酒樽で溺れて以来、酒が怖くなった煮売り屋のおじさんみたいなものかな？

二本目の矢を燃やし終わった直後、ついにヤテカルのＨＰ残量は二十％程度まで落ち込んだ。

「もうすぐ二十％を切る！　そろそろまたパターンが変わるかもしれないから気を付けて！」

と、まるでその声に呼応したかのように、ヤテカルの身体が輝き始めた。

「なにかしら、あれ。果実……？」

必死に目を凝らしながら呟くヴィオラ。輝きが収束したあとのヤテカルの枝には、確かに大量の果実がついていた。

初めは緑だった果実は瞬き数回の間に青へ変わり、そして紫になった。それと同時にヤテカルが回転し始め、その遠心力で果実が放物線を描いて広範囲にまき散らされ……。

見るからに怪しい実だ、避けた方が良い。言葉を交わした訳ではないけれど、僕もヴィオラも同じ判断で極力果実を避けながら走り回った。だが豊作らしく、しつこいくらいに飛来してくる。

「っ、ヴィオラ伏せて！」

避けきれなかった実がヴィオラの身を襲うのを視界の端に捉え、どうにか近くまで走り寄りって峰打ちに。更にいくつかの果実がほぼ真上に飛んできているのを視認し、その場にしゃがみ込んでいたヴィオラの腕を引っ張り上げてそのまま左肩へと担ぎ上げた。手荒くしてしまって申し訳ないけれど、今は実を避けるのが最優先、謝罪は後回しだ。避けきれない果実を太刀で弾き、がむしゃらに走り続ける。

「なんとか、凌いだ、かな？」

回転をやめたヤテカルにはもう実が残っている様子はない。

比較的無事な地面へとヴィオラを降ろしながらアインの方を確認する。もろに被ったらしく全身真紫に染まっているけれど、特に弱った様子もなく無事のようだ。

「って事は、本当にただの果実だったのかな？」

そう独りごちた瞬間咳をするように吐血し、僕はその場に膝をついた。体が言う事を聞かない。喉は焼けるように痛く、視界も回っている感覚がある……。

「違う、毒だわ！　貴方のＨＰ、半分を切りそう……！」

「毒」という言葉に急いでインベントリを開いてみるものの、どのポーションを選べば良いのか分からない。いや……、そもそも解毒ポーションって持っていたっけ？

「さっさとこれ飲んで！」

手持ちのポーションを飲ませる方が早いと踏んだのだろう。有無も言わさぬ勢いで、黒々としたポーションを喉に突っ込んでくるヴィオラ。

「その次はこれよ！」

言われるがまま飲み干した僕の口に、今度は緑のポーションが突っ込まれた。も、もうちょっと優しくお願いします、ガラス瓶が割れそうで怖いです。

「……あ、だいぶ楽になった」

「良かった……。最初のが解毒ポーション、次のがＨＰを徐々に回復するポーションよ。解毒してすぐにダメージが止まる訳じゃないから、緑ポーションで回復をして相殺した感じね。はい、じゃあ次はこれを飲んで」

差し出された赤いポーションを飲みながら頷く。なるほど、こうやって数種類のポーションを併用する判断も必要なのか……難しいな。さっきの体たらくぶりを思い返すに、同じ判断が出来る日が来るとは到底思えない。

「もう大丈夫みたい。ありがとう」

「こちらこそ。庇ってくれたお陰で毒を浴びずに済んだわ。もう少しで共倒れになるところだった」

「……ところでアインは……ぴんぴんしてるように見えるけれど」

「スケルトンは毒も効かないのかしら？　なににせよ、貴方がポーションを飲んでいる間中ずっと注意を引き付けておいてくれた事に感謝ね」

「うん、本当にアインには頭が上がらない。それにしても……急に大人しくなったな、ヤテカル。アインにやられっぱなしじゃないか」

いくらアインが注意を引いているとはいえ、こんなにのんびり雑談しながらポーションを飲めているのはいささかおかしい。

「毒のデバフがついてるわね。自分の毒なのに耐性がないのかしら？」

「あー……アインに応戦する為に、自分の周囲の実を叩き潰したからかな？」

でも……自分で自分の毒のダメージを受けるって間抜けすぎないかな。

「『全てを喰らう者ヤテカル』……じゃなかったっけ？　自分の毒に弱いなら、どうやって毒を喰らった僕達を食べるつもりだったんだろう……」

「あそこ見える？　ちょっと離れた所に黄色の果実が落ちてるでしょ。遠すぎて鑑定は出来ないけれど、あれが解毒の役目を果たすんじゃないかしら」

殆ど全ての果実が紫の中、ヴィオラが指差す方向に黄色い果実が二個落ちている。彼女の言う通り、たった二個というのがかえって解毒の可能性を示唆していた。

「黄色の果実を使って絶命した人から毒を取り除いて美味しく頂く……確かに考えられた生態だね」

本来はこの時点で全員絶命しているから、自らの毒を喰らう事はなかった。ところがアインには毒が効かず、戦闘が続いてしまったから毒に侵された？　策士が策におぼれたという事なのかも。

なににせよ、僕にはアインのような戦い方は出来ない。接近戦は諦め、ヴィオラと共にヤテカルを燃やす作戦でいく事に。王都クエストから数えてもう何度も行っているので矢への着火はお手の物、他の魔法よりぶっちぎりで発動が早い。やっぱり反復練習って大事だね。

「そろそろ残り十%を切るわ、警戒して！」

そうヴィオラが叫ぶ間にもヤテカルの身体が輝き始めている。二回目の毒果実？　勘弁してほしいなあ……。

「あら、果実の数がさっきの半数にも満たないわね」

「少ないならこっちとしては大歓迎だね。その分さっきより毒性が強いとか、そういう付加価値がなければだけど……」

自分で言ってからちょっとぞっとしてしまった。さっきより毒性が強いなら、怖くて弾き飛ばす事すら躊躇してしまう。

「どうかしら。現実の果樹は手を入れずに放置した場合、表年・裏年といって一年おきに豊作と不作が交互に訪れるのよ。簡単に言ってしまえば、豊作の翌年は樹木の体力が尽きた状態だから実の栄養も増えない。その法則通りなら、毒の威力は変わらないはず。あくまで推測だけどね」

へえ……全然知らなかった。

「いや……、多分合ってるんじゃないかな。アインは気にしていないみたいだから、僕ら二人の共倒れさえ気を付ければなんとかなりそう」

『ＧｏＷ』が現実を疎かにしないというテーマを掲げている以上、ある程度現実での知識が役立つ部分もあるはず。表年裏年なんてまさにうってつけじゃなかろうか。

「それじゃあ別行動をしましょう。一応解毒薬とＨＰポーションを渡しておくわね。解毒薬は若干の予防効果もあるから、飲んだ直後は多少免疫があるはずよ」

早い段階で毒に当たった場合には飲んだ方が良いって事かな。解毒薬にもクールタイムはあるはずだし、判断が難しいところだ。

「鼻と口を隠して、なるべく毒を吸い込まないようにして……、遅いな」

出来うる限りの対策をして待っていたけれど、全然果実が降ってこない。改めてヤテカルを観察してみれば、一度目と違って果実の成熟に時間がかかっているようだ。

ふむ……。ヤテカルの足元の果実はあらかた踏み潰されて地面に染みこんでいるし、ヤテカル自身は実に集中して攻撃の手を止めている。ならこれは絶好のチャンスでは？　と判断した僕はヤテカルに猛突進した。

ほぼ同じタイミングで準備が整ったらしく回転を始めるヤテカル。だけど果実は先ほどよりも圧倒的に少ないので回避するのも容易い。なによりほとんどの果実は遠くに飛ぶので、ヤテカルの懐が一番安全。左袖で口元を押さえながら、右手で飛来する果実を一刀両断。たっぷりと毒がついた太刀で、ヤテカルに切り掛かった。この戦い方はまたいつ僕自身毒に侵されるか分からない、捨て身戦法だ。でも裏年の今、ヤテカルの動きは鈍い。万が一また毒に侵されてもポーションを飲む余裕があると踏んだ。

どれくらいの時間が経っただろう、背後から「残り五%よ！」との声が飛んできた。そろそろ決着の時だよ、ヤテカルくん。

長かった回転も終わりを告げ、これ以上の接近戦は危険だと判断し退却した直後。衝撃的な光景に僕は我が目を疑った。

「ちょっ……アイン⁉」

ヤテカルの木の幹に大きな口が出現し、アインが食べられてしまった。アインの行く末にぞっとして、僕はなりふり構わずヤテカルに突進した。

「アインを離せえええええええ‼」

「蓮華くん⁉」

遠くからヴィオラの制止する声が聞こえる。けれど……アインを見捨てるなんて僕には無理だ。

「ごめんヴィオラ！」

なにを言われても引くつもりがない事を謝りながら駆け寄る。

「待って蓮華くん！　ヤテカルのＨＰが尋常じゃない勢いで減ってる！」

再度の制止の声に慌ててヤテカルのＨＰバーを見つめる。確かに、僕が攻撃していないにもかかわらず異常に減っている……、アインが中から攻撃をしているのだろうか？　あ、違うな、これ。

「ヤテカルが猛毒の状態異常に陥ってる。アインの全身が毒まみれだからか……」

「びっくりするくらい全身紫色だったものね……」

見るからに骨のアインを、ヤテカルはどうして食べたのだろう？　という疑問は残るけれど……もしかしてあまり知能が高くなくて、人間と骸骨の区別がつかないのかもしれない。ただHPを回復する為に目の前の動くものを食べたとか……？

「あ、吐き出された」

でもあのままじゃ僕達もアインに触れられないのでは……？　どうやってアインを元に戻せば良いのだろうと考えていると、急に思い付いたように黄色い果実を根で運搬し始めるヤテカル。いやいや……、確かに今ちょっと気を抜いていたけれど、それをさせるほどぼうっとしてはいないですよ？

黄色い果実へと駆け寄り、ヴィオラの方へと投げ飛ばす。しまった、鑑定し忘れたけれど本当に解毒果実だよね？　違ったらヴィオラが怪我をしてしまうかも。慌てて彼女に「鑑定し忘れた！」と伝えると「大丈夫！」との返答が。さすがヴィオラ、僕も見習わなければ。

アインはアインで、食べられた事に腹を立てたらしく槍で無双を繰り広げているし、今度こそ決着がつきそうだ。

「――っ！　待って！　二人とも後退して！」

緊迫したヴィオラの声に慌てて従い、どうしたのかと問おうとした瞬間。

盛大な爆発音と共にヤテカルの姿は綺麗さっぱり消え去った。

「…………」

死なば諸共……って感じだったのだろうけれど、なんて後味の悪い……。

アインは!? と名前を呼びながら辺りを見回すと、鎧や武器の山の中からアピールする腕が見える。良かった。

「むう。小説に書いてあった『ラストアタック』とやらのボーナスが『ＧｏＷ』にもあるのか気になってたのに……」

「自爆されたら検証のしようがないわね」

「まあ、とにかくこれでダンジョンクリア……かな？ 良かったよ誰も死ななくて……」

「そうね、自分達で倒せなかった点はもやもやするけど、クリアには変わりはないでしょう多分」

とそこへ、カチャカチャと音を立てながらアインがこちらに歩いてきた。

「アインもお疲れ様！ ……改めて見ても本当に真紫だなあ……」

下手に触れたら猛毒状態になるのだろう。アインも気を遣っているらしく、いつものようにスキンシップを求めてくる様子はない。

「そろそろ六時間経ちそうだし、ドロップアイテムの確認だけは先にしておきましょうか。そのまま強制排出されれば、再ログイン時の扱いも分かるでしょうし」

ヴィオラの言葉に僕とアインがこくりと頷いた。といってもヤテカルは爆発しちゃったから残っているものがあるのかどうか……。

とりあえず残骸を掻き分けてみると、魔核を二つ入手する事が出来た。ツリーマン同様色は茶色。

挑んだ人数分なのか、それとも単純にボス級モンスターだから二つなのかは分からない。

「……と、これはなんだろう？　宝石？」

魔核の隣にちょこんと一つ、黒ずんだ宝石のようなものがあった。ただの残骸という事もないだろうし、きっと重要なものなのだろうけれど……。

「『記憶の欠片（ヤテカル）』、か……」

「きっとプレイヤーに関係あるんでしょうけど……どうやって使うのかは全く分からないわね」

天井近く、光が漏れている箇所に向かって手を掲げ、なにかを覗き見る動作をするヴィオラ。僕の目にはなにも見えないけれど、発言的に記憶の欠片を透かし見ているのかもしれない。

「もしかして他のプレイヤーの分は見えない仕様になってる？」

「そうみたいね」

なるほど。アイテム名的に重要そうだと判断し、魔核と共にそっとインベントリに格納しておく。

さて、残るは大量の装備類《遺品》とギルドカードか……。

一通り回収はしてみたけれど、どう考えてもギルドカードはギルドに返却すべきだろうし、装備類も遺族に返却するか供養をするべきだ。ドロップ品らしいドロップ品は実質魔核だけ。苦労に見合わない報酬なのでは……？

ヴィオラはと言えば、これで毒矢が作れると上機嫌で果実と樹液の回収に勤しんでいる。まあ彼女は僕に巻き込まれたようなものなので、喜んでいるのであれば良かった。

「通常の解毒薬はアインくんに使えないし……、これを使えばアインくんの猛毒ボディも治るかしらね」

黄色い果実を手にヴィオラが言う。それには僕も同意。でも……。

「黄色果実って二個だけだよね。それだけでこの状態をどうにか出来るのかなあ……」

「そこよね。個人的には、この果実を研究して解毒薬を開発した方が確実な気がするわ」

「確かに。それに案外お風呂で綺麗さっぱり洗い流せるかも」

「出たら色々考えましょうか。この部屋にはもう用事はないかしら？　六時間経過前に他の部屋も探索しておきたいんだけど」

「うん、僕は大丈夫。ヴィオラこそヤテカルの木材は要らないの？」

「一応落ちてた枝は回収したわ。本体は……、さすがにここまで原型を留めていないとちょっと。戦利品がドロップする形式のゲームじゃないとこういう時に不便ね。そう考えるとボス級モンスターの素材入手率は今後も低そう……」

「綺麗な状態で手に入れる為には燃やさず傷付けず……？　例えばヤテカルの果実を何個も回収しておいて、毒だけで倒して黄色の果実で解毒する、とか？　難しいね」

「……面白そうね、その作戦」

「まあその作戦の為に途方もない回数回る事を考えたら、ちょっとしんどいけど。さて、じゃあどこから行こうか」

入ってきた重厚な扉を除けば通路は全部で五つ。どの通路も遺品を片付けた際に見つかった。

「左から順に行きましょう。三人一緒に動く前提で良いわよね？　蓮華くんと別行動をしたら、さっきみたいに罠にはまって死にかけそうで怖いから」

「うっ……」

しおしおとヴィオラの後をついて歩く形で一番左と二番目の通路を探索。どちらも本棚と機材がたくさんある小部屋で、出口は見当たらない。機材の形や大きさが微妙に違うのは、用途が違うのかな。

色々気にはなるものの、「まずは六時間経過前に全部見て回る事を優先しましょう」というヴィオラの方針の下、詳しく調べずに素通りをした。

三つ目の通路には、王都で見たのとそっくりなゲートがあった。遠目でもあれが森への出口だろうと分かったので隣の通路へ。四つ目には簡易的なベッドと台所。最初の空間に本格的な部屋があった事を考えるに、こちらは仮眠用とみた。

五つ目――一番右の通路――の先には本棚と小さな宝箱があった。

宝箱か……ヤテカル部屋の報酬が微妙だったのはこれがあるからだったのかな。

「……罠がないか心配よね」

「やっぱりこういうのって大半が罠だったりするの？」

「ボス討伐の報酬と考えれば罠はないと思うけど。そうじゃなくて……例えばここに住んでいた人達が貯めた財宝と仮定すると……」

「ああ……ありそうだねえ」

するとアインが僕の裾を槍でペシペシ叩きながらアピールしてくるではないか。うん……？

「もしかしてアインが試すって言ってる？」

僕の発言に、アインがこくこくと頷く。

「確かに一部の罠はアインには効かないかもしれないけれど……」

「アインくんの再生能力を考えれば心強いけど、不愉快な思いをする事には変わりないでしょう？本当に良いの？」

ヴィオラの問いかけにも、アインは胸を張って肋骨を叩いている。まあ、そこまで言うなら止める理由はないけれど。

「それじゃあアイン、よろしくね。僕達は……一応下がっておこうか」

僕達がある程度離れた事を確認してから宝箱を静かに開けるアイン。中からなにかを取り出して、一秒、二秒、三秒……、特になにも起こらない。

安全だと判断したらしくアインが手の平になにかを載せてトコトコとこちらへ近寄ってきた。見れば、布の上に二つの指輪と若干のお金が載っている。

「どちらも『未鑑定の指輪』ね。鑑定は……私の熟練度じゃ駄目ね」

お金の方は銅貨と銀貨で、金貨はない。数えてみたところ十銀あるかどうか。日本円換算でおよそ一万円、少なくはないけれど、複数人で来る事前提の場所と考えればおまけ程度と考えて良さそう。

「その指輪がメイン報酬って事か」

「王都で鑑定を頼まないと分からないけど、きっとそれなりの装備じゃないかしら。楽しみね」

丁度二つあるので、僕とヴィオラで分けられるし良かった。鑑定後に分ける事にして、ひとまずはヴィオラのインベントリに格納。お金に関しては二等分で、一人五千円。今後かかるであろう鑑定費やら消耗品補充費やらを考えれば、余裕で足が出る。

「あ、丁度良いタイミングで排出警告が出たわね。一旦ここでログアウトして、次のログイン時にどこに出るのか確認しましょうか」

「了解」

「と言っても今一時半なのよね……もう寝ないと。次の集合は明日の朝七時半で良いかしら？」

「勿論、ゆっくり休んで。お休みヴィオラ」

「お休みなさい、蓮華くん、アインくん」

挨拶を交わし、ヴィオラがログアウトするのを見届けてから僕もログアウト。うーん……今日は一日緊張しっぱなしで、疲れちゃった。穏やかな日常系小説でも読んで力を抜こうかな。

【個スレ】名前も呼べないあの人2【UIどこぉ】

名前を呼びたくても呼べない、あの人に関する話題です。
名前は判明しましたが、諸々の事情で名前が呼べない為、タイトル継続しました。
万が一本人にばれたら困るからね！！！
※運営側も確認してあげてください。何だかおかしいです。

343【闇の魔術を防衛する一般視聴者】
いよいよ目的地か

344【闇の魔術を防衛する一般視聴者】
何があるんだろうなあ

345【闇の魔術を防衛する一般視聴者】
ただの木……だよな？

346【闇の魔術を防衛する一般視聴者】
あっ

347【闇の魔術を防衛する一般視聴者】
えっ

349【闇の魔術を防衛する一般視聴者】
配信止まった……。

350【闇の魔術を防衛する一般視聴者】
告知：ワールド初のダンジョンが発見されました
告知：シヴェフ王国初のダンジョンが発見されました
はい、これですね。

351【闇の魔術を防衛する一般視聴者】
ついにダンジョン！

352【闇の魔術を防衛する一般視聴者】
ヴィオラちゃんとアインが森に取り残されてるぞw

353【闇の魔術を防衛する一般視聴者】
え、蓮華くんだけダンジョン入っちゃったって事!? w

354【闇の魔術を防衛する一般視聴者】
まさかのwwwwww

◇

397【闇の魔術を防衛する一般視聴者】
蓮華君の配信見ながら生産するのが日課だったからなんか寂しい

398【闇の魔術を防衛する一般視聴者】
>>397　未視聴アーカイブ溜まってないの？

399【闇の魔術を防衛する一般視聴者】
ある……けど過去の蓮華くんじゃ嫌なんだよ
リアルタイムの蓮華くんを見るからこそ繋がっている感が

400【闇の魔術を防衛する一般視聴者】
なにを言っているのか分かりたくなかったけど分かってしまった己が憎い

【個スレ】ヴィオラ【神弓】

超絶弓使いのヴィオラさんの個スレです。
荒らし、暴言・動画の無断転載は禁止です。
※運営側も時々確認しています。発言には気を付けましょう。

519【神速で放たれる一般矢】
ええええええええええええええええ

523【神速で放たれる一般矢】
消えたｗｗｗ

524【神速で放たれる一般矢】
何があったんだｗｗｗ

531【神速で放たれる一般矢】
ダンジョンかあー。え、蓮華君一人で行っちゃったって事？

532【神速で放たれる一般矢】
アイン、お前はなんでそこにいるんだ。
契約者と一緒に行かなかったんか……ｗ

533【神速で放たれる一般矢】
二人して焦ってんの可愛いｗｗｗ

537【神速で放たれる一般矢】
あっちの視聴者に手掛かり聞いてるの草ｗ

538【神速で放たれる一般矢】
てかこっちもあっちも見てる人結構居るのね。

◇

543【神速で放たれる一般矢】
どういうこと？　ただ木に触れれば良いだけじゃなかったんか。

544【神速で放たれる一般矢】
木のどこか一箇所だけが入り口になってる？

545【神速で放たれる一般矢】
蓮華くんはピンポイントでそこ触っちゃったんか……

546【神速で放たれる一般矢】
結界みたいなのも反応してたし、魔術師特有の勘かね

549【神速で放たれる一般矢】
ダンジョンの入り口って普通入場しますか？
・はい
・いいえ
みたいな選択肢出るんじゃないの？
問答無用な感じ？

550【神速で放たれる一般矢】
チュートリアルのゴブリンの根城でもそんな告知出た覚えないし、このゲームじゃ出ないんじゃないか？
今みたいに突然吸い込まれて慌てるのが面白いのに、直前に「入場しますか？」とか出たら興醒めだもんな……。

551【神速で放たれる一般矢】
ヴィオラちゃんが行くときに、アインだけ置いてかれるとかないよね？？？

552【神速で放たれる一般矢】
辛すぎるｗ　絵面想像してちょっと笑ったわ

◇

567【神速で放たれる一般矢】
まさかの力業で入場していった……
アインも一緒に行けて良かった良かった

568【神速で放たれる一般矢】
つまりなんだ？　木の方で入場制限してるって事？

569【神速で放たれる一般矢】
まあとりあえず、いてらー

570【神速で放たれる一般矢】
蓮華くんが入場してからだいぶ時間経ってたけど、大丈夫だろうか……
蓮華くん一人で大量のＭＯＢ《モンスター》に囲まれてそう

571【神速で放たれる一般矢】
>>568　そうかも？
不意を突くような入場方法を使ってる辺り一人一人招待しないと倒されちゃうくらい「中に居る誰か」は弱いのかもね。

572【神速で放たれる一般矢】
方向感覚麻痺の罠に気付けない人をターゲットにしてるとしたら、魔法熟練度が低い人？
つまり「中に居る誰か」は物理攻撃に強くて魔法攻撃に弱い可能性も？

573【神速で放たれる一般矢】
住処（ダンジョン）から遠ざかる罠なんだから、その理論はおかしくないか？　明らかにダンジョンを見つけられないようになってるし……。

拾参．黒髪黒目

「お、ちゃんとダンジョン内だ……、おはようアイン」

翌日朝七時半。ログアウト時と寸分違わぬ風景の中アインに挨拶。ヴィオラはまだ来ていないようだ。

「ごめんなさい、少し遅れちゃって。おはよう、蓮華くん、アインくん」

まだ少し眠いのか、いつもとは違って少し舌足らずな喋り方のヴィオラ。考えてみれば五時間くらいしか寝てないいんじゃないだろうか……大丈夫なのかな？

「大丈夫？　眠いならもっと遅い時間に集合しても良かったのに」

「気にしないで、私の場合油断するとすぐに昼夜逆転しちゃうから。それより、ちゃんとダンジョン内に戻って来られたのね。ヤテカルの復活もなし……と。攻略状態はある程度の期間記録されているとみて良さそう。それじゃ時間はたっぷりあるし、改めて詳しく調べてみましょうか」

通路の先は昨日確認して危険がないと分かっているので、今日は二手に分かれて探索する事に。ヴィオラがアインに、僕の行動に気を付けるように囁いたり、任せろと言わんばかりにアインが頷いたのが納得いかないけれど。もしもし、アインくん？　貴方は誰の相棒でしたっけ？

僕とアインが一番左の通路、ヴィオラがその隣の通路へ。改めてじっくり探してみたけれど、書籍とよくわからない研究道具以外は一切見当たらない。どれどれ、書籍は……なにについてなのかさっぱり分からない背表紙の文字列の中に、日記らしいタイトルを見つけたので一言謝ってから目を通す。

●●月××日
いい加減利用されるのはうんざりだ。戦争狂のあいつらから隠れて研究を続けられる場所などあるのだろうか。

○○月□□日
とあるお方が私の悩みを理解し、知恵を授けてくださった。
この方法が上手くいけば、私は死ぬまで安全圏で研究を続けられるだろう。

■■月▲▲日
ついに成功だ！　予想外だったが、根を伝って隣接の木に行く事も出来た。
研究スペースの狭さに悩む事も、理不尽な要求に怯える必要もなくなるだろう。

△△月◇◇日

あのお方がプレゼントを持ってやってきてくれた！

世界はまだ我々を見捨てていなかったのだと思うと本当にありがたい。

「なるほど……」

つまりこの空間は日記の持ち主が人々に見つからないように作った研究所で、僕が吸い込まれた木とこの木は隣り合った別の木だって事か。

「とあるお方」が誰かは分からないけれど、日記の持ち主が悪い人達から逃げる為に知恵を貸したようだ。感謝の仕方が少々大げさだけどそれくらい感謝しているのだろう。西洋ベースの世界と考えればなんとなく想像がつく。

ヤテカルについての記述がないかとぱらぱらと捲ってみたものの、保管状態の悪さからなのか、文字が滲んでしまってまともに読む事が出来るページが殆どない。

「残念……、この空間についてもっと知りたかったのに」

閉じようとした瞬間日記の文字が輝き出し、思わず目を瞑ってしまった。次の瞬間には何事もなかったかのように光は収束し、書籍の中央にはぽつんと宝石が乗っている。

「どう、蓮華くん。なにか収穫はあった？」

「ああ、うん。日記を見つけて読んでいたら、急に例の欠片が現れた」

「私にも貸してもらえる？」

「勿論」

「記憶の欠片（ドクター・ブラックウッド）」をインベントリにしまってから日記をヴィオラへと手渡す。彼女のリアクション的に、僕と同じ結果が得られたようだ。

「どうやって使うのかはまだ分からないけど、これを集めるのが主な目的になりそうね」

「ボスを倒したり、誰かの日記を読んだりって事……？　出現条件はなんだろう。ボスと日記じゃあまり共通点がなさそうだけど」

「そうねぇ……私が知る限り王都クエストでは欠片は見つかってない。という事は強い敵と戦えば良いという訳じゃないはず……」

「それに」とヴィオラは続ける。

「日記の状態的からして、ここに書かれた出来事は最近の話ではないと予想出来る。もし記憶の欠片の出現条件が『プレイヤーと関わりのあるもの』なのだとしたら、最近亡くなったペトラさんから欠片が手に入らなかったのは納得よね」

　確かに僕達プレイヤーに記憶がなかったとしても、ここ数年で王都に住むご令嬢と接点があったのならNPCが覚えていそうなものだ。それがないという事は僕達プレイヤーはこの数年間に王都に居なかった設定なのだろう。まあ問題は、今のヴィオラの予想が当たっているのならばヤテカルとも関わりがあった事になる訳だけど……。まさかこのダンジョンが僕達プレイヤーの持ち物なんて事はないよね？　ヤテカルのような危険生物を生み出すマッドサイエンティストな過去なんて嫌すぎる。

「問題はこの日記がどれくらい前の話なのか、という事だよね。十年、二十年単位なら……僕達って何歳の設定なの？　って感じだし。ところで、ヴィオラの方はなにか見つけたの？」

「こっちは研究資料以外特に見つからなかったわ。三、四、五番目の通路にも目ぼしい物はなさそうだったから、来た道を戻ろうと思ったのよ。そしたら扉が開かなくて」

「ん？　どういう事？」

「ヤテカルの居た部屋に入った時の巨大な扉よ。てっきりボス戦から逃げられないように閉じられただけだと思ってたんだけど……終わっても開かなくて、向こう側へ戻れないのよね」

「そうなんだ……僕が見た限りではこっちが研究所、あっちが生活空間って感じだったよ。正直ヴィオラ達と合流する事しか頭になかったから、きちんと調べたかというと……。どうする？　一回出て、もう一回入ってみる？」

「出口がここのゲートだけなら、価値のある物はこっちに置いてそうよね……手に入ったリング二つがそれだとしたら入り損になる。さすがにもう一回ヤテカルと戦う装備も気力もないし……」

「……確かにそれは僕も嫌だな」

行ける範囲は一通り全部調べたし、元来た道を戻るのは諦めてそのまま脱出しようという話でまとまった。

「それじゃあ……僕から先に出るよ。変な所に出ていきなり襲われても困るし」

「ちょっと待って、念の為全員輪になるように手を繋いで行きましょう……ゲートをくぐったら蓮華くんが居ませんでした、じゃ困るわ」

今回の事で余程信用を失ったようだ……。確かに自分の行動を振り返れば全くもってその通りなので素直にヴィオラの提案を受け入れ、僕、アイン、ヴィオラ、僕の順で輪になるように顔を突き合わせて手を繋ぐ。と言っても今の状態のアインとは直接繋げないので、両端から枝を握る形を取った。僕だけ後ろ向きで突っ込む事になるので、こんな変な状態でゲートを利用するなんて運営も想定していなかっただろうねと笑いながら足を踏み入れる。突然真っ暗になった視界の中、そのまま手探りで慎重に二、三歩下がってみると、足元から聞こえる音と感触が明らかに変わり、視界もゆっくりと戻ってきた。森だ。

「良かった、戻って来られた……」

その直後にはヴィオラとアイン、両名も木の幹から現れた。全員無事で本当に良かった。

ほっとしたのもつかの間、【自動配信を再開しました】の文字が上部に表示され、数瞬のち、コメントの嵐が視界を埋め尽くした。

《おかえ……どういう状況?》

《かごめかごめ?》

《やっぱダンジョンだったの?》

「一気に画面が賑やかに……。ヴィオラは戦闘中とか気にならないの? やっぱり慣れ?」

王都クエストの時とかもずっとこんな感じだったって事だよね? その状態で戦えるヴィオラって……。

「レイアウトを変更出来るのよ? 私は、端に表示する設定にしてる。で、戦闘時の為に非表示設

定も登録してて、切り替えてる感じね。視聴者さんに申し訳ないとは思うけど、手元が狂うといけないから……」
「ああ、戦闘中は見えないようにしてるのか。……でも切り替えるなんて上級技術は僕に出来る気がしないなあ……」
《知ってた》
《安定の不器用》
《蓮華くんなら常時表示で戦闘出来るよきっと》
《端に小さく表示する設定にすればなんとかなる》
ヴィオラに教わりながら端に小さく表示する設定へと変更。小さくなっても読めるのか少し心配だったけれど、慣れると意外と問題なさそうだ。元々動体視力に自信があるというのもあるけど、重要なコメントが流れた時は他の人がコメントを差し控えている気がする。流れる速度が速い時にどうなるかは分からないけれど、まあ多分大丈夫でしょう。
《ところでねえ、アインくん……》
《何　で　紫　な　の》
「あー……ダンジョンで色々あった感じで……」
《やっぱダンジョンだったか》
《難しかった?》
《ネタバレよりもアインくんが気になって仕方がない》

《ボスの正体を言わなきゃネタバレ拒否勢も大丈夫でしょ》
視聴者さんと会話をしながら、マップ踏破率を上げる為に再び探索。ヤテカルを倒した影響か、例の方向感覚妨害能力は綺麗さっぱり消えて移動に支障はなくなっている。いやあ良かった良かった。
「アインがね、毒を喰らいまくった結果紫に染まっちゃったの。本人はぴんぴんしてるんだけど、迂闊に触れないから治し方を調べないといけなくて……。スキンシップはお預けなんだ」
《アインくん涙目案件》
《王都歩くの大変そうｗ》
《人混み歩いたら一発でお縄になるやつ》
「薬剤師とかテイマーさんとかに話聞きたいけれど、やっぱり王都を連れ歩くのは難しそうだよね……」
《俺のテイムしてる犬は、道端で悪い草食べたから医者の世話になったけど》
《アインくんは絶対医者じゃ無理だと思うｗ》
《既に死んでるんだよなあ》
「医者は無理そうだね、確かに」
《浄化的な意味で教会は？》
《アンデッドの段階で滅せられそう》
《やめて！　アインくんが死んでしまう！》
《いや、だからもう死んでるのよ》

《第二の生も強制終了されそうだから教会はやめとこうぜ》
「……教会も駄目そうだね、うん」
有力なはずの候補が、アンデッドという理由で却下されていく……大丈夫なのだろうか、これ。
「やっぱり薬剤師くらいしかどうにか出来そうにないかしらね……」
《教会に限らず魔術師は神聖魔法使えるんじゃなかったっけ？》
《ＮＰＣ冒険者に頼めばワンチャン治るかも》
《いや待て、アンデッドに神聖魔法はご法度じゃなかったか？》
「あー、そっか……じゃあどうしよう」
《まずはアインくんの情報見てみない？》
「情報？　って？」
《テイム対象にも熟練度が存在しているから、確認した方が良いって事》
《パッシブスキルとか種族特性とか、まあ色々あるからオンオフ考えたり》
《熟練度と言えば、蓮華さんの熟練度めっちゃ気になるんだけど》
「へー、アインにも熟練度が存在してるのか。どっから見るんだろう……。あ、僕の熟練度は人様にお見せ出来るような代物じゃないのでパスで」
《謙遜してるように聞こえるけど、違うよね》
《レベルがべらぼうに高すぎて見せられないんだろうな……》
《蓮華くんが自分で見せられないと気付いてしまうほどの数値ってｗ》

《その情報だけで察しちゃうよね……》

「システムメニューの階層を『キャラクター』、『テイム』、『テイムモンスター名』と下れば見れるわよ」

雲行きの怪しいコメント欄を察したのか、ヴィオラが助け船を出してくれた。

「ありがとう。えーと、キャラクター、テイム、アイン……あー、これか。装備とかステータスも見られるんだね。で、ええと……？」

盾
「大盾：25809　盾装備時のヘイト上昇（小）
近接
「槍：21334　槍装備時の貫通力上昇（小）
魔法
「魔法：15438　魔法発動時の消費MP軽減（極小）
スケルトン族：1300
種族特性：不死、再生、状態異常無効
特殊事項：神聖魔法耐性

目につくのはこの辺りだろうか。考えてみれば、自分の時はちらっと見ただけで桁がおかしい気がして即行閉じてしまったので、熟練度の見方がよく分からない……。
《数値たっかw　冒険者だったのかな》
《この世界に生まれ育った人はこれが普通って事っすか……》
《亡くなった時の年齢にもよるんじゃないのか》
《えー、盾のパッシブでヘイト上昇すんのかー、パッシブ解放まで頑張れるだろうか、俺》
《状態異常無効って凄くない？》
《いやいや、それより神聖魔法耐性……w》
《頭吹き飛んだ時に昇天しなかったのはこれのお陰？》
《いや、あの出来事で神聖魔法耐性ついた説もあるよね》
「む、無知を晒すようで申し訳ないのだけど、熟練度の見方と、あとヘイトの意味を……教えていただけると」
「熟練度には大まかな大ジャンルと、そこから伸びる細かい小ジャンルがあって……、アインくんの場合は近接から槍かしら？　小ジャンルを上げていると大ジャンルの熟練度も若干上昇するから、将来的に別の近接武器に持ち替えた際に恩恵があるのよ。『ヘイト』は憎悪という意味で、敵の視線をどれだけ集められるかという意味」
《さすがヴィオラ先生》

《蓮華くんの師匠登場》
《教え方が上手い》
「確かに槍からレイピアに持ち替えたからって、全くの素人からやり直し……ではないもんね。大ジャンルか……。さっき誰かが言ってた、『パッシブスキルのオンオフ』というのは、『ヘイト上昇』とかを指しているのかな？」
「そうよ。パッシブにはオン・オフ・おまかせの三つがあるわ。『盾を持たせて自衛はさせたいけど、敵のヘイトはアインくんじゃなくて蓮華くんが集めたい』なんて時はオフが良いでしょうね。ちなみにデフォルトは「おまかせ」で、アインくんが自分で判断するようになってるはずよ」
《俺達からしたらオン一択な気がするけど、蓮華くんならオフもありそうだな》
《槍と魔法のパッシブはオフにする状況が思いつかないしそのままでも良さげ》
「ふむふむ。あー、だからダンジョン内でボスのヘイトを僕とアインで交互に受け持てたのかな。アインが状況を分析して、僕と二人で受け持った方が良いと判断したって事だね？」
僕の問いかけにこくりと頷くアイン。なるほど、とっても賢いな、アイン。視聴者さん達が熟練度の高さに驚いているという事は、戦闘経験はかなりのものなのだろうし……納得。
「あの時のアインの判断は僕の考えと同じだったし……そのままで良いかも。今後僕が明示的にヘイトを受け持つと宣言した時には従ってくれる？　アイン」
僕の言葉にサムズアップをするアイン。口頭での指示も判断してオン・オフが出来るなら、なおさら「おまかせ」のままで十分なようだ。

「パッシブで思い出した……、昨日ちょっと引っかかってた事があるのよ。蓮華くん、もしかして痛覚設定下げてないんじゃない？」

「えっ……と、確かに、そう、かも？」

「やっぱり。道理で……猛毒状態になった時にやけに苦しんでたからおかしいと思ったのよ。戦闘中にそんな指摘出来ないし、あとから言おうと思ったのに忘れて寝ちゃって……ねえ、もしかして貴方自身のパッシブも切ってないんじゃない？　大丈夫？」

「あー……まあ特にいじってないから、もしかしたらオンになってる、かも？」

「熟練度は私も見られたくないし、違和感がないなら配信停止時にでも確認すれば良いけど。痛覚設定は今の内に調整しておいたら？」

「うーん、そうだね。ところでオフにはしない方が良いの？　下げるだけ？」

「オフにすると全くなにも感じなくなるから、例えば背中に矢を射られたりしてもＨＰバーを見ない限り気付けないのよ。それは困るでしょ？」

なるほど、それは確かに困る。まあそろそろ痛みにも慣れてきたところだし、戦闘中の独特の緊迫感を保つという意味では下げなくても良いかなというのが正直なところだけど……。変な勘ぐりをされても困るのでヴィオラから設定方法を教わり、二割ほど下げておいた。パッシブについては特に違和感を覚えた事がないのでそのままに。いつか配信を停止してじっくり確認した時に考えよう。

「さて、えーと……アインに神聖魔法耐性があるって事は、僕が気合いでどうにか出来る？」

《出来るやろな》
《頑張れ魔術師プレイヤーw》
《武器の恨みで神聖力発動しとこ》
《神聖力って字面と一番遠そうな力の源で草》
「うわ、そんな事もあったね、恥ずかしい……」
神聖魔法はなにか強い願いを条件に発動するんだよね……。前回はそう、視聴者さんの言う通り武器が壊れた腹いせに「金の恨み」と叫んだらそれっぽい魔法が使えたんだっけ。今の状況なら素直に「アインの身体から毒が消えて、元に戻りますように」と願えばいけるのではないだろうか。だけど……具体的にどう魔法を発動させれば良いのだろう。火魔法なら燃やすイメージを浮かべれば発動出来る。でも神聖魔法はイメージがぼんやりとし過ぎていて難しい。前回の王都クエストでも神官の神聖魔法を見る事は叶わなかったし、参考に出来る情報がなにもないのだ。
確かあの時は光魔法をイメージしたんだよね。とりあえず光で覆うイメージで良いかな……。
「アイン、そこに立ってもらえる？　うん、ありがとう。えーと……全身を光で包む……繭みたいな感じかな？　光の祝福－神威－！」
《思ったよりかっこ良い名前で笑った》
《前々から決めてた訳じゃないのにこれが出て来る辺り厨二病の素質ある》
《神威ってなんや……》
僕が叫んだあとすぐ、アインの姿が真っ白い繭のようななにかで覆われた。まさしくイメージ通りなのだけど、これ全部脳波の読み取りだけで実現出来てるの？　それとも直前の呟きから判断しているのだろうか。どちらにせよ凄い精度だ。
「……包んでみたは良いけれど、このあとどうしよう。破れば……良いのかな。アインの身体から無事に毒が抜けてるのかも分からないけれど」
《絵面がシュール》
《霧？　みたいなので覆うのかなって思ってたら全然違った》
《繭から出てくる＝羽化する、身体を作り直して生まれ変わるイメージか？》
《新たな身体＝創造主からの祝福、からの神威？　それならアインくんの方から出て来るんじゃゃ》
「あ、じゃあなんかそんな感じで！　よし、アイン、無事に新しい身体になったら？　出てきてほしいな」
《本人そこまで深く考えていなかった件》
《お、おう……俺らの解説はなんだったのか》
《ｗｗｗ》
僕の声に反応したのか、それとも羽化が完了したのか。繭が破壊され、真っ白なアインの腕が現れた。
「あっ、凄い！　戻ってる！」
《羽化アイン》
《骨密度がまた増してたりして》

《あったな、骨密度ｗｗｗ》
思ったよりすぐに解決出来て良かった。これも視聴者さんからのアドバイスのお陰だ。と安心していたら……、あー……どうやら失敗だったようだ。
《うわあ……まだら模様だあ》
《中途半端なのは魔法の熟練度の問題なんかな》
《消費する魔力が足りなかったとか？》
《そもそも羽化じゃなく解毒をイメージした方が良いのでは》
「確かに……。まあなにも考えずに繭を選んじゃったから失敗したのかも。少なくとも腕は真っ白な状態に戻ったし何度かやってれば戻るよね！」
《イメージが曖昧だったの認めたｗ》
《そうそう、何度もやってれば（ＭＰが足りるとは言ってない）》
「腕だけが綺麗に白くなったなら、中の状態の問題じゃないかしら？　繭の中の、解毒する為の魔力の濃度に差があって、繭に一番近い腕だけが綺麗になった……とか」
「なるほど……、中が見えないからイメージが疎かになっていたのかも。解毒させる為の力の流れが均一になるように意識しないといけないのか……」
《あ、熟練度不足なら全身まだらになるもんな》
《さすがヴィオラ先生、着眼点が違うぜ……》
「褒めてもなにも出ないわよ！」

彼女の配信の方でも同様のコメントが来ているのか、照れたようにヴィオラが叫んでいるけど、鋭い着眼点だと思う。今のアドバイスがなければ、なにも考えずに魔法を連発し、結果、視聴者さんの言う通りMPが枯渇していたと思うし。

やっぱりエルフだから魔法に対する考え方が身についているのかな？　いや、今のは僕が頭悪すぎただけだな。さすがにイメージが適当すぎた。

「それじゃあ今度は内部を意識してもう一度……いや、そもそも繭である必要はないのか……。よし、光の祝福ー神威ー！」

《何回聞いても厨二病》

《ヒール魔法と考えたら妥当な名前》

《神威は絶対要らんw》

「いやいや、神威が案外重要なんだよきっと。最初はイメージ補強の為に声に出した方が良いっていう師匠の説明も、『恥ずかしいなあ』くらいに思ってたんだけど。最近は逆に楽しくなってきちゃって」

慣れると必殺技？　みたいな感じでちょっと興奮するんだよね。ゲーム内だし良いか！　とも思うし。視聴者さんからの突っ込みもどこ吹く風で受け流しながら、アインの解毒を見守る。

今回は最初に誰かが書いてくれたイメージを参考に「霧のようなものをアインの周りに渦巻かせる」イメージで発動した。重要なのは「霧そのものに解毒や回復の効果がある」イメージを持つ事。これなら目視出来るから、MPも無駄に消費せずに解毒が出来ると考えた。

じわじわと減っていくＭＰと霧の中のアインを見比べ、そろそろかな？　と判断。魔法を解除し、アインの方を確認すると――。
「良い感じに全身が白くなってる！」
アイン自身も腕を見たり後ろを見たりとチェックし、どこも問題ないと確認してから僕の胸へと飛び込んできた。我慢してたんだね、よしよし。
《おめでとう！》
《二回目で成功させたのすご》
《一度付けた名前でイメージが固定される訳じゃないのか》
「確かに。一度使った名前を全然違うイメージで上書き出来るってどういう理論なんだろう」
「一発で名前が固定されちゃうと、創作魔法を完成させる過程で失敗作の名前が量産されるからじゃないかしら？」
「そっか……確かにそうだ。じゃあ何度も同じ魔法を連呼してれば、そのうち固定化されてイメージがおざなりでも発動するようになるのかな……。まあとりあえず、アインも元通りになったし探索再開しよっか」
ダンジョン入場前のマップ踏破率が六十％強。そしてダンジョン脱出後、二度の強制排出を経て、ついに踏破率は百％に達した。ペトラ・マカチュご令嬢と、ダンジョン……。実に濃厚な時間だった。

「一人も欠ける事なく生還したよ！」
「王都に辿り着いてないのに、フラグでも立てるつもり？」
「フラグ？」
《もしかして、フラグをご存じでない？》
「フラグが立つっていうのは、『伏線』とか『前触れ』とかって意味……で合ってるかしらね。要するに今の蓮華くんの発言は、誰か一人欠けるような大きなイベントでも引き当てるつもりで言ったの？　と聞いたのよ」
《「死亡フラグ」とかでよく使うよね》
《映画で「俺、無事に帰れたらあいつに告白するんだ……！」とか言う奴は真っ先に死ぬ》
《まさかフラグを説明する日が来るとは……w》
「ほー、要するに言霊が逆に作用するようなものかな？　今時の言葉は難しいなあ」
《今時って言うほど今……か？w》
《フラグってこっち界隈でしか使わない言葉だっけ？》
《いやー、普通に使う気もするけど……一般人と話さないから分からん》
《そこで言霊が出て来る辺りごく一般的な人とも違うと思うのよ》
《「武術一筋！」って感じのお堅い家に居たなら世の中と隔離されてそう》
《言霊が逆に作用するって、ぞっとする喩《たと》えで笑った》
「いやだって、『平和な良い日だなあ』とか言ったらトラブルに巻き込まれるんでしょ？　十分怖いよね」
《確かに》
《言葉なんて追い追い学んでいけば良いさ》
《ヴィオラちゃんと行動してたらオタク用語ばっかり覚えそうで草》
「失礼ね！　そういう皆だって――」
ヴィオラと視聴者さんがわいわいと話しているのを聞きながら歩いていると、急に声が途切れてしまった。何事かと隣を見れば、怪訝な顔をしてヴィオラがこちらを見つめている。
「どうして急に喋らなくなったの？」
「……えっ……いや、なにか言ったらフラグが立ちそうで」
「……不器用ね」
僕の言葉に呆れたように溜息をつくヴィオラ。ええ、僕が悪いの？　慣れ親しんだ街道でも油断したら駄目って意味だと思ったのだけれど……。
《あー……むしろ王都についてから気を付けた方が良いかも？》
「えっ、なに、早速嫌な雰囲気の話？」
《今NPC住民が黒髪黒目の人達を迫害してると言うか、目の敵にしてると言うか……》
《あー、あれか。確かに蓮華くんばっちり当てはまってるな》
《ね。よりによって魔術師だし》
「どういう事？　黒髪黒目の魔術師が恨まれてるの？」

《黒髪黒目はネクロマンサーの素質があるから徹底的に排除しなければならないという主張がね》
《王都クエストの主犯がネクロマンサーじゃないかって噂の影響なんだけど》
《「黒髪黒目は魔法の素質が高い」っていう情報を信じて黒髪黒目にしたプレイヤーも居るから被害が大きい》
そういえばシモンさんからそんな話を前に聞いたような。まさか僕の垂れ流し配信が原因だなんて言わないよね……責任は取れないよ⁉
「なんだってまたそんな話になってるの？　原因は？」
《言い出したのは教会》
《まじで全く仕事しないくせに文句ばっかり一人前だったよな、王都クエストで》
《動き出したと思ったらこれかよ》
「教会、というより王国民全員がネクロマンサーを恨むのは分かるけど……、黒髪黒目の人は問答無用で排除なんて……魔法の素質があるって事は、神官としての素質も高いはずなのになにを考えているんだろう」
《教会に行った事あるけど、まあ見事に金髪碧眼系ばっか。多分見た目で神官を選んでて、結果として神官の腕も全然良くない……んじゃないかな》
「素質がなくても努力さえすれば問題はなさそうだけど……王都クエストでは仕事をしてなかったんだっけ。って事は確かに腕は良くなさそうだね」
「プライドも高そうだし、今更黒髪黒目の人達を表立って受け入れる事はないわよね。王都から追い出す為に悪い噂を流しているのかしら？」
《それがどうも違うっぽい》
《行方不明者が居るんだよね》
「んん……？　つまり自分達の権威が落ちないように、素質のある人達を消しにかかっている？」
「もっとひどい想像をするなら、王都クエストで地に落ちた名声を取り戻す為に、監禁して影武者の神官として育てるつもり、とか」
《表向きは綺麗どころの神官が治癒した風に見せるって事？》
《ヴィオラちゃんえげつない想像するなw》
《いや、でも本当にやりそう》
《魔法と神聖力は別物って信じてるんじゃ？　それなのに黒髪黒目を集めようとするかな？》
「自分達は神聖力がある選ばれた特別な者達だ……と国民に喧伝しているけれど、その実態が魔法である事は理解してるんじゃない？　ただ、教会に権威を集中させる為には神聖力の方が都合が良いんだよ、多分」
「王都クエストからこっち、冒険者と魔術師の活躍ばかりが取り沙汰されているのが不満だったんでしょうね。見向きもされなくて焦って、慌てて打ち出した策が――」
「黒髪黒目はネクロマンサーの素質あり、か。王都クエストが終わって……どれくらいだっけ？　現実で十日経つか経たないかくらい？　イベント後に自分達への風当たりの強さを実感して、それに対して行動を取るには丁度良い頃合いか」

《風当たりが強くなったのだって自分達が原因だろうに》
《そういうところは棚に上げるんだよ、あいつらは》
《頑張ってる魔術師冒険者に対して「野蛮」とかほざいてたもんな》
《そんな言い分国民が信じるか？　相手にもされなさそうだけど》
「なんだかんだ死後の事を考えたら教会を無視は出来ない……んじゃないかな。特に、アンデッドとして蘇る事を信じていなかった人も、前回の一件で信じざるを得なくなっただろうし。それを思えばどんなに鼻持ちならない相手でも、従うしかないって事か……。うーん、厄介な相手だ」
そう口にしてから、ふと違和感を覚えた。どこか矛盾している気が……。
「いや、待って。治癒はさておき、死後の祈祷の為に神官に従わざるを得ないんだったら……多少国民からの風当たりが強くなったところで、今まで通り教会が安泰なのは変わらないはず。どうして躍起になって黒髪黒目を消す……或いは集める必要があるんだろう？　噂の出所と、直接手を出してる人は別、とかあるかな？」
《おざなりじゃない、心からの信仰以外認めないとか？》
《自己顕示欲の塊集団ならありそう》
「神官達って、呼び方に関してもうるさいわよね。魔術師は魔法をメインに使う人で、魔法師は魔法を少しでも使う人の総称、というのが一般的らしいけど、そもそも『神聖力』であって『魔力』ではないというのが教会の見解だから、神官を魔術師と呼んだ者には死後の儀式《お布施》を強制するらしいわよ？　……それだけ自分達の立場にプライドを持っているなら、都合の良い時だけ頼られる事が許せないとか」
「ええ、なにそれ？」
《俺も魔法教えてくれたばーちゃんから説明されたわ。神官はあくまで「神官」らしいw》
《頑なで草w　本気で神聖力の存在を信じてるなら分かるけど》
《魔力だって理解してるなら、どの面下げて言ってんのか気になるわ……》
「僕は魔法師って事かあ。どう考えても神官は、魔法メインだから魔術師で合ってるよね。あー、そういえば教会の正式名称って、シヴェラ教会……だっけ？　確か女神シヴェラを信仰してるんだよね。具体的な教えは一切知らないけど。こういう卑怯な事をやっても許されるような教義なのかな？」
「確か……『女神シヴェラ以外の神を崇めてはならない』、『清廉潔白・日々を神に感謝して慎ましやかに過ごしていれば、死後は女神シヴェラに迎え入れられ、穏やかに過ごす事が出来る』、その辺りね」
《正反対の生き方をしたマカチュ子爵がひどい目に遭った辺り間違ってはいないけど》
「女神シヴェラを崇めているのに権力主義で嘘をつく神官……死後は間違いなく女神シヴェラに見捨てられるよね？」
「ああいう人達は自分達が実際に死ぬまではそんな事これっぽちも考えないんでしょうね」
「それか、女神シヴェラの力の源が神官の信仰だとしたら、たとえ腐敗していても神官だけは厚遇するとか？」

じゃなきゃどんな馬鹿だってさすがにどっかのタイミングで気付く……よね？　気付かないから馬鹿なのかな。

「一種の免罪符？　……神官になるだけで死後が保証されているのなら、現世ではなんでもし放題でしょうね……」

「実際問題、どうやって対処するのが正解だと思う？　王都に帰って『黒髪黒目の人はネクロマンサーの素質がある訳じゃありません！　魔法全般に素質があるんです！』とか言っても効果は薄いよね」

「蓮華くんがもっと魔法を修行して、黒髪黒目の人達でも神聖力があると証明するとか？」

《教会ざまぁ作戦は面白そう》

「それこそ目障りになったら監禁されそうで怖いけど……確かに良い作戦かも」

問題はどれだけ注目を集められるか。地道に怪我してる人に向かって神聖魔法を行使したところで、大勢の間で噂になるのはもっとあとの話。その間も黒髪黒目の住人が酷い目に遭うと考えると、並行して他の手も打っておきたい。

「一つ気になる事があるんだ。もし黒髪黒目の人達が教会に監禁されてるとして……、そこで目覚める力は本当に治癒や浄化の力だと思う……？」

「あくまで素質があるのは魔法。となると治癒じゃなくて攻撃魔法だったり……或いは死霊術だったり。いくらでも別の方向には転ぶでしょうね。響きだけで言うなら、闇魔法、黒魔術とか。存在するのかは分からないけど、とにかく神官への恨みが積み重なって危険な方向に転ぶ可能性は高い」

「やっぱり？　となると、急いで王都へ戻って……どうしよう、ダニエルさんに相談すれば良いかな？」

「でも、証拠はないじゃない？」

「そうか、そうだよね。……黒髪黒目のプレイヤーも増えてたって言ってたけれど、実際に居なくなった人は居るの？」

《いや、プレイヤーは住民からの風当たりが強くて買い物とか苦労してるだけかな》

「プレイヤーの大半は冒険者ギルド所属。手出ししたらまずいと分かっていてNPCだけ選んでるのかもしれないわね」

《プレイヤーと仲良かった黒髪黒目のNPCが行方不明だって情報はある》

《いうて誰もわざわざ注意深く見てないから、どれだけ居なくなってるかは分からない》

「うーん、聞き込み調査でもしてみる？　最近居なくなった人が居ないかって」

「そうね。噂がそこまで出回ってるなら、黒髪黒目の人達の存在を気にしている人は多いはず。姿が見えなくなったかどうかくらいなら探れそう」

《こっちで探っとこうか？》

《あ、僕も手伝う》

「お願い出来るならしたいかも？　居なくなった人が居るという事実さえ出て来れば、ギルドマスターに話を出来るから」

《こっちはギルマスへのコネはないし》

《持ちつ持たれつ、いいね～》
《まさか王都クエストからこんな展開があるとは……》
《これって前回活躍しすぎた蓮華くんが黒髪黒目だからこういう展開になったのかな？》
「どうだろうね。もし用意されてるシナリオなら、僕が居なくても誰かＮＰＣ冒険者の中に黒髪黒目の魔術師が居たとか……」
《居たな、そう言えば》
《居たわｗｗｗ》
「あ、じゃあどう転んでもこの話は出て来たかもしれないね。……とりあえず、行方不明者がいる事、欲を言えば教会が関係してそうな事の証拠が出てくると嬉しいな。僕達はなるべく急いで王都に戻るよ」
《おっけー、進展あったら配信コメで伝える！》
《ただの雑談配信かと思ってたらでかいイベントになりそうでドキドキする》
《いいなー！　どうして俺はシヴェフでプレイ開始しなかったんだ！》

拾肆．クリスマスと正月

ヴィオラが寝る時間までに王都に到着するよう少し急ぎ目で歩きつつ雑談していると、とあるコメントが目についた。
《そう言えば蓮華さん、良いタイミングでプレイヤーになったね》
「うん？　良いタイミング？　なんで？」
プレイヤーになるのに良いタイミングなんてあるのだろうか？　確かに篠原さんとの待ち合わせを考えれば絶妙なタイミングではあったけれど、それを言っている訳ではないだろうし。
《明日から課金アイテムに期間限定で食材が追加されるんだよ》
《チョコレートとかクラッカーとかクリームチーズとか》
《あと数の子、昆布、黒豆、栗、ごまめとか》
ほう……なるほど。確かに課金アイテムはプレイヤーじゃないと購入出来ないから良いタイミングと言える。それにしても挙げられた食材名的に、これはどう考えても……。
「クリスマス料理とおせち料理を作れという運営からの命令ですね？」
《命令ではないのよｗ》
《しかも期間中は作った料理の消費期限がカウントされないらしい（バフ料理を除く）》
《要するにゲーム内でクリスマスと正月を過ごせと》
《一人暮らしだと家でおせち料理とかわざわざ食べないし、ゲーム内で食べれるなら良いよなあ》
《→売ってるのは材料だからな。誰かが作ってくれない限り食べられないいんやで》
「ふむふむ。明日以降作ったクリスマス料理とかお正月料理は、当日までは絶対腐らない……。良いね。クリスマスメニューもおせちも作った事がないし、試行錯誤しながら作るには丁度良いかも」

《金払うので売ってください！》
《俺もおせち食えるなら食いたい》
《上に同じ》
「あれ、もしかして需要がある感じ？　確かに一人でクリスマスメニューを作って食べるのも味気ないし……パーティ形式で皆で楽しめるなら一つの手だよね。といっても……場所がなあ……」
《ジョンさんの店の一角貸してもらえないかなあ》
《最近連日満員って感じだし、貸してくれとは言いにくそう》
《料理材料提供してくれるなら、場所も提供してくれよ運営》
《オフィス街にレンタルスペースとかありそうじゃない？》
《超高そう》
　ふむふむ、レンタルスペースか……今度オフィス街で探してみるのはありかもしれない。
　それにしても今のやり取りの中に問題のある発言があったのだろうか。さっきからヴィオラの視線が気になって仕方がない……。
「ヴィ、ヴィオラさん？　どうかしましたか？」
「お金は払うから私の分も用意してください」
「……あっ、はい」
《ヴィオラちゃんｗｗｗ》
《クリスマスぼっち確定やんけ》

《やっぱり恋人いな（ｒｙ》

《おせち代》【三銀】

ん……？　コメントの最後、見慣れない表示に僕は首を傾げた。

「なに、これ？　三銀……って事は『ＧｏＷ』通貨だよね」

《あーあ》

《やっちまったな》

《どうすんだよ》

「え、どういう事？　説明を……」

ちらり、と頼みの綱のヴィオラを見た瞬間、そっと目をそらされてしまった。おっと？　この期におよんで皆さんまだ隠し事がある感じですね？

「皆なにを隠してるの？」

《はて？》

《我々が蓮華くんに隠し事をする訳がないじゃないか》

《そうだよ、失敬な》

「いや、良い感じに連帯感出してるところ悪いけれど、僕の配信を見ていながら僕にはその存在を教えてくれなかったという前科があるからね!?」

《ははは、ちょっと何言ってるか》

《蓮華さんが配信に気付いてないなんて知りませんでした》

《知ってたら言ってましたよー》
「ほう？　この期におよんで白を切るつもりかな？」
《おい、やばいぞｗ》
《目が笑ってないｗ》
《これはガチの奴》
《ＡＩカメラが本当に良い仕事してるよ……》
「正直に言ったら怒らないから、ほら」
《それ絶対怒るやつだよ、知ってる》
《逆に、蓮華くんは何も気付かなかったの？》
《そうそう、気になる事なかった？》
「気になる事……気になる事？　うーん」
三銀……『ＧｏＷ』通貨……。ああ、お金と言えばインベントリ内に表示される金額の見方が分からなくて、ヴィオラに聞こうと思ってたんだった。
「そうそう、インベントリ内の通貨表記が二つに分かれてる意味を教えてもらおうと思ってたんだ。一つは括弧付きだったから、もしかして僕がＮＰＣの時に稼いだお金と、プレイヤーの初期軍資金で分かれて表記されてるのかなーとか思ってたけれど……、考えてみたらあんな金額が初期軍資金の訳がないよね!?」
《おっそｗ》

《初期軍資金w　誰かの予想が当たってて草》
《言われるまでは大して疑問にも思ってなかったと……》
《いくらかは知らないけど、絶対おかしい額だったんだろうなw》
「ぐうの音も出ない……」
そうだよ、よくよく考えたら三金って三十万円相当だよね？　そんな大金が初期軍資金なんてあり得ない。それに、つい数日前にアルディ公国の配信を見ていた時にも見た光景じゃないか。投げ銭なんて僕には無縁だと思って今の今まですっかり忘れていた……。
「つまり、知らない間に配信どころか金銭の受け取りまでしていたと……」
《訳のわかんないところで投げ銭してる人ばかりだから、今度アーカイブ見直してみると良い》
《そう言う君も変なところで投げ銭してた仲間なのでは？》
《ばれたか》
「えー……知らないうちにこんな金額稼いだって考えたらちょっと怖いというか申し訳ないというか……」
「配信しよう！」と思い立って配信していたならともかく、配信の存在も知らずにただただ遊んでいたのだから、なんだか申し訳ない。いやでも、なんらかの価値をその配信に見いだしたからこそ投げ銭をしてくれた訳だし、その人達の感性を否定しない為にもここは素直に受け取るべきなのかな？　むむむ。
「うーん……、分かった、じゃあこうしよう。この先の投げ銭はありがたく受け取るけど、現時点で貰ってる投げ銭は今回のイベントの食材費用とか場所代として使わせてもらう。で、今見てる人達と一緒にクリスマスパーティとか年越しとかする。どう？　一旦換金してから課金って考えたら、若干目減りしちゃうけれど」
《胸熱企画ｋｔｋｒ！》
《やばｗ》
《自分が投げたお金が見知らぬ人への施しになる事についてモヤモヤする人も居そう》
《少額で良いから参加費徴収するくらいはした方が良いと思うぞ》
《そうそう、クレクレとか湧いても皆が不愉快になるだけだし》
《本当に場所借りるなら余裕で足出そう。手持ちの金だけでやろうとしないで、追加で投げ銭募るくらいで良いと思う》
あれ、僕の見切り発車を優しく諭してくれたり、皆凄く親切だぞ……。困惑した僕の表情を知ってか知らずか、ヴィオラが口を開く。
「貴方の配信視聴者って、他で類を見ないくらい良い人達よね。私も随分お世話になってるし、本当に頭が上がらないわ」
「ん、視聴者さん達と面識があるの？」
「いえ、面識はないけど。私の個人スレッドを立ててくれたのは貴方の視聴者さんなのよ。過疎にならないようにメンテナンスもしてくれてるし、本当に良い人達」
《ばれてる》

でただろうよ》

《ヴィオラちゃんも蓮華くんの個スレずっと追ってただろうし、「スレ立ててくる！」発言も読ん

《知ってた……だと!?》

良い人達みたいだけれど、それと同時になんでも隠したがる人達だという事が分かった。

「なるほど。えっと……、とりあえず皆のアドバイスに従って、参加費は少しだけ貰う事にしよう

かな。それとは別に、場所が決まった段階でまたなにか協力を仰ぐ事になるかもしれない」

《人生で初めてのクリスマスパーティの為ならいくらでも協力する》

《お正月ひとりで過ごすの本当に辛かったから助かる！》

《大晦日からのカウントダウンはなし？》

「カウントダウンか……確かに毎年大掃除が終わったあとは手持ち無沙汰だったし、皆でわいわい

過ごせるなら嬉しいなあ。という事は日跨ぎで貸してもらえる場所を探さないと駄目か……」

《蓮華君、同居人居るんじゃ？　クリスマスも正月もゲーム内で過ごして良いの？》

「あーそうだね。確認する必要はあるけれど、多分大丈夫だよ」

洋士はクリスマスだお正月だと騒ぐ性格じゃないし、そもそも仕事関係の集まりがありそう。

《今年はどや顔でバイトのシフト入れない宣言出来るぞ》

《俺も俺も》

《俺も有休申請しとこ》

働かない宣言のコメントが凄い勢いで流れていくけれど、大丈夫かな？　年末年始のお仕事に影

響があるような……。

「か、会社とか同僚の人達が泣かない範囲で調整してね……？　……それにしても仕事か。すっかり忘れていたけれど、僕も王都に戻ったら仕事を再開するんだよね。教会を探りつつ仕事しつつ、パーティの準備も……間に合うかな」

《仕事忘れてたんかいｗ》

《自分から仕事量増やしてて草》

《何の仕事してるのか非常に気になります》

《教会の件はプレイヤー皆でやるんだから手抜きでええんやで》

「仕事はさすがに秘密だなあ。忘れてたのは……ほら、ここ一ヶ月丸々お休みしてたから、うん。まあそんな訳で配信時間は今後減ると思うので、よろしくお願いいたします」

《配信時間減っても睡眠時間増えないんでしょ、知ってる》

《本当にいつ寝てるの？》

《てかぶっちゃけ本当に人間？》

ふっふっふっ……配信の事を洋士に教わってから、きっといずれこの手の質問が来るだろうと、回答内容は考えておいたのだ。

「ログアウトしてる時間にちょこちょこっと寝てるよ、大丈夫。基本的に一日一時間も寝れば十分なんだ」

《確かにそういう人は居るらしいけど》

《早死にしそうで不安》
《めちゃくちゃ羨ましい体質》
特に疑われている様子もないので一安心。今後はオフィス街で仕事をする関係上、配信停止時間が長くなるだろうからいつ寝ているかなんて気にしなくなるだろうし。
「話は戻るけれど、年越しカウントダウンをするとしたら皆何時から集まりたい？」
《朝からかなあ》
《大掃除も前日には終わってるし一日暇》
《一日もおせち食べるしぶっ通しでパーティするなら夕方以降が良い》
《場所代との兼ね合いもあるだろうしお任せ》
徹夜する気満々の人と、大晦日とお正月は別物と考える人で意見が真っ二つ。となると……。
「場所代を調べてから決めるけど、いつでも皆が来られるように早めに始めようかな？」
「と、年越しそばはありますか……!?」
隣でなにやら言っている人が居る。ヴィオラさん、ちょっと求め過ぎでは？　そんなに期待されるとやりにくくなるんですが。勿論、年越しそばは年越しに重要なアイテムだし、作るつもりではいたけれど……。
「……年越しそばも用意する予定です。でもあの、皆そんなに期待しないでください」
一体全体、皆はどうして僕の料理に期待するのだろう？　期待出来るような判断材料ってあったっけ？　最近はほとんどエリュウの涙亭で食べてるし、森での料理は大した事ないし……。あー、もしかしてオルカの町で親切な男性に食事を作った時……？　え、皆そんな前から僕の配信を見ているって事？　恥ずかしいなあ。

《ヴィオラちゃんｗ》

《食いしん坊か》

《うんうん、年越しそばは大事！》

　その他、クリスマスパーティの日時や提供料理、パーティでの出し物について。それらを視聴者さんと相談している間にあっと言う間に王都に到着した。行きよりも急ぎ目で帰ってきたのが功を奏したのか、時刻は二十四時半ちょっと前。昨日よりは早めにログアウト出来そうだ。

「申し訳ないけれど、報告は明日で良いかしら？　今日は眠くて……」

　ヴィオラの申し出を快諾し、検問を通過後はそれぞれの宿の方角へ。行きも思ったのだけれど……、さして調べもせずに通されるようになったのは何故だろう？　顔を覚えられたからかもしれないけれど、職務怠慢ではないですか？　前回森へ行った時と違ってほぼ手ぶら状態なんですよ？　不審に思わないんですか？　まあ、インベントリがあるプレイヤーに対して検問したところで意味はないし、問われても返答に困るんだけど……、なんかちょっとモヤモヤする。

「どうかしたの、蓮華くん？」

「うん……門番さん……なにも言わずに通すようになったなって……」

《期待してたのかｗ》

《いちいち突っ込まれることに慣れきっている蓮華くん》

「ああ……多分プレイヤーの一部の行動はスルーするように設定されてるのよ」
「そんな設定があるの？」
「例えば睡眠サイクル……それと食事の頻度。ＮＰＣと生活サイクルが違うから、これらはスルーされてると思うわよ」
「あれ……護衛に支障を来《きた》すから寝ろって怒られた覚えが」
「多分蓮華くんがＮＰＣ扱いだったからでしょう。プレイヤーに対していちいち指摘してたらゲーム性が損なわれるもの。手荷物検査がないのも不自然だけれど、インベントリというシステムがある以上そこもスルーする設定なんだと思うわ」
「そっかー、僕もプレイヤーデビューしたから指摘されなくなったのか。強制睡眠《あの》時は辛いと思ったけれど、今後はなにも言われないと思うと少し寂しいかも」
しばらくは今《いま》までＮＰＣとこれからプレイヤーの違いに戸惑う事になるのだろうなあ。
「はあ……これからは見知らぬ人に睨まれたり文句言われたりするんだよね？　嫌だなあ」
《黒髪黒目だからねえ》
《さすがに知り合いＮＰＣはそんな事しないと思うけど》
《まあ蓮華さんは冒険者だし被害は少ないはず》
《ランクアップ試験受けた方が良いんじゃない？》
「ランクアップ試験……あったねそう言えば」

《忘れてるｗｗｗ》
《おい》
《こっちは必死になっていると言うのに》
《嫌がらせも減るんじゃないかな》
「ランクが上がったらなにか変わるんだっけ？　受けられる依頼の数や報酬は増えそうだけど」
嫌がらせが減る……？　そういえば、ギルドへ加入する時にダニエルさんが色々と説明していたような……。
『高ランク冒険者の出国を阻止する為に、Eランクは男爵、Dランクは子爵、Cランクは伯爵、Bランクは侯爵、Aランクは公爵……そしてSランクには王族と同じくらいの融通を図るって話ね。ただし冒険者は国民ではないから、納税義務がない代わりに権利もない。貴族と同等と言ってもせいぜいがトラブル時の庇護程度でしょうけど』
視聴者さん経由で話が伝わってるのか、それともヴィオラ自身が僕の配信を観ているのか。パーティ用の音声チャットを通してヴィオラの解説が聞こえてきた。
「ああ、似たような説明をダニエルさんに受けた覚えが。今の僕はEランクだから、平民相手であれば向こうが罰せられるし、男爵相手でも対等に渡り合えるって事か」
ランクが高くなれば高くなるほど「僕に嫌がらせしたら他国に移籍するぞ!?　良いのか!?」という脅し文句が使える、と。Dランクに上がれば子爵位……今は亡きマカチュ子爵のような人からの理不尽な命令に対しても対抗手段が出来る。それ以上の爵位の人とはそうそう関わる事もないだろうけれど、Dランクくらいはあった方が良いかもしれない。

《教会の信者には男爵が多いらしいよ》

《噂では、教会に寄付して爵位を買ったらしい》

《子爵以上は王家のみ叙爵出来るらしい》

「なるほどね。それなら明日にでも試験を受けてみるよ。一緒に居るヴィオラに迷惑をかける訳にいかないし。……落ちたら恥ずかしいけど」

『貴方が落ちる訳ないでしょ？　……私も蓮華くんと一緒に試験を受けようかしら、教会と事を構えるならDランクに上がっておいた方が有利みたいだし』

「そもそもどうして教会にそんな権限が？　王族以外が爵位をどうこう出来るのがおかしいよね？」

『そうね……、この世界では祈祷が重大な意味を持つ。なら宗教が力を持つのも納得じゃない？特に王族となれば死後に自分がアンデッドとして蘇ることを人一倍恐れるでしょうし。国教となれば尚更権力は集中するでしょう』

「あー、そっか……。思ったより厄介な相手かもしれないね。一宗教を相手すると言うよりも、小国の王族レベルを相手すると思っておいた方が良さそう」

『大ごとになって王族が出て来る事態に発展した場合、教会側の肩を持たれないか心配ね。自分達の死後を考えるなら、Dランク冒険者よりも教会を優先しかねないし』

「だとしたら教会に探りを入れて……王族が庇い立て出来ないくらいたくさんの不正の証拠を見つけるしかないかな」

《王族も権力を持ちすぎた教会を疎ましく思っていれば最高だけど》
《教会上層部の首だけすげ替えようぜ……》

【個スレ】名前も呼べないあの人２【ＵＩどこぉ】

名前を呼びたくても呼べない、あの人に関する話題です。
名前は判明しましたが、諸々の事情で名前が呼べない為、タイトル継続しました。
万が一本人にばれたら困るからね！！！
※運営側も確認してあげてください。何だかおかしいです。

446【闇の魔術を防衛する一般視聴者】
お！

447【闇の魔術を防衛する一般視聴者】
戻って来た！

448【闇の魔術を防衛する一般視聴者】
アインくんｗｗｗ

450【闇の魔術を防衛する一般視聴者】
ダンジョンで一体何があったというのかｗｗｗ

451【闇の魔術を防衛する一般視聴者】
いや、手を繋いで帰ってきた事の方が気になるんだが

452【闇の魔術を防衛する一般視聴者】
蓮「ダンジョンクリア！　脱出しよう！」
ヴ「待って、手を繋いで」
蓮「え!?///」
ヴ「また勝手に居なくなられたら困るから」
蓮「あ、はい……」
というやりとりがあったと愚考する

◇

460【闇の魔術を防衛する一般視聴者】
テイムしてるモンスターにも熟練度があるのか。

461【闇の魔術を防衛する一般視聴者】
アイン君は公開できて、本人の熟練度は公開できないか……残念
刀関連のパッシブスキル情報知りたかったんだが

462【闇の魔術を防衛する一般視聴者】
それなら蓮華くんにこだわらずとも前に掲示板のどっかに情報出てた筈だぞ？

463【闇の魔術を防衛する一般視聴者】
>>462　まじで!?　え、どこだろ……

464【闇の魔術を防衛する一般視聴者】
>>463　これじゃないかな。凄い話題になったから覚えてるｗ
>104【名無しの一般人@カラヌイ帝国民】
＞まじでふざけてる、俺の熟練度がこんなに低い訳ねーだろ！
＞こちとらずっと剣道やってんだぞ！！！
＞こんなクソゲーすぐ終わるに決まってるｗｗｗ
＞お前等も泣き見る前にやめたほうが幸せだぞ？ｗ
>--
＞近接派生
＞└太刀：10098　太刀装備時の会心率上昇（極小）
＞近接派生
＞└両手剣：12903　両手剣装備時の相手耐久度減少率上昇（極小）
＞近接派生
＞└槍：2006
>--

465【闇の魔術を防衛する一般視聴者】
>>464　あざっす。十分高いと思うんだが何が不満だったのか……

466【闇の魔術を防衛する一般視聴者】
>>465　このあと議論に発展したけど……本人は二度と現れなかったから真偽不明。
有力な説明は以下。剣道経験者的には納得いかないのかもしれないけど……。
1．剣道は八相の構えとかがほぼ使われないから、実戦向きじゃないと判断された
2．「剣道」熟練度はないから、一番近い熟練度が三つに分散した結果、個々の数値が下がった
3．実は書き込んだ人物の経験年数が短い
4．武術素人が熟練度 10000 になる迄のプレイ時間が不明なので高い低いの判断が出来ない
正直 10000 いってる人が多い熟練度って「料理」みたいな日常スキルだから、戦闘に関しては何とも言えないよねって感じで終息した感じ。
あとそもそも戦闘系の熟練度は上がりにくいんじゃないかって噂もある。

467【闇の魔術を防衛する一般視聴者】
>>466　なるほどなー
まあとにかく俺は太刀を頑張ったら何の効果がつくのか知れて満足

◇

471【闇の魔術を防衛する一般視聴者】
医者も駄目、教会も駄目……アインくん強いけどなんかあった時に困るんだな。

472【闇の魔術を防衛する一般視聴者】
そうはいってもアンデッドだから、今回が特殊すぎただけで普通は自己再生出来るんだろ？

473【闇の魔術を防衛する一般視聴者】
それってどこまでなんだろう？
テイムされたタイミングで弱体化してないんかな。
一回ちゃんと確かめた方が良い気がするけど。

474【闇の魔術を防衛する一般視聴者】
>>473　俺もその意見には賛成だけど、蓮華くんは絶対しないんだろうなあ。
ＮＰＣの事を一人の人間としてちゃんと扱ってるし、アインくんを破壊して実験しろって言っても怒りそう……。

◇

480【闇の魔術を防衛する一般視聴者】
アイン君しれっと魔法熟練度高いんだけど。
盾職で魔法使えるっていうのはやっぱ自己強化用かな？

481【闇の魔術を防衛する一般視聴者】
それも気になるし特殊事項欄も気になる。
なんだよ神聖魔法耐性あるアンデッドって……。
火葬以外に倒す方法ないってこと？
蓮華くん当たりスケルトン引きすぎでは。

482【闇の魔術を防衛する一般視聴者】
いやー、アイン君の正体考えたら、テイム含めて実はイベント説ない？
時が来たら昇天しそうな気も……。

◇

500【闇の魔術を防衛する一般視聴者】
蓮華くんがフラグという言葉を知らないことに驚けば良いのか、シヴェフでまた新たなクエストが発生しそうな雰囲気に驚けば良いのか……。シヴェフの進行早くねえか？

501【闇の魔術を防衛する一般視聴者】
でも今回のクエスト？は前回の王都クエストからの続きっぽいし、誰かの行動云々で早まった訳じゃないでしょ。
現にＮＰＣ冒険者に黒髪黒目の人が居たって言うし。

502【闇の魔術を防衛する一般視聴者】
なんでこう、胸くそ悪そーなクエストばっかりかなあ……。

503【闇の魔術を防衛する一般視聴者】
逆にこの手のクエストで胸くそ悪くないものってあるのか？

◇

525【闇の魔術を防衛する一般視聴者】
クリスマス！ケーキ！チキン！
正月！おせち！
え、マジで言ってんの？

526【闇の魔術を防衛する一般視聴者】
場所がネックだよなー……
シヴェフ国内でやるとか言われたら俺行けねえ

527【闇の魔術を防衛する一般視聴者】
って言うかコメントの反応見る限り相当な人数参加したがってる気がするぞ？　そんな個数作れるのか？

530【闇の魔術を防衛する一般視聴者】
>>527　さては告知ちゃんと読んでないな？
運営側も課金食材売るのが目的だから、今回は一回作った料理は量産出来るらしいぞ。
量産分の材料も消費するし、量産した分は熟練度の上昇率が普段の２分の１らしいが。
パーティ目的で料理する人にとってはありがたい仕様だよな。

531【闇の魔術を防衛する一般視聴者】
>>530　さんくす。
運営が急に課金に力入れだして笑ってるｗ

534【闇の魔術を防衛する一般視聴者】
>>531　そらなあ……、めちゃくちゃ金かけて開発してそうなのに月額無料だし……。
今はＶＲ機器代でそれなりに潤ってるかもしれないが、それも一過性だろ？

コンスタントに資金回収出来る方法は
・オフィス街の賃料
・投げ銭の手数料
・課金アバター
とかだけどオフィス街はまだそこまで埋まってないだろうし、アバターは一個で満足するやつも案外多い。

課金食材ってのはゲームバランスへの影響も多分無いし、かなり良い戦略なんじゃないかと思ってる。

535【闇の魔術を防衛する一般視聴者】
>>534　運営の費用回収方法心配するとかめっちゃ良いプレイヤーじゃん……

537【闇の魔術を防衛する一般視聴者】
>>535　このゲームって全部自分の努力次第じゃん？
ここで頑張ると、現実世界でもそれなりに同じ事が出来る様になってるんだよ。

現実じゃ場所とか道具が揃わなくて出来なかった事が、ここなら比較的簡単に始められるしまじで神ゲーだと思ってる。

一人暮らしだと材料余って腐らせたり、まともなキッチンがなくて厳しかった料理とか、な。

おまえらも覚えておいた方が良いぞ。料理家電任せの現代だからこそ、自分で作れるやつはそれだけでモテるんだ。

◇

540【闇の魔術を防衛する一般視聴者】
クリスマスに別行動して大丈夫ってことは同居人は恋人ではない？

542【闇の魔術を防衛する一般視聴者】
恋人居ない発言を疑ってかかってる勢、結構いて笑う

543【闇の魔術を防衛する一般視聴者】
この企画をずっと続けて欲しいからこのまま恋人作らないで欲しい

544【闇の魔術を防衛する一般視聴者】
ってか同居人に恋人居そう。クリスマスも正月もって……デートでは？

545【闇の魔術を防衛する一般視聴者】
同居人の恋人、蓮華くんが同居人と同居してる事モヤってそうw
家でしっぽり……とか出来ないやんけ。

◇

556【闇の魔術を防衛する一般視聴者】
おい！　誰だ投げ銭した奴ううううう

557【闇の魔術を防衛する一般視聴者】
あーあwwwばれちゃうだろこれはさすがに……

◇

579【闇の魔術を防衛する一般視聴者】
投げ銭がいくらだったのか知らないけど、全部使ってパーティやるって慈善事業すぎん？

580【闇の魔術を防衛する一般視聴者】
投げ銭した側に納得出来ないやつ居そうだけどなー。

581【闇の魔術を防衛する一般視聴者】
投げ銭した段階で所有者は蓮華くんなんだから、どう使おうと本人の自由だろ。
ただそもそも、計三日？の場所代って考えたら絶対足は出ると思ってる。

584【闇の魔術を防衛する一般視聴者】

本人はかなりの額だって驚いてたけど、全投げ銭足してもせいぜい三十万位の認識なんだよな。
ってなるとオフィス街で場所借りて課金食材で料理作る……余裕で足出るよな。

585【闇の魔術を防衛する一般視聴者】

>>584　金額数えてんのかよ、すげえな。
日光浴六時間（しかも太陽沈んでる）とかいう虚無配信に一万円相当の投げ銭があったのは理解に苦しみすぎて記憶に残ってるけど、それ以外って数十円？　数百円レベルだったもんな、全部あわせたらそんくらいか。

【個スレ】ヴィオラ【神弓】

超絶弓使いのヴィオラさんの個スレです。
荒らし、暴言・動画の無断転載は禁止です。
※運営側も時々確認しています。発言には気を付けましょう。

644**【神速で放たれる一般矢】**
ダンジョン終わったか。

645**【神速で放たれる一般矢】**
おかえりいいいいいいいいいい

646**【神速で放たれる一般矢】**
うわあああああ手繋いでるうううううう

647**【神速で放たれる一般矢】**
>>646　気付くの早くて草

648**【神速で放たれる一般矢】**
>>646　落ち着けよ、アイン君含めて輪になるように繋いでるんだぞ？
どう考えても恋人だからとかそういうピンクな事情じゃないだろｗ
大方蓮華くんが勝手にどっか行かないように監視してるだけだよ……

◇

708**【神速で放たれる一般矢】**
ヴィオラちゃんが蓮華くんの手料理を所望した……だと……!?

709**【神速で放たれる一般矢】**
どっちのガチ恋勢も憤死しそう

713**【神速で放たれる一般矢】**
冷静になれって……お前らだって食べたいだろ？？？？

714【神速で放たれる一般矢】
俺はペア推しなので関係ありません、食べたいです（真顔

715【神速で放たれる一般矢】
ヴィオラちゃんのガチ恋勢へアドバイス
パーティで憧れのヴィオラちゃんとお近づきになれるかも!?

716【神速で放たれる一般矢】
そんで蓮華くんに胃袋掴まれちゃうんですね、分かります

717【神速で放たれる一般矢】
ｗｗｗｗｗｗｗｗｗｗｗｗ
それは笑うわ

720【神速で放たれる一般矢】
いや待てよ、それヴィオラちゃんが蓮華くんに胃袋掴まれるんじゃ……

721【神速で放たれる一般矢】
それは俺も思ったけどあえて言わないでいたのに……

722【神速で放たれる一般矢】
あんまり言うと会場が流血沙汰になりそうで怖い

723【神速で放たれる一般矢】
……ヴィオラちゃんも蓮華くんも強いから……

724【神速で放たれる一般矢】
乗り込んでいったガチ恋勢の血が流れる感じか……

725【神速で放たれる一般矢】
マジレスするならＰｖＰ《対人戦闘》出来る場所を会場に選ばないだろ、と

【公都クエスト】アルディ公国3【ネタバレあり】

アルディ公国の公都クエスト用の専用スレです。
荒らし、暴言禁止です。
※運営側も時々確認しています。発言には気を付けましょう。

521【名無しの一般人@アルディ公国民】
■告知■
明日ゲーム内時間午後一時より新国家樹立宣言及び新国王戴冠式を執り行います。
同時に、プサル公爵家の家門名誉回復と、バイロン・フォン・プサル公爵及びそのご家族の神像および神殿建造の着工式も続けて執り行われます。

522【名無しの一般人@アルディ公国民】
公都クエスト保留になって以来、仕事で全然流れが追えなかったんだけど結局どういう状況？
あとその間アンデッドって誰が止めてんの？

523【名無しの一般人@アルディ公国民】
>>522
公王が像の建築に反対したので息子に強制譲位
↓
イルミュ王国側に報告したら王族全員消息不明で連絡取れず（アンデッドに？）
↓
イルミュ王国の領土も吸収して新たに国家作りましょう

ついでに、新国王に全権が移動するから
・プサル公爵の家門の罪取り消し
・プサル公爵とその家族の神殿建造＆国教としてプサル教を指定
も発表

アンデッドは主にＮＰＣ冒険者が止めてくれてる
さすがに公都クエスト保留中もプレイヤーがアンデッド処理しないとＮＰＣが死んでクエスト失敗……という糞仕様ではなかった

524【名無しの一般人@アルディ公国民】
>>523　解説さんくす。めちゃめちゃ大ごとになってて笑うんだけどw

525【名無しの一般人@アルディ公国民】
補足すると、プサル公爵にはこれらの事実を伝え済み。
ただ本当に式系が全部終わらない限りは信用出来ないと言ってまだ昇天してない。

526【名無しの一般人@アルディ公国民】
ああ、プサル公爵との交渉の為にやってる事だったっけ。
式が終わったら無事にアンデッド連れて昇天してくれると信じてる……。

527【名無しの一般人@アルディ公国民】
神として祀りますよーって宣言するだけで、本当に神になるんか？
この世界の神様ってちゃんと実在した上で相当な力を持ってるよな。
現時点でただの怨霊であるプサル公爵が本当に神になれるとは思えないんだが。

528【名無しの一般人@アルディ公国民】
それこそ神（になる予定のプサル公爵）のみぞ知る。
俺たちは公爵の懐の広さに賭けるしかない。

529【名無しの一般人@アルディ公国民】
なあなあ、プサル公爵は本当に式さえやれば昇天するんだろうか？
新国家樹立も神殿建造もただのパフォーマンスで、公爵が納得したら取りやめるっていう最悪なパターンもあるよなって。新国王は良い奴だと信じてるけど……。
俺が疑うくらいだし、プサル公爵が疑わない訳がないと思うんだよな。

530【名無しの一般人@アルディ公国民】
それこそイルモナ教だっけ？の神が約束違えた新国王を罰してくれって感じだけど。
国教がプサル教になるならイルモナ教の神が手助けしてくれる訳ないか。
うーん、プサル公爵には申し訳ないが、その時はアンデッド諸共強制排除か？　悪霊相手にどうやって戦えば良いのかは分からんが。

【総合雑談】ＧｏＷについて熱く語る４【暴言禁止】

雑談スレッドです。特にジャンル縛りはないので、ご自由に。
荒らし、暴言禁止です。
※運営側も時々確認しています。発言には気を付けましょう。

753【名無しの一般人@プサルディ王国民】
課金食材かあ。年越しカウントダウンとか楽しそうだな。

754【名無しの一般人@シヴェフ王国民】
未だにその国名見慣れなくて違和感w

755【名無しの一般人@カラヌイ帝国民】
俺達の名称も変わるかもしれない……
ってか、国がなくなったらどうなるんだろう……

756【名無しの一般人@プサルディ王国民】
>>755　【名無しの一般人@放浪の旅人】とか？

757【名無しの一般人@レガート帝国民】
帝国の場合はもとの小国郡に戻るとか？
掲示板のデフォ名が賑やかになりそうだなw

758【名無しの一般人@プサルディ王国民】
レガートの帝都クエストって明日開始じゃなかったっけ？w
のんびりしてて大丈夫なのか？　勝算は？

759【名無しの一般人@レガート帝国民】
やることはやった感あるけど、どうだろうな。
事前にシヴェフとかプサルディの人達から貰った情報を鑑みるに、正直うちの国に関しては説得は難しいんじゃないかなって思ってる。相手が反乱軍のアンデッドだしな。

760【名無しの一般人@レガート帝国民】

そもそも皇帝が怖じ気づいたらしいからな。散々敗戦国に無理強いしてふんぞり返ってたくせに、アンデッドの存在確認した段階で戦意喪失したっぽい。

金が支払われるか怪しいってんでＮＰＣ冒険者の士気は最悪（他国へ移動してる人も多い）。

逆に帝国兵は生活かかってるし必死。

対アンデッドって意味では帝国兵がどこまで役に立つか分からんし、良くて帝国解散じゃないかな……。

761【名無しの一般人@レガート帝国民】
解散＝小国郡に戻る、ってなった時のシステムが気になる。
いちいち移動するのに入国審査とかあったら面倒……。
各拠点のギルドとの関係も築くのに時間かかりそうだよなあ。
せめてランクが高ければ一目置かれるのかもしれないが。。。

762【名無しの一般人@プサルディ王国民】
聞いてるとまじで難易度高そうだな。説得できない相手はきつい……。
帝国解散して各国に戻します！って宣言したら侵攻やめてくれんのかな。
人間なんかどうでも良い、アンデッドの国作る！とかなったら最悪。

763【名無しの一般人@レガート帝国民】
開始遅くなった分魔法使えるプレイヤーは最初の二国より多いし、説得失敗したらごり押しかなあ。
アンデッドも無尽蔵で湧いてくる訳じゃないだろうし……。

◇

770【名無しの一般人@シヴェフ王国民】
カラヌイはどうなったの？　大丈夫？　確か来週だよね

771【名無しの一般人@カラヌイ帝国民】
全然大丈夫ではないけど、とりあえず餓死ってキーワードを頼りに色々調べたら原因は分かった。

けど、アンデッドと妖怪のＷ襲撃に対する対策が決まってないｗ
装備調えて頑張るくらいしかないんかなー。

772【名無しの一般人＠カラヌイ帝国民】

原因はずっと昔に亡くなった天皇だと思われる。

政争に敗れて流刑にあって最後は餓死したっていう……。

当時も天災とか疫病が凄い流行って、その天皇の祟りかもって事で怒りを鎮めるために祀ったらしいんだけど。アルディ……今はプサルディか、あそこと似た感じで、最近になって祀ってた社を壊したらしいんだわ。

しかも、新たに商店を建てる為って理由で壊したらしいからまじでしょうもない。

俺的には住民ＮＰＣの方に殺意が湧いてるｗ

773【名無しの一般人＠シヴェフ王国民】
>>772　プサルディみたいに社を建て直したりはしないの？

774【名無しの一般人＠カラヌイ帝国民】
>>773　それはやってる。けど、皇族がどうも全員死に絶えたらしくて管理体制がぐだぐだｗ
多分だけど、政争に敗れた上に餓死したから皇族に対して相当恨みがあったんだと思う。

真っ先に犠牲になったのが皇族で、城は既にアンデッドの巣窟……。

776【名無しの一般人＠シヴェフ王国民】
どの国も後ろ暗いことあるんだなあ……。
そう言えばうちの国もまたなんか怪しい動きがあるよな？
詳しくは知らないけど。

777【名無しの一般人＠シヴェフ王国民】
腐敗した教会が更に腐敗を加速させてる件？

778【名無しの一般人＠シヴェフ王国民】
あー、そうそうそれ。

パーティメンバーが黒髪黒目で住民にいちゃもんつけられててイラッときたやつ。
あの噂の出所教会なんでしょ？　なに考えてんの？

800【名無しの一般人@カラヌイ帝国民】
>>776　それ多分丁度このアーカイブで言及してる件じゃない？
つ［リンク］

803【名無しの一般人@シヴェフ王国民】
またそいつの配信かよ。
いい加減引っこんでくれねーかな……。
毎度毎度美味しいとこばっか持っていきやがって！

804 投稿が削除されました

811【名無しの一般人@シヴェフ王国民】
>>800　まさしくこれだわ、さんくす。
考察聞いてたらめっちゃホラーなんだけど……。

814【名無しの一般人@シヴェフ王国民】
え、つまりどういうことだ？

818【名無しの一般人@カラヌイ帝国民】
教会が自分達の権威を守る為に色々画策してるんじゃないかと考えてるっぽい。
誰かＮＰＣに聞き込みした方がいいんじゃねーか？

820【名無しの一般人@シヴェフ王国民】
一難去ってまた一難……クリスマスとお正月本当にやらせる気あるのか、運営？

◇

901【名無しの一般人@プサルディ王国民】
そう言えばダンジョンってどこの国で何個見つかってんの？

903【名無しの一般人@シヴェフ王国民】
シヴェフ王国は東の森に一個
他は知らん

905【名無しの一般人@プサルディ王国民】

それ最初のアナウンスだよな？

そのあとに発見告知二回見たはずなんだけど、「カラヌイ帝国初の～」ともう一個どこだっけ。

うちかレガートのどっちかなはずなんだけど。

国内初発見アナウンスしか流れないから何個見つかってるか分かんないの不便だなあ。

909【名無しの一般人@レガート帝国民】
うちじゃなかったっけ？　確か。
そんなアナウンスを見た覚えがあるような、ないような。

910【名無しの一般人@シヴェフ王国民】
ダンジョンの難易度ってフィールドランクに依存するのかな。
東の森はCランクだし、もっと難易度低いダンジョンがどっかにあると思うんだよな。
東の森のダンジョンは結界みたいなのがあったし発見難易度が鬼畜。
他もそんな感じなんか？　ランク低いダンジョンならそんな罠ないか？

終章. 過去への手がかり

お休みの挨拶を交わしてログアウト。ここ数日は実にめまぐるしかった。明日からはもう少し穏やかに過ごしたいけれど……。視聴者さんから聞いた件を考えると、それも難しそうだ。

ひとまず明日以降の話は忘れ、日記用のノートを引っ張り出した。ここ最近は『ＧｏＷ』についての記載ばかりなので、もしも数年前の僕が読んだら天と地がひっくり返ったと錯覚するかもしれない。

今日の分を書き終わってからなんとなく、ぱらぱらと適当にページを捲ってみると、近い日付に空白ページがある事に気が付いた。十二月二日……、シヴェフ王国の王都クエストがあった日だ。

気絶している間になにか大事な夢を見たような気がして、じっくり時間をとって思い出してから書こうと思っていたのに、プレイヤーデビューや篠原さんとの合流などですっかり忘れてしまっていた。

「なんだっけなあ……というよりどうして気絶したのかなあ……」

必ずきっかけがあったはず。確か……、血液が飲めなくなったのはいつからだったかのか思い出そうとしたのだ。記憶が正しければ、エレナに仲間にしてもらった直後はまだ飲む事自体は出来ていた。それが吐き戻すまでになってしまったのは――。

『――ね？　お願いよ』

聞き覚えのある声が脳裏に響いた。ああそうだ、先日もこの声が聞こえて、それから……。前回同様の激痛が始まり、このままではまた意識を手放してしまいそうで、足を思い切りつねり上げた。

『――おまえさえ……居なくなれば』

次に響いたのは恨みのこもった誰かの声。根拠はないけれど、僕へ宛てた言葉なのだと感じた。けれど、面と向かって誰かに言われた覚えはない。今まで生きてきた時間の全てを一語一句間違いなく覚えているなんて事は無理だ。でも、こんな強烈な怨嗟の声を忘れるなんて、そんな事あり得るだろうか？

「父さん⁉」

僕の様子に気付いたのか、洋士が慌てた様子で部屋へと飛び込んできた。

「洋士……ちょっと、手伝って。ここに来て……僕が気絶しないように見張って」

「なにを……」

「お願い、多分大事な事だから！」

間違いなく、全く身に覚えがないこの記憶が血液拒否体質に関係しているはずだと確信した僕は、なりふり構わず洋士へと頼み込んだ。そんな僕の様子に驚いたらしい洋士は物言いたげな表情ではあるものの、渋々頷いた。洋士が居れば心強い。そう思ってほっとしたものの、既に頭痛は限界を超え、様々な声が脳内に響き渡り、一つ一つを聞き取る事は困難になっている。ここから手がかりを見つけるのは難しそうだ。

「……少し、昔話に付き合ってくれる？　僕の、恥ずかしい話ばかりなんだけど」

「あ、ああ……」

きっと、「突然なにを言い出すのか」と思ったに違いない。それはそうだ、洋士は、僕の頭の中が声で溢れかえっている事も、それが恐らくこの体質と関係があるのだという事も知らないのだから。

短編．それぞれの一日

■蓮華の場合
僕ら吸血鬼は眠らない。一日をどこからカウントするのかは本人次第だと思うけれど……朝六時からと仮定して紹介しよう。

まずは植物の水やり。明るくなってからだと僕が外に出られないので早朝に行っている。

次に家の中で出来る掃除や洗濯。和服は陰干しする必要があるので室内干し。最近の洗剤は部屋干し専用なんてものがあるので匂いをそこまで気にする必要がなくて便利です。ちなみに洗濯に関しては、手洗い。洗濯機なんて便利な代物が使えない気がするというのもあるけれど、そもそも和装用品は手洗い推奨。

正絹の着物は自宅で洗いにくいので、普段は木綿の着物を着ている。最近の長襦袢は気軽に洗える物も多くて便利。着物が木綿なのに長襦袢が正絹じゃ意味がないからね。洗う前に長襦袢の半襟を外したり、洗い終わったら半襟を再び縫い付けたり。日がな一日こういうことをしているので、洗濯関連だけでもそれなりの時間は経過する。

それが終わり次第掃除。勿論掃除機なんて便利な物は使っていないので、隅々まではたきや雑巾を使って磨いている。ああ、そろそろ畳も交換しないと。

一通り家事が終わったあとは自由時間。大抵は執筆をしているけれど、脱稿速度が速すぎると怪しまれるので時折読書に時間を割いてみたりしている。

夕方、日が落ちてからは素振りや型稽古の反復練習。実はこの為だけに敷地が広くて周りに家がない家を探したというのもあったり。

稽古終わりにお風呂に入って心身共にリフレッシュ。あとは気の向くまま、執筆なり読書なり、或いはテレビを観たりなど。

変わり映えのない一日かもしれないけれど、やっぱり平和が一番だよね。

■洋士の場合

朝六時、なんとなくぼうっとした頭をしゃっきりさせるために血液を一リットル。

六時半、コンシェルジュにクリーニングの依頼、ついでに荷物の受け取り。父さんに見られたら「洗濯は自分で」とかなんとか小言を言われそうだが、俺はプロに頼むのが一番だと思っている。特にスーツは自分で洗うには不向きだ。

今日は月に一回のハウスキーパーが来る日だ、顔を合わせるのも面倒だしどこかに出掛けるか……。父さんの新刊が出る日だから書店に行くとして、さすがに早すぎるからジョギングでもしてこよう。

帰宅後、シャワーを浴びて手早く着替える。そういえば……今日から父さんの小説原作の映画も上映開始じゃなかったか？　実に愉快な一日になりそうだ。

ロボット掃除機に掃除を任せて家を出る。これまた父さんに「掃除機に掃除させて、洗濯はクリーニングならハウスキーパーを呼ぶ意味はあるの？」とか言われそうだが、月に一回家の中が整理整頓されるのは想像以上に気分転換になるのだ。

映画を堪能し――あの監督は原作の良さを分かっている――、新刊を購入。このまま帰るのも勿体ないくらい気分が良いし買い物でもするか。

ウィンドウショッピング中、父さんに似合いそうな洋服を何点か見かけた。ふむ、もしかしたらそのうち家に来る事があるかもしれない。何着かあっても困りはしないだろう。それにあの家具、父さんがくつろぐ時に良いんじゃないだろうか。

……そうだ、この際余っている十四畳を父さんの部屋にしてしまおう。倉庫として使っていたがいつ何時《なんどき》父さんが泊まりに来るか分からない。いっその事和室に改装してしまうのが良いか？　父さんには和室がよく似合う。

そうと決まればさっそく業者の選定だな。それと部屋を空ける為の断捨離。面倒臭いな……それも業者に頼むか。

十四時、俺が経営する店で昼食。表向きは普通のＣＡＦＥ＆ＢＡＲだから人間用のメニューも用意しているが、本当は吸血鬼御用達の店で、同族相手に血液パウチの提供なんかもしている。店員から「今日はなにをしていたんですか」と聞かれたので素直に答えたら引かれた。何故だ、失礼な奴だな。

十五時、和泉からの連絡で、急遽仕事。まあこういう事はよくある。その分稼いで、父さん専用の部屋への投資が出来ると思えば……今日のところは良しとしよう。急な仕事にもかかわらず機嫌が良い俺を見て、和泉が得体の知れないものでも見るような表情をしていたが、どいつもこいつも失礼すぎやしないか？

二十時、帰宅。そう言えば外の景色を見るのが好きでカーテンをしていないが、今後父さんが来る事を想定するなら遮光カーテンの一つくらいはつけておくべきか。オーダーメイドのカーテン業者の選定も必要だな。

二十二時、家で夕食。

二十二時半、父さんの新刊をゆっくり丁寧に読み始める。

二十四時、読書感想文を作成。

一時、ありとあらゆるレビューサイトに新刊のレビューを投稿。勿論点数は文句なしの満点だ。

二時、出版社宛にファンレターを作成。父さんへの仕事の依頼が増えるのなら何十枚でも書くさ。感想？　勿論本人に言うつもりはない。読んでいる事すら知らないだろうがそれで良い。レターセットは……内容に合わせて秋らしい物にしよう。そろそろレターセットも補充する必要がありそうだ。

三時、父さんの全書籍を保管している場所に今日の新刊と感想文を収納。……過去作を読み直すか。

■ヴィオラの場合

十時起床。冷蔵庫は空、朝食はカップ麺にするしかないわね。

昨日は推し作品の続編が発表された影響で、第一シーズンのＢＯＸを全話見直してたら朝になってしまった。昼夜逆転する前にどうにかしないと……。

十二時、さすがに冷蔵庫の中が空なのはまずいので適当に着替えて買い物へ。

十五時、冷蔵庫に荷物を詰めて……ここ最近の運動不足がたたったのか、それだけで疲れてしまってもう昼食を作る気力がない。うーん、自炊の方が安いのは分かっているけど今日だけ外食にしよう！　自分では絶対作れないような料理……中華料理をチョイス。

十七時、録画したアニメを消化。

二十時、夕飯。さすがに一日に一回は自炊をすると決めているので、ご飯、味噌汁、魚とおひたし、最後に納豆。昼食が中華だったのであっさり和食で攻めてみた。今じゃもう食の好みがすっかり日本人みたいになっちゃって、一日一回はご飯を食べないとすっきりしないのよね。

二十二時、お風呂に入ってから就寝。今日は睡眠時間三時間だったからすぐに眠れるでしょう……。

書き下ろし番外編一

迷える子羊達による考察

【初心者必見】ＧｏＷシステム２【暴言禁止】

ＧｏＷのシステムについて語りましょう。初心者向けのキャラ選びとかも。
荒らし・暴言禁止です。
※運営側も時々確認しています。発言には気を付けましょう。

107【迷える子羊】
「記憶の欠片（○○）」ってやつは一体何なんだ？
○○の部分が全部違うせいでインベントリをめっちゃ圧迫するんだが。

108【迷える子羊】
>>107　なにそれ、俺知らない。
そんな物あるの？　どう考えても記憶喪失に関係ありそうなアイテム……。

109【迷える子羊】
あー、俺も何個か持ってるわ。
具体的になにをしたら手に入るとは言えない、よな……。
入手方法が良く分からん。俺の場合は、
1．ロストテクノロジーについて調べてたら参考書から
2．イルミュ王国について調べてたら
3．アルディ公国での戴冠式に国宝から
って感じ。うーん、強いて言うなら古い物・情報から出てる？

110【迷える子羊】
おいおい、一体何歳設定なんだ、俺達は？ｗ
ちなみに俺は生産中心にやってて、師匠に教わったレシピから記憶の欠片が出た。

111【迷える子羊】
>>109　>>110　ありがと。
メインクエストただ進めるだけじゃ駄目そうだな。
古い物か……色々寄り道して調べてみるわ。

112【迷える子羊】
>>111　頑張れよー
でも>>107の言う通りインベントリ圧迫するし、使い方分からんからほどほどにな
まじでこれどうやって使うんだ？
なんかのトリガーイベントでも踏まないと使用条件満たせない感じか？

113【迷える子羊】
だとしたら序盤にあんまばかすか集めたら自分で自分の首絞める事にならん？
まあインベントリ拡張課金すれば良いだけなんだけどさ……。
一回拡張すれば良いならともかく、月額課金制だからあんまやりたくないんだよな。

114【迷える子羊】
980円で20枠増えるの快適だぞ？
たばこ我慢して課金してる、俺は。健康になれるし一石二鳥。

◇

356【迷える子羊】
カカシ相手に色々実験してみた結果。
攻撃力100の剣で熟練度1000→ダメージ101
攻撃力100の剣で熟練度5000→ダメージ105
まあ上のは例だけど、そんな感じで平均ダメージがちょっとずつ増加してってる。

357【迷える子羊】
>>356　考察乙。
熟練度上昇＝その道のプロに一歩近付くって考えたら、的確な角度で攻撃が出来るから上昇する……って事か？　確かに辻褄は合うよな。
つまり熟練度高いプレイヤーは武器の攻撃力が多少低くても良いって事か。
弘法筆を選ばずって言うもんな。

358【迷える子羊】
まあさすがにボス級相手にするなら攻撃力は重要そうだけどな
攻撃力低いって事は戦闘長引くって事だから、その間に武器耐久度０になって損傷しそうだし

359【迷える子羊】
>>　358　ああそうそう、その耐久度についてもこの配信で面白い事言ってたよ。
つ［リンク］
まーつまり何をするんでも熟練度は大事って事っすな……。

書き下ろし番外編二

ヴィオラとストーカー

本当にもう最っ悪……。今日は推しの生配信を見ようと思って楽しみにしていたのに、昼シフトの馬鹿が一時間半も遅刻してきたせいで私の退勤時刻が遅れてしまった。今から観ても序盤のノリが分からないだろうし……それならいっその事配信終了したあと、夜にゆっくり見た方が良いわね。

「お先に失礼します」

苛立ちを抑え、退勤の挨拶をしてから店を出る。なーにが「おつかれっすー」だ、少しは反省しろ。帰ってアニメでも観て癒やされよう……と思ったけれどその考えも店を出た瞬間に取り消した。

――また居る。いい加減しつこいわね……。今日は厄日かなにかかしら。

実害がある訳でもないし、万が一襲われてもどうにか出来る自信はある。自信はあるけど、ただひたすらついてこられるのも気分が良いものではない。このまままっすぐ帰ったら自宅を特定されちゃうし、どこか寄り道するしかない、か……。

生憎の雨だから最寄りの書店で済ませようと思ってたけど、こうなったら数駅先の大型書店まで足を伸ばそう。期待はしてないけど電車に乗れば運良く撒けるかもしれないし。

ご丁寧に別の車両に乗り込んだ辺り、既に私の目的地を察しているのかもしれない。だったら裏をかいて全然違う場所で降りてみようかしら？　……やめよう、ストーカーの為にこれ以上予定を変更するなんて馬鹿馬鹿しい。

ストーカーは店の中までは追ってこない。そして数時間外で待つ辛抱強さも持ち合わせていないらしく、いつも私が買い物に夢中になっている間に気付いたら消えている。あんな人の為に一ミリたりとも脳のリソースを消費したくはないけど、長い付き合いで行動パターンは把握してしまった。

だから私はいつも書店の中のカフェで過ごす事でストーカーをやり過ごしている。

その計画が崩れたのは一通り別フロアを見て回ったあと、地下一階ライトノベルコーナーに足を踏み入れた瞬間だった。どうしてこんなに次から次へと厄介事が舞い込んでくるのかしら……。やっぱり今日は厄日ね。

「あの、なにか……?」

「……」

「ええと……元気?」

以前会った時とは打って変わって、妙な雰囲気をまとっている蓮華くん。そんな雰囲気とは真逆に本人はどんどん話しかけてくるし、素知らぬ振りして他の階へ移動しようにも、その場から一歩たりとも足を動かす事が出来ない。これも吸血鬼の能力の一つ……なのかしら。だったらせめて、無事に解放される為にも正体に気付いていない振りで押し通すしかないわね。

そう思っていたのに、早々に迂闊な発言をしたせいで誤魔化す事も出来なくなってしまった。私の馬鹿!

話をする……か。先日の吸血鬼の一件もあるし、折角蓮華くんの方から提案してくれたのだから受けた方が良いのかもしれない。でもまだ完全に信用は出来ないし、店は私の方で指定させてもらおう。

人に話を聞かれそうにない場所で……且つ、ストーカーが入店してきたらすぐに分かる店。そう思って路地裏の奥まった場所にある静かな喫茶店を選んだけど……これじゃ万が一蓮華くんが私を襲ってきたら逃げられないじゃない。寝不足で頭が回ってないのかしら……。

それから暫く話をして、あれだけ警戒していた割に私から「連絡先の交換を」と言い出した時は正直自分でも驚いた。でもやっぱり、短時間しか話していないとはいえ蓮華くんを疑うのは馬鹿馬鹿しいと思えたから。

……そうよ、私は外見が元で同族に見捨てられた。彼も、私とは事情が違うけど「吸血鬼」という種族名が一人歩きして孤立した事には変わりはない。なんとなく私達は似ている気がして、余計に親近感が湧いたのだ。

表通りまで一緒に歩き、『ＧｏＷ』での待ち合わせをしてから別れを告げた。予想通りストーカーは影も形もなく、私は胸を撫で下ろして家路へついた。

書き下ろし番外編三

ナナ、夢を見る

「またこの夢……」

枕元に置いてあるノートに今見た内容を記載し、都合五回目の同じ夢だという事を確認した。

「どうしよう……でも予知夢を見たと言ったところで誰が信じるの……？」

私すら半信半疑だと言うのに。まさか本当に……実際に会った事もない、本名や年齢すら知らない人に関わる夢を見たと？

でも手元のノートの存在が、そんな私の疑心暗鬼を嘲笑うかのように真実だと突きつけてくる。もし本当にこの夢が現実になるのだとしたら、ガンライズくんは大怪我を……ヘタをすれば命にかかわるような怪我をする事になる。それを分かっていて黙っていて良いのかな？

悪夢のせいでぐっしょり濡れてしまった身体をどうにかするべく、まだ鳴っていない目覚ましを止めてからお風呂場へ。出てくる頃には母も妹も起きていて、朝食の準備が出来ていた。

「陸、貴方まさか……また変な夢を見たなんて言わないわよね？」

じろり、とこちらを睨みながら母が言う。私の予知夢が原因で母と父は上手くいかなくなってしまったから、母にだけは絶対にバレてはいけない。枕元のノートも、仕事用の鞄の二重底部分にこっそりしまい込み、決して見つからないように徹底して管理をしている。

「夢？　……うーん……内容は覚えてないけど」

「なら良いけど。昔から悪夢を見ると必ず朝シャワーを浴びるでしょう？　だからつい疑っちゃったのよ。全く、紛らわしい事はしないでちょうだい。ああ、それと最近随分と帰宅が遅いけど、本当に残業なんでしょうね？」

「勿論……それ以外になにがあるって言うの？」

「そうだよお母さん。お姉ちゃんは趣味の一つもなければ恋人の一人も居ないんだから、寄り道なんか出来る訳ないじゃない」

「……それもそうね。まあその分今月の収入は期待出来るだろうし、良かったわね、美玲」

「うん！　これで友達と一緒に新作コスメを買いに行ける！」

本当は残業なんて嘘で、定時で上がってネットカフェで『ＧｏＷ』をプレイしている。暫くは貯金を切り崩して上乗せすれば良いけど、その先はどうしよう。いずれ貯金も尽きるだろうし……これだけハマってしまった『ＧｏＷ』を綺麗さっぱりやめる事なんて私に出来るのかな。

それにしても、と今朝の夢について改めて考えてみる。あれは確実にガンライズくんだった。ゲーム内のキャラクター外見で出てきたから自信はないけど、さすがに五回も見るなんて予知夢以外考えられないし……私と親しい人に関する夢を見ると考えれば辻褄は合うかな。

だけど肝心の相対していた相手についてはよく分からないまま。赤いような、黒いような……とにかく怖い、化け物みたいな。今作ってる飾りも蓮華さんのイメージに合わせて赤と黒を組み合わせてるけど、それとは似ているようで似ていない、深い闇のようななにか、と言えば良いだろうか。とにかく恐ろしくて、夢の中でもついつい目を逸らしてしまうのでこれと言った有力な情報を得られていない。

……うーん、そんな人間居ないよね？　野性の動物だとしてもそのものズバリな夢を見るはず。どうして今回に限ってこんなに曖昧なイメージしか見えないんだろう。やっぱりただの悪夢で、意味なんてないのかな？

だとしたら伝えるのはやめた方が良い？　いたずらに怯えさせるか、「なんだこいつ気持ち悪い」って思われるだけだろうし……。ガンライズくんに引かれて距離を置かれたら、ちょっと悲しい気もするし。仮に信じてもらえたとしても、相手の手がかりがないんじゃ警戒のしようもない。

もっと私に力があれば。母を不幸にしたこの能力がなくなれば良いと願った事は何度もあったけど、もっと鮮明に見られればと願ったのは今回が初めてかもしれない。それだけ今の私にとってガンライズくんは特別だという自覚はある。ネトゲの友達相手にこんな事を思うなんておかしいと思う人も居るかもしれないけど……友達一人居ない私にとっては現実もネットも関係なく、一緒に居て、話をしてくれる人は貴重な存在だから。

「もしも神様が居るならお願いします、私にもっと力をください……それから、どうかガンライズくんをお守りください」

会社に行く前に近くの神社に立ち寄り、柄にもなくお願いをした。信者じゃない私の願いを聞き届けてくれるとは思ってないけど、しないよりは遙かにマシだと思って。

あとがき

お久しぶりです、ありがたい事に二巻です。今回は書籍版原稿執筆中に苦労した話や、どうでも良い裏話をしようと思います。

一つ目は時間について。現実世界は二十四時間で一日経過しますが、『ＧｏＷ』世界では七時間で一日経過します。その計算がとても……とても面倒なんです。実は一巻の時には再校時に矛盾に気付き、慌てて修正しました。それもあって二巻では最初から神経を張り詰めて計算していたのですが、そもそもどうしてこんな計算のしにくい設定にしたんでしょうね……。でもやっぱり、毎日同じ時間にしかプレイ出来ない人も居る訳で、その人達が『ＧｏＷ』内で常に同じ時間帯でしか過ごせないというのが気になってしまったんです。

二つ目。ゲーム内でよく使う用語について。「ヘイト」「フラグ」などの用語が使いたいけれど、どう考えても蓮華さんは知らないよね……と悩みました。「ヘイト」は「敵愾心」と表記したりとどうにか工夫しています。

三つ目。ここからどうでも良い裏話なのですが、今回公式サイトでの購入特典短編として「ワードウルフ大会」をする話を執筆しました。実は作者、動画投稿サイトなどで人狼やワードウルフ、ＡＩお絵かき人狼動画辺りを観ては「やってみたいなあ……」と思っているのですが、いかんせん一緒に遊んでくれる人が居ません（見知らぬ人達の輪に飛び込む勇気はない）。そこで妄想した訳です。「洋士なら、面倒くさがりながらもなんだかんだ知り合いを集めてくれそうだなあ……」と。一家に一人洋士が欲しい。

四つ目。作者がずっと「蓮華さん」と呼んでいる件について。ＳＮＳへの投稿のみならず、編集さんとのメールや打ち合わせでも常に「蓮華さん」とさん付けしています。内心「なんで自分の作品のキャラをさん付けするんだろう」と思われているかもしれませんが、恐れ多すぎてとてもとても呼び捨てになんか出来ないんです。察してください。洋士は大丈夫なんですけどねえ（どういう事）。

五つ目……。二巻執筆中、あとがきで書く事に悩まないように右記の話題をこっそりメモして温めていたのに、いざ書き始めたらスペースが余ってしまった件について。なかなか思うようにいかないものだなあ。

あ、六つ目思いつきました。実は先日誕生日を迎えまして、一〇三一歳になったのですが、その直前からどうにも腰痛に悩まされるようになりまして……。これまでは一日中座りっぱなしでも問題なかったのですが。これが歳というものだろうか、辛い。

ところで、一巻では書けなかったので改めて宣伝なのですが、拙著『吸血鬼作家、ＶＲＭＭＯＲＰＧをプレイする。』について語っていただけるよう、ハッシュタグ「ヴァンプレ」を用意しました。作品に関する感想を語るもよし、ファンアートを載せるもよし、各登場人物に愛の告白をするのもよし……是非お使いいただけると幸いです。

最後になりましたが、本作刊行にあたりご協力頂いたＴＯブックス様、イラストレーターの星らすく様、いつも感想や応援をくださるＷＥＢ読者の皆様、相談に乗ってくれた友人・家族に感謝いたします。

なお、ハチサカ様による漫画化企画も進行中ですのでお楽しみに！

ライズする!?
漫画：ハチサカ
原作：暁月紅蓮
キャラクター原案：星らすく
お楽しみに!!

吸血鬼作家、コミカ
絶賛制作進行中！

TOブックス
コミカライズ
連載最新話が
読める!!!!
「本好きの下剋上」をはじめとする
TVアニメ化作品盛りだくさん!!

漫画配信サイト
CORONA EX
コロナEX
TObooks
2nd Anniversary
詳しくはこちら!!
https://to-corona-ex.com/
2周年!!

吸血鬼作家、VRMMORPGをプレイする。2
〜日光浴と料理を満喫していたら、
いつの間にか有名配信者になっていたけど、
配信なんてした覚えがありません〜

2024年5月1日　第1刷発行

著　者　暁月紅蓮

発行者　本田武市

発行所　TOブックス
〒150-0002
東京都渋谷区渋谷三丁目1番1号　PMO渋谷Ⅱ　11階
TEL 0120-933-772(営業フリーダイヤル)
FAX 050-3156-0508

印刷・製本　中央精版印刷株式会社

ISBN978-4-86794-160-7